滄狼行

卷5

亢龍有悔

指雲笑天道

目錄

CONTENTS

加入丐幫

皇甫嵩道：「丐幫恐怕是被錦衣衛滲透得最厲害的一個門派，
也是朝廷最忌憚的一個江湖組織。」
李滄行說：「兩位幫主的意思是讓我暗中加入，
偷偷查訪這內賊是麼？」
公孫豪道：「不錯！」

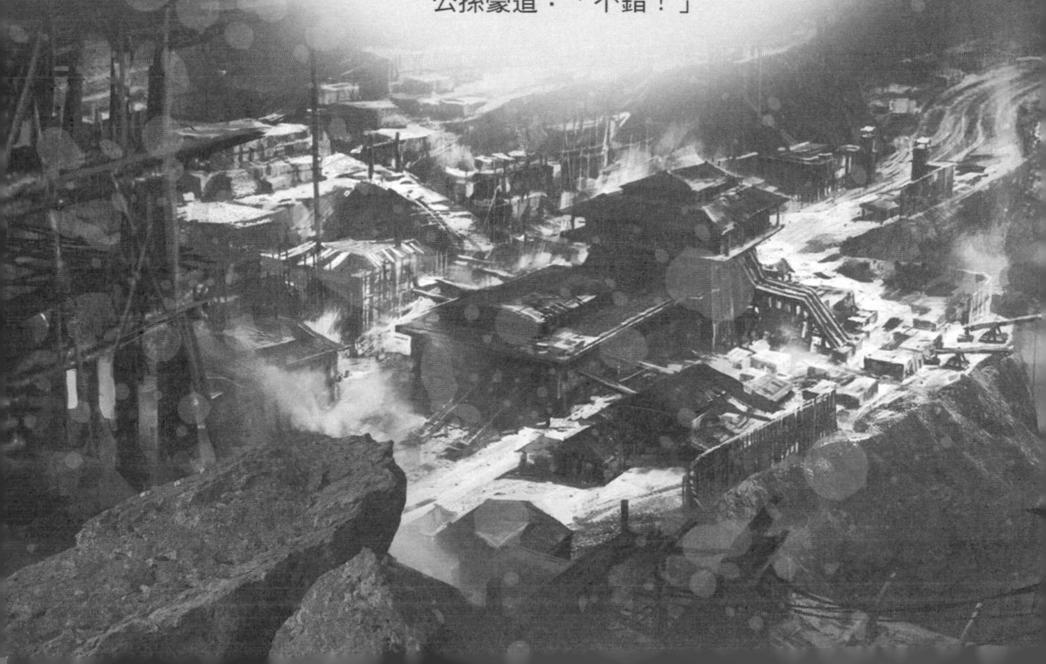

李滄行感覺到周圍氣流的變化，金不換身邊的氣場一下子增強了，**一股勁風撲面而來，帶著死亡的氣息**。

突然間，空中像是炸雷一樣響了個霹靂，朝自己襲來的勁風一下子消失不見，另一股灼熱的氣流擋在了自己的面前。

李滄行睜開眼，只見金不換臉色變得跟鬼聖倒有七分相像，變得沒有血色，他的胸口在劇烈地起伏，臉上表情陰晴不定。而一個鐵塔般的高大身影立在自己面前，也不回頭，接著，略熟悉的聲音傳入了自己的耳中：

「李兄弟，好久不見。」

金不換沉聲喝道：「公孫豪，東廠的事你也敢插手，丐幫是不是不想混了?!」

來人正是丐幫幫主公孫豪，他也不回頭，直視著金不換，哈哈一笑：「我叫化子沒別的愛好，就是喜歡管閒事。這位李兄弟我認識，很欣賞他的為人，又是同道中人，絕不會看著別人傷他。」

公孫豪的目光如冷電一般，直刺面沉如水的金不換：「本來我是聽說鬼聖那狗東西在這裡欺負幫裡的小兄弟，我才過來的，沒想到碰上金公公，這李兄弟我今天是保定了，金公公要是有意見，可以叫上尊夫人和貴公子，劃下道兒來一起比劃比劃。」

李滄行一下子聽迷糊了，這金不換明明是個太監，怎麼又是尊夫人，又是貴公子的，但此刻他身受內傷，鬼聖的陰風掌打了他一個結結實實，當時尚不覺得多厲害，這會兒越來越覺得全身冰冷，就像他剛進峨嵋山洞水潭時的感覺，肩部中掌處隱隱都像是要結冰了。

李滄行當下不再說話，盤腿打坐，運起三清觀的神火心經，開始強行驅逐體內的寒氣。

金不換死死地盯著公孫豪，顯然在做激烈的天人交戰，就此罷手實在心有不甘，但跟公孫豪硬打也是毫無把握。

剛才跟公孫豪硬碰硬地對了一掌，一下子氣息不暢，稍一運氣，似已微受內傷，這公孫豪卻是一如既往地中氣充沛，看來內功要在自己之上，動手實非明智選擇，他開始有點後悔這次行動沒把老婆孩子一起帶上，以三對一的話，自然不必怕公孫豪一個人。

這時，樓下響起一陣嘈雜聲，一個低沉有力的聲音說道：「七袋以上弟子隨我上樓，其他人留守！」

隨著樓梯的響聲，十餘名身形矯健的人各施輕功躍了上來，有些人蓬頭垢面、破衣爛衫，與街頭叫化子無異；有些則是錦衣玉服，氣宇軒昂，完全跟乞丐不搭邊，倒是更像個財主，如果不是他們的衣服上縫了幾個補丁，任誰也不會把他們跟乞丐聯想到一起。

李滄行聽說過**丐幫分為汙衣、淨衣二派**，今天一見果然是涇渭分明，再一看公孫豪，他穿了件還算乾淨的長袍，上面打了不少補丁，外形則是毫不修飾，稱得上是蓬頭垢面。以前李滄行總覺得公孫豪的這種扮相很奇怪，現在終於明白了他作為幫主，不能偏向任何一派的苦心。

這些後來上樓的人一見公孫豪，皆躬身行禮，言道：「幫主金安」，公孫豪則擺擺手示意免禮，全身運氣，卻是沒有一絲的懈怠。

剛才跑掉的劉大哥和老李也跟著這些人上了樓，手上斷指處已經包上了白紗布，一見王老六的屍體，雙雙叫了聲「王朋友」，跑上去抱著屍體大哭。

一名頭髮花白，打扮考究的老者上前向公孫豪行禮道：「幫主，王兄弟已傷重不治，有何指示，還請示下。」

公孫豪看了一眼王老六的屍體，沉聲道：「發幫主令，凡本幫兄弟，皆有責任為王老六兄弟報仇，手刃魔教鬼聖者，晉升三級。王兄弟的後事，由大勇分舵劉長老一手安排，眾家兄弟都要學習王兄弟這種義氣，**苟且偷生、不管兄弟的，不配留在丐幫；面對邪魔外道不敢捨身取義的，也不配留在丐幫！**」

眾丐暴喝一聲稱是。

李滄行看到此刻的公孫豪，真是威風凜凜，如天神下凡一般，與以前跟自己獨處時的和藹可親判若兩人，心道：**這才是作為天下第一大幫幫主的風采。**

金不換眼珠一轉，換上一副笑臉：「公孫幫主果然好威風，丐幫真是人才濟濟啊，副幫主，四大長老都來了，看你們這架式，應該是想和日月神教決戰的，我們東廠不干涉你們江湖的事。至於這李滄行，想必丐幫的各位俠士也不會一直維護這淫邪之徒，今天我給公孫幫主一個面子，留他一命，下次見到了，還望不要再從中作梗，傷了和氣。就此別過。」

金不換言罷，身形一動，整個人倒飛出了窗口。

公孫豪嘆了口氣，稍一抬腿，腳下地板立時現出一個洞：「此人好俊的功夫，可惜不走正道。」轉過頭對李滄行笑了笑：「李兄弟還好吧，能站得起來嗎？」

剛才這會兒功夫，李滄行趁機調養了一番，已不似剛才的寒冷刺骨，他緩緩地站了起來，笑道：「無妨，沒大礙了，再調息一下應該就能復原。」

他看著血泊中的王老六，不覺黯然神傷：「王兄弟是為了救我而犧牲的，他本可以趁我和鬼聖拼內力時逃走的，結果卻留下助我以至於此。」

一旁的劉大哥擦乾眼淚，看了眼李滄行：「原來閣下就是赫赫有名的李滄行李少俠，你一定聽到我們剛才都在談論你，老王臨終能見到你，一定也能含笑九泉了，剛才我二人斷指逃命，不是因為怕死，而是要留得有用之身去報信，只是苦了王兄弟。」

劉大哥說到這裡，再也控制不住情緒，撲在王老六身上大哭起來。那姓李的青衣刀客也受他感染，痛哭失聲，周圍的丐幫人眾看了皆默然不語。

哀傷過後，大勇分舵的劉舵主，一名四十多歲的中年汙衣乞丐才帶著幾個人，跟劉大哥和老李一起把王老六的屍體抬走。

公孫豪感嘆道：「劉兄與李兄來我幫分舵報信時，我幫正在開會商議要事，我正好也在分舵，就先行趕來，沒想到還是遲了一步。不說這事了，李兄弟，我來跟你介紹一下本幫的重要人物。」

公孫豪言罷，拉著李滄行的手腕扶他起立，剛一接觸便微微一怔，道：「想不到那老鬼居然被你逼得使出了殭屍功。」

李滄行只覺一股暖流入身，登時舒服了許多，人也有了精神，一下子站定。

公孫豪指著方才說話的那名打扮考究的老者道：「這位是本幫的**副幫主皇甫嵩**，我當年剛加入丐幫時，皇甫哥哥已經當上舵主了，他心思縝密，智謀超群，是我所不及的。」

皇甫嵩淡淡地說了聲幫主客氣，向李滄行行禮，李滄行趕忙還禮。

「這位是本幫的**傳功長老張連昆**，一手六合打狗拳打遍黃河南北，人稱**神拳鐵丐**。新進弟子傳功的事一直是張長老負責的。」公孫豪指著一位破衣爛衫，膚色黝黑的中年乞丐道。

「這位是本幫的**執法長老林長昊**，使的一手**八卦遊身掌**，為人最是鐵面無私，事事幫理不幫親。」

一位身材魁梧不苟言笑的中年員外，向李滄行一抱拳。

「這位是本幫的**掌幫龍頭郝大治**，前任龍頭胡不歸、吳長老幾年前死在少林，打狗棒也不翼而飛，郝長老是吳長老的師弟，後來接任了這個位置。」

一個穿著打扮像個掌櫃的老者上前向李滄行抱拳行禮，說道：「實在是慚愧，掌棒龍頭無棒可掌，丐幫失了打狗棒這麼多年未能尋回，我等實在愧對祖師爺啊。」

公孫豪正色道：「郝長老莫要灰心，我立誓找回打狗棒，已有一些眉目了，相信遲早會迎回本幫聖物，並幫吳長老報仇的。」

郝大治向公孫豪感激地行了個禮退了下去。

「李兄弟，這位是本幫的**掌缽龍頭**，**孟龍符孟長老**，孟長老負責本幫江南一帶的汙衣幫弟子，多年來勞苦功高，深得幫中上下的敬重。」

隨著公孫豪的介紹，一名全身破爛的獨眼老丐上前一抱拳，哈哈一笑道：「幫主太客氣了，主要是江南有錢人比較多，老化子在這裡有的吃有的喝，所以不想去別處罷了。」

眾人皆哄堂大笑。

之後李滄行又與劉長老、方長老、李長老等幾位分舵主一一見過。待介紹完，皇甫嵩便對李滄行抱拳告辭道：「李少俠，本幫還有要事相商，就此別過了。」

李滄行正要離開，只聽公孫豪沉聲道：「皇甫哥哥，我記得在幫中下過令，一有李少俠的蹤跡便邀請他來幫，當時你們也點頭同意的，當今武林大亂之時，人才是最重要的，今天我們能在這裡救了李少俠，我覺得正是歷代幫主顯靈，使我幫獲此人才，怎麼還能拒人於千里之外呢。」

皇甫嵩聽了，面不改色，語氣軟中帶硬：「幫主明鑑，屬下並非存心違逆幫主的意願，只是此一時彼一時也，當年落月峽之戰後，李少俠流落江湖，雖然在某方面名聲不佳，但我等合議後認為其人品尚無問題，所以在場長老們同意幫主的提議，也發動過全幫弟子四處搜索李少俠。請問幫主，這是事實吧？」

公孫豪點點頭：「不錯，正因如此，我才會奇怪皇甫哥哥態度為何與當日判若兩人？」

皇甫嵩沉聲道：「屬下說過，此一時彼一時也，這位李少俠在這幾年裡，先是在三清觀惹出軒然大波，然後在加入峨嵋後不到一年又自行離開，加上前面被逐出武當，連續換了三個門派，難道還不能說明問題？這樣的人為何我幫還要全力延攬？幫主，我等對此實在不明，還請示下。」

李滄行不禁心中一陣酸楚，離開三清觀和峨嵋的內情都不足為外人道，但江湖上這樣看自己，**連一向以俠義自居的丐幫都把自己看成奸邪之徒**，讓他一下子變得情緒低落起來。

「不瞞各位兄弟，自從李少俠離開武當後，我便一直留意他，我當年說要接納他時，就查過他離開武當的原因，也與紫光道長交流過，發現其中另有隱情，李少俠並非如江湖傳言那般是個淫賊，而是被人栽贓陷害，紫光道長讓其離開武當，也是另有安排，否則我丐幫千年以來一向嫉惡如仇，怎麼會隨便收個淫賊敗壞名聲，如果李少俠在這方面有問題，我公孫豪第一個就不答應。」公孫豪仗義直言道。

聽聞公孫豪如此力挺自己，李滄行心裡登時對公孫豪感激不已。

「既是如此，為何紫光道長還要逐他出幫？李少俠在武當犯了淫戒的傳聞又怎麼會流傳至今？更奇怪的是，為何李少俠自己也一直不對此作出辯解，這不就是默認了嗎？在下希望李少俠能作出個合理的解釋。」皇甫嵩轉向李滄行道。

李滄行定了定神，他意識到**這是個加入丐幫的好機會，也是個為自己正名的好機會**，腦子飛快地轉了轉後，對皇甫嵩一拱手，朗聲道：

「不瞞各位，此事由於事關機密，不便為外人道，不過近幾年來，一些陰謀逐漸慢慢浮現，各位想必多少都心中有數。今天在場的都是丐幫的首腦人物，趁此機會，李某也不再隱瞞，在下在武當時，被內鬼下了迷藥，差點把持不住自己，險些與師妹做下錯事，所幸關鍵時刻恢復理智，報告紫光師伯，掌門將計就計，將我逐出師門，以暗查內奸，慚愧的是，這幾年下來，李某都沒查到此人，至於那些江湖謠傳，多半也是這內鬼傳出的。」

公孫豪環視四周，補充道：「不錯，這事我可為李少俠做證，紫光道長確實跟我說過此事，還說李少俠流落江湖時，希望我給予關照，順便也可以查查丐幫內部的內鬼。」

此言一出，眾人都跳了起來，此前丐幫內從未有人提過內鬼之事，公孫豪此語一出，如驚雷貫耳，多數人都面露不信之色。

李滄行接話道：「公孫幫主說得不錯，貴幫上次好像並未派人前往奔馬山莊大會，可能有所不知，奔馬山莊的歐陽可莊主當眾揭露了錦衣衛總指揮使陸炳挑動江湖仇殺，以平衡江湖勢力的陰謀，事後奔馬山莊一夜之間被陸炳滅門，也正是為此。據在下所知，陸炳在多年前就開始進行一個叫『青山綠水』的計畫，在各派打入眼線，上次落月峽之戰，我正派俠士一下子集合數千英豪，又不肯聽他解散的號令，使他意識到江湖的力量超過了他的控制能力，於是指使各派的內鬼暗中搞鬼，我這幾年漂泊江湖見識多了他的手段。」

眾人聽了，皆是議論紛紛。

林長昊突然道：「那按李少俠的意思，我們需要你加入來查這所謂的內鬼麼？」

所有的眼光都射向了李滄行，李滄行一時不知如何開口，怔在當場。

「上次幫主執意要參加落月峽之戰，我等就極力反對過，當年打狗棒在少林丟失，多年來少林一直沒給出個令我幫滿意的解釋，也沒找到凶手，魔教所為雖然為我俠義正道所不齒，但就算上次我幫加入，也不可能立馬剿滅魔教這樣有上千年根基的門派，若是兄弟們聽了你的話，都去打這一仗，今天還有幾人能在此說話？」皇甫嵩高聲質疑道。

公孫豪聽著這些話，面沉如水，一言不發。

皇甫嵩繼續說道：「我丐幫雖一向以俠義為本，但也需量力而行，想當年南宋末的郭靖大俠與黃蓉幫主何等的英雄，襄陽一戰亦雙雙殉國，更連累我丐幫精英幾乎盡數毀於此戰，兩百多年都未恢復元氣，雖有俠名卻日漸式微，自那以後，連續十幾代幫主苦心經營，才稍稍恢復一些往日的聲勢，但我們再也不是以前那個可以號令天下的丐幫了。在此情況下，招惹魔教在先，得罪官府於後，甚至不去先找回本幫聖物打狗棒，**只憑一個江湖後輩的幾句話，就要同時跟魔教與錦衣衛為敵，幫主，您覺得這樣合適嗎？**」

他這番話雖有違俠義之道，但作為丐幫角度來說有理有節，公孫豪居然無法開口反駁。

皇甫嵩轉向李滄行道：「李少俠，我個人相信你所說的話，也相信你的人品，只是我想問你兩個問題：第一，如你所言，你並不確定我幫是否有內鬼，但你若加入，本幫勢必得罪那陸炳，**請問到時你是能幫我們對付錦衣衛，還是看著我幫被你連累？**第二，你現在還是武當弟子嗎？**如果查出了所謂的內鬼，屆時你是不是也如你在三清觀和峨嵋派那樣一走了之？**你是不是覺得我丐幫就是個大客棧，想來就來，想走就走？」

李滄行無言以對，面有慚色，衝著眾人拱了拱手，說道：「晚輩不才，考慮不周，今天承蒙各位相救，終身難忘，不影響大家議事了，就此別過。」

李滄行不知道自己是如何走出岳陽樓的，身體的疼痛比不上心中的酸楚，他甚至**懷疑起自己一貫的堅持，懷疑公然與錦衣衛、與那個神一樣的陸炳為敵，是否值得**?!現在的情況很清楚，即使連素有俠名的丐幫、以豪俠名滿江湖的公孫豪，也不敢為了他挺身而出，甚至無法給他起碼的庇護。

他的腦子還在混沌中，突然覺得有個人撞了自己一下，定睛一看，是個酒醉的胖子，龐大的身形能占上半條街，他穿著一身補丁的布衣，頭髮披散著，看不清樣貌，手裡拿了個酒葫蘆，一身的酒氣，東倒西歪的，街上的行人，尤其是女子們無不掩鼻避讓。

李滄行給他這樣一撞，肩部又感劇痛，正待發作時，卻感覺那人往自己手裡塞了什麼東西，再看那人時，只覺其掩蓋在亂髮後的那雙眼睛裡寒芒一閃而過。醉漢舉起葫蘆，往嘴裡灌了一口，說著含糊不清的怪話，搖搖晃晃地繼續前行。

李滄行心中暗罵該死，自己還是這麼大意，缺乏基本的警覺，適才那人若是心存歹意，自己這會兒只怕已橫屍街頭了，他剛才放在自己手裡的東西一定非常重要。

李滄行裝著若無其事地向前走，耳朵卻豎了起來，眼睛也利用餘光與街上店鋪前的銅鏡，注意前後左右是否有人在跟蹤監視自己。

現在是白天，周圍都是喧鬧的人群，李滄行離開大街，在僻靜的小巷子裡來回穿梭，如此這般走了大半個岳陽城後，確信沒人跟蹤自己時，這才打開手中的紙團，只見上面寫著一行字：

亥時三刻，城東十里處小樹林見。

字條上沒有落款，但李滄行決定一去，從那人的舉動來看，寫字條的人顯然不是敵人，不然剛才就可以要了自己的命，用不著這樣大費周章。

李滄行吸了口氣，出城東找了個僻靜之處打坐運了會兒功，漸覺陰風掌所帶來噁心嘔吐的不適感慢慢地退散。

睜開眼時，已是滿天星光，遠處岳陽城裡的打更人已經在報二更了，李滄行長身而起，施展輕功，奔到城東十里的小樹林處。

入林前，李滄行小心看過兩邊的草叢和樹頂，沒有發現埋伏，當下再無疑慮，直奔林中，奔得一里左右，便覺周圍氣場增強起來。

他停了下來，抽出紫電劍，全神戒備，只見前方草叢中走出一人，赫然是白天見到的酒鬼，酒葫蘆繫在腰間，頭髮也盤了上去，在月光下可以清楚看見他的臉。

李滄行吃驚地發現這人居然生得白白淨淨，臉圓圓的很是富態，若不是這身破衣爛衫，真會以為此人是個大財主，而不是個乞丐。

那胖子哈哈一笑：「李兄弟，久仰大名了，不過，今天你好像有點失去水準啊，**作為一個高手，任何情況下都不應該被情緒所影響，失去戒心的。**」

李滄行的臉微微一紅：「不錯，在下當時一時失神，幸虧遇到的是閣下，對我沒有敵意，不知閣下是哪路英雄，約我來此，所為何事？」

「跟我來，你很快就會明白了。」

那人身形一動，想不到他腰粗得像個水桶，動作卻是敏捷異常，只一下便能看出此人當為一流高手。

李滄行也不甘示弱，施展出梯雲縱，不緊不慢地一直跟在他後面。

奔了三四里後，那人停下腳步，月光下，只見林中空地中站著兩人，其中一人魁梧的身形在空地中搖曳的樹影裡顯得格外的明顯，赫然正是公孫豪，而另一個衣著考究，中等身材，居然是白天所見到的丐幫副幫主皇甫嵩。

那胖子上前向公孫豪拱手道：「師父，幸不辱使命，李兄弟已帶到。」

李滄行又驚又喜，忙走上前去，向公孫豪與皇甫嵩行禮。

公孫豪拍了拍李滄行的肩膀，笑道：「哈哈，李兄弟，你離開時，我看你那樣子挺擔心的，還好廣來早就被我安排好了去接應你。他看到你身後有兩個魔教的人一直跟著，情急之下就偽裝成酒鬼，給你傳信示警，別見怪啊。」

李滄行這才知道原來這胖子救了自己一回，立即正色向其行禮道：「多謝閣下救命之恩。」

胖子豪爽地道：「老弟不用客氣，我也是奉了家師之命，一直在暗中保護你呢，若那兩人真的敢出手，我就先廢了他們。」

李滄行點點頭：「以老兄的身手，收拾兩個魔教小丑當不在話下，不知閣下如何稱呼？」

胖子微微一笑：「愚兄姓錢，有錢能使鬼推磨的錢，大號廣來，就是說希望能廣開財路，招財來寶啊。」

李滄行看他身上穿的這破衣爛衫，卻起了這個名字，頓覺好笑，不禁哈哈大笑起來。

皇甫嵩提醒道：「李兄弟不要被廣來身上的衣服給迷惑了，他可是京城裡的首富，家產可以買下半個京師。」

李滄行臉色一變，沒想到這胖子這麼有錢，訝異地道：「哦？錢兄如此有錢，為何還會寄身在貴幫？這個好像和貴派的宗旨不太符合啊。」

錢廣來收起笑容，正色道：「李老弟不知，在下年幼時隨家父一起外出收帳，路遇強人，眼看就要死在當場了，幸虧師父路過，救下我父子，師父見我資質不錯，便抽空來傳我武藝，由來已經二十多年了，我家產殷實，也一直暗中為幫裡提供活動經費，錢家銀莊的各處分號亦可作為幫中的情報來源，雖然我在丐幫一直屬於編外人員，沒有職務，但師徒的名分可是實實在在的。」

公孫豪也接話道：「廣來所言分毫不差，丐幫這些年的恢復元氣與迅速發展，離不開錢家的資金支持，李兄弟恐怕還不知道吧，**無論正邪的各大門派，均有來自朝廷重臣的直接資金支持**，比如**少林就一直與前內閣首輔夏言夏大人交好**，就是那**魔教，也與東廠和嚴嵩父子有著千絲萬縷的聯繫**，而我們**丐幫則一直為歷代皇帝所忌憚**。尤其是本朝太祖朱元璋曾當過乞丐，還做到過大智分舵的長老，因此自我朝以來，歷代皇帝都對我丐幫嚴加防範與限制，若非錢家的鼎力支持，即使維護這幾萬兄弟的生計都很困難，更不用說發展壯大了。」

李滄行聽得連連點頭：「原來如此，這些事晚輩還真不知道呢。只覺得以前武當派每隔個幾年就能接到什麼聖上敕封的，我們也能在後面跟著一頓好吃好喝。」

公孫豪微微一笑：「當今聖上篤信道教，自然少不了武當、崑崙這些門派的好處，以後你會慢慢明白這些事情的。」

李滄行向公孫豪一抱拳：「這些晚輩以後再慢慢學習，請問公冶幫主約晚輩前來，有何貴幹？」

公孫豪與皇甫嵩對視一眼，對李滄行正色道：「還是白天的話題，邀你加入！」

李滄行吃了一驚：「不是在岳陽樓就說得很清楚了嗎，貴幫不想惹禍上身，因此不會考慮接納我?!」

久沒開口的皇甫嵩哈哈一笑：「李少俠最近的智商讓人有點擔心啊，如果你一直是這個水準的話，我也不用這樣煞費苦心地和幫主演雙簧給別人看了。」

李滄行明白了，**皇甫嵩與公孫豪同時現身此處，就證明了丐幫其實已經打定主意要收自己入派**，心中暗罵自己思慮不周，趕忙向皇甫嵩請罪道：

「在下最近瑣事纏身，心神不寧，白日裡又是一番生死之戰，判斷力下降，讓前輩見笑了。」

公孫豪擺擺手道：「客套話和場面話就不說了，我這人喜歡來直接的，李兄弟你的事我早和皇甫哥哥商議過，你的為人我清楚，江湖上流傳的那些屁話，我半個字也不信，更何況紫光道長證明過你的清白，所以四年前你剛下山的時候我就打定主意要邀你加盟了。這幾年來你為了破解陸炳的陰謀，四處奔走，出生入死，你一個江湖後輩尚能心存正義，我們丐幫又有什麼好顧慮的呢！」

皇甫嵩喝了一聲好，接過話頭：「但李少俠有所不知，**丐幫恐怕是被錦衣衛滲透得最厲害的一個門派了，也是朝廷最忌憚的一個江湖組織**，祖師爺定下了凡天下乞丐，均可自由加入我幫的規矩，我們也不好做審查，加入的新晉弟子們如果有意隱瞞過去的來頭，我們是沒有辦法逼人開口的，**不僅是錦衣衛，東廠、魔教、巫山派，還有其他形形色色的組織都在我派有自己的眼線**，所以我們沒法在大庭廣眾、眾目睽睽之下直接讓李少俠入幫，那樣不僅會給本幫帶來禍事，也會害了你，更別說查內鬼也不可能有結果的。」

李滄行領悟地說：「我明白了，兩位幫主的意思是**讓我暗中加入，偷偷查訪這內賊是麼？**」

公孫豪的神情變得黯然道：「不錯！除此之外，三清觀的雲涯子前輩也跟我們打過招呼，說萬一他出事，請我們丐幫收留你和火華子。雲涯子前輩的為人，我公孫豪一向敬仰，答應他的事情也一定會做到的，只可惜，唉！」

「什麼，雲涯子前輩拜託過幫主？」李滄行一想到雲涯子慈祥的笑容，不覺眼圈發紅。

公孫豪點點頭：「是的，就是你們動身去奔馬山莊之前的事，當時我本來打算親自去西域一趟的，路上接到了前輩的來信，說這一趟西域之行危機四伏，中原武林將有大事發生，不宜親往，萬一三清觀出事，要請我照顧你們師兄弟二人，於是我就改變了計畫，改由幾名普通弟子去了一趟，沒想到前輩果然出了事。唉。」

「是我害了他，是我害了他……」李滄行一想到那毒書的事，不禁揪著自己的頭髮懊恨不已。

「那事我們後來都聽說了，火華子，不，現在應該叫裴文淵了，後來找過我們，詳細講述了當日的情形。」皇甫嵩道。

「真的嗎？裴兄現在可好？他也加入貴派了嗎？」李滄行好久沒有聽到裴文淵的消息了，皇甫嵩這一提，心中不覺有些想念。

皇甫嵩搖搖頭：「沒有，我們再三挽留，他也不肯留在幫中，他說他還是想一邊以布衣神相的身分行走江湖，一邊追查火松子的下落。」

「裴兄還真是執著。」裴文淵的這個選擇倒是在李滄行的意料之中。

公孫豪突然問道：「對了，李兄弟，你後來不是去了峨嵋麼，為何又離開了？」

李滄行看了一眼在場的三人，他對公孫豪是絕對信任的，但一想到江湖上風傳公孫豪與皇甫嵩兩人意見不一，不免有些遲疑，畢竟此事牽涉峨嵋隱私，不是對誰都方便透露的。

公孫豪見狀，笑道：「呵呵，李兄弟但說無妨，我們在場三人都絕對可以信任的，雖然江湖上風傳皇甫哥哥與我不和，但**我在丐幫中最信任的人就是他了**，我們是真真切切的過命交情，他入幫比我早，還教過我功夫，按說我這幫主位置本該是他的。」

皇甫嵩的臉上閃過一絲不快：「幫主怎麼總說這話？前任顏幫主既然這樣安排了，必是有他的道理，我出身官宦人家，平時也很少與汙衣派的兄弟們往來，讓我當幫主，肯定會造成幫內汙衣淨衣兩派離心的，不利於團結；再說，公孫兄弟你的能力武功人品擺在這裡，最能體現我丐幫俠義為先的幫派精神，你當幫主，我最服氣不過。」

皇甫嵩說著，轉向李滄行：「我們兩人有時候故意在公眾場合弄點小摩擦，

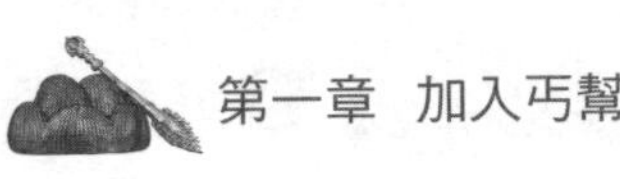

也是演戲給別人看的，比如白天在岳陽樓就是這樣。」

李滄行理解地點了點頭。

「至於這錢廣來，是我的徒弟，這十幾年來丐幫的發展全靠錢記銀號的支持了，更不用懷疑，而且，以後你們會經常打交道的。」

李滄行心中再無顧慮，拱手道：「幫主既如是說，那晚輩也就直言了，晚輩到峨嵋同樣是為了調查錦衣衛的內鬼，任務既已完成，就沒必要在那裡多作停留了。」

公孫豪有些意外：「哦，這麼順利？」

李滄行想了想，覺得峨嵋的事還是不能說得太明，於是道：「嗯，這次是晚輩與了因師太還有林掌門合議，最後定下一條引蛇出洞的計策，蒼天保佑，行動還算順利，至於內鬼的身分，此為峨嵋內部隱私，恕晚輩不便透露。」

公孫豪笑了笑，沒有追問下去：「呵呵，李兄弟真是智勇雙全，我越來越期待你在我們這裡的表現了。」

李滄行基本上確定自己會待在丐幫了，便道：「幫主客氣了，那接下來我能做些什麼？」

公孫豪沉吟一下，道：「你先易容改扮，跟廣來回京師錢家，那裡算是我丐幫一處隱秘的地下聯絡點，這陣子江湖上找你的人太多，尤其是屈彩鳳現在對你發出了羅剎令，必欲除你而後快，魔教和東廠的高手都想要你的命，你先好好地在錢家學到我丐幫的功夫，我再安排你進分舵查找內鬼。」

李滄行恨不得馬上就能開始清查內鬼的行動，與學功夫相比，這個才是他最想做的事，因而急道：「幫主要傳我丐幫絕學？這個還是算了吧，不是說丐幫弟子的來路五花八門，多數是帶藝入幫的嗎？我會別派的功夫就行了吧。」

公孫豪搖搖頭：「你要面對的對手非同小可，眼下你的武功，不要說陸炳，就連他的徒弟元沖和岳十三恐怕對付起來都很吃力，自己本事變強了，自然以後探查起內鬼來也會方便許多。我觀察過你很久了，你的體質絕對是上上習武之選，按理說是要由傳功長老來授你武藝的，但現在多事之秋，幫主可以便宜處置，我會想到一個兩全其美的辦法。」

李滄行想想，點頭答應了，不過，他接著想到了另外一件事。

「是，晚輩還有一事需要告知幫主。」

「你說。」

「晚輩發過誓，一生只認澄光一個師父，我可以加入別的門派，甚至放棄武當弟子的身分，但我的恩師只有澄光一人。他待我如親生兒子，最後又為救我而死，於情於理，我也不能再拜其他人為師，我可以加入丐幫，稱您為幫主，但無法稱您為師父，請見諒。」

公孫豪豪爽地道：「哈哈，就這事呀？沒問題！我說過我會找個兩全其美的辦法來解決的。你肯加入丐幫就行了，這點沒有意見吧？」

「沒問題，晚輩離開武當，現在是自由之身。公孫幫主在上，晚輩李滄行，願加入丐幫。」李滄行正式行了禮，準備向公孫豪下跪，卻被托了起來。

公孫豪正色道：「李兄弟莫要拜我，我丐幫一向只拜祖師爺的，今天不在正式的總堂分舵裡，無法行大禮，日後找機會補上。我丐幫上下人人平等，兄弟相稱，不像其他門派那樣重輩分。丐幫行事也無太多戒律，不妄殺，不偷盜，不姦淫擄掠，不欺壓良善，除此之外一切隨心，恪守俠義正道就行；再一個就是去留兩便，如果李兄弟不想在幫裡待了，隨時可以走，但是在幫一天，就要守一天幫裡的規矩。」

李滄行覺得這丐幫的規矩未免也太鬆散了，忍不住道：「好像沒有不以下犯上這條啊，別的門派都很強調這個。」

公孫豪嘆了口氣：「唉，這條規矩本來一直是有的，但當年我朝太祖登基後，怕當時的史幫主以這條來當他的太上皇，就逼著史幫主開大會，把這條給去除了。這也造成了我朝建立以來，本幫的幫主和長老不如以前那樣有威勢，更降低了本派的實力，朝廷自然樂得看到這樣。」

李滄行在心裡罵了幾句朱元璋，道：「明白了，但作為弟子，還是要聽幫主的，就算沒這條規矩，衝著幫主的俠義心腸，我也服。」

公孫豪笑道：「哈哈，李兄弟不少見識要超過我呢，以後碰到大事我們可以互相商量。」

公孫豪轉過頭，對錢廣來道：「你們這就出發吧，一路上小心，我和皇甫哥哥處理完了這裡的事後就去北京。李兄弟，別忘了，從今天開始，你就叫鐵牛。」

第二章

茶館八卦

劉哥道：「傳說那楊瓊花跟展慕白關係不一般？
成了親的話更不用分彼此了。」
黑臉漢子道：「展慕白打扮得像個女人，
一個大男人成天塗脂抹粉的，像什麼樣子！
跟那司馬鴻成天出雙入對，
我看他們倒更像是一對夫妻。」

早春的京師，冰雪開始消融，街市上依舊車水馬龍。

北方的早晨清冷得緊，但仍擋不住皇城根下販夫走卒們一早出來討生活的熱情，不到巳時，街上各種各樣的叫賣聲、吆喝聲已經能清楚地傳進每個人的耳朵裡。

李滄行戴了一副中年人的面具，正在錢家大院裡的練功場中一次次地練習出劍。

李滄行跟著錢廣來回到北京的錢家大宅已有一個多月了，每日裡便是這般自行修練，半個月前，公孫豪傳過信，說是洞庭那裡出了意想不到的情況，一時間難以抽身，要他少安勿躁，安心待命。

這段時間，李滄行成天戴著面具，甚至連洗澡練功時都不取下，只有晚上睡覺時蒙頭蓋被可以取下面具，讓臉放鬆一會兒，比起在三清觀時都難受，兩個月下來，李滄行發現臉上在不透氣與膠水刺激的雙重作用下，長了不少痘痘，自十五歲起，這還是第一次讓李滄行有了重返青春的感覺。

連日來，李滄行將紫電劍法練得有模有樣了，雖然紫青劍譜還給了林瑤仙，但裡面的招式早已被他記得滾瓜爛熟。他離開峨嵋時已經練成了冰心訣，現在的出劍既穩又準，手腕的力量也得到了很大的強化，自覺練起折梅手時，不少以前很難做到的擒拿手法與關節技都可以完成了。

剛回北京時，李滄行時常與錢廣來拆招，想不到這傢伙雖然胖得跟個球一樣，身手卻異常靈活，八卦遊身掌、沾衣十八跌、蓮花指、陰山拳等拳腳功夫與自己相比，絲毫不遜色。

李滄行現在的拳腳功夫在江湖上已屬一流，即使強如宇文邪也不是他的對手，但與錢廣來比，居然只是伯仲之間，不由得嘆服丐幫實在是武學精深，人才濟濟。

一過正月十五，錢廣來便出門到各地錢莊去巡視了，這幾日不在家，李滄行便扮成中年保鏢的模樣，僕役們對李滄行這樣的中年保鏢是見怪不怪，每日只管負責飲食起居。

府上有規矩，各人職守之外的事情不得相互打聽，因此對錢廣來身具上乘武功這點，錢家上下多半不知。

錢家大宅多的是空房，李滄行自己隨便找了間入住，生活上的事倒也不需要費心。錢廣來娶了四房夫人，這些女眷平日裡都住在後院，很少來前面。

他每日裡除了獨自練功外，就是去找個茶樓，喝茶聽評書，錢廣來出門前給了他幾十兩銀子作零花，正好用來每日吃茶聽書。

來京師後，李滄行發現茶館是個好地方，除了能聽到從小就愛聽的評書外，各種江湖上的小道消息都在這裡流傳，這讓他不至於成為與世隔絕的活死人。

晨練之後，李滄行出了門，一路上無人跟他打招呼，好像他是個透明人，一如這麼多天以來，他進入錢家後也沒人搭理他一樣，只有管門的老王看到他後會幫他開門，但同樣不會和他說話。

李滄行開始時很不習慣，以前他無論待在哪個門派，同門之間見面即使不停下來行禮，起碼也要點個頭，後來錢廣來跟他說，大戶人家人來人往，流動性大，都是這規矩，他才漸漸適應過來。

出門後拐了兩條街，李滄行走進了那家熟悉的「王記茶館」，這地方還是看門的那個老王家一個親戚在打理，已經在北京傳了好幾代了。錢廣來跟他推薦這兒，他來一次就喜歡上了。

一進門，小二看到了李滄行，便笑著將其引到靠窗的那個位置，這個月以來，他幾乎天天坐在同樣的位置上，就著一碟花生米，一碗龍嘴大壺茶，一盤肉包子，眼睛看著前面戲臺上一對賣唱的爺孫女，耳朵卻豎起來，聽著門口那幾個鏢局夥計打扮的趟子手們的對話。

一個尖嘴猴腮的中年麻了說道：「劉哥，這趟運鏢去桂陽還算順利吧？聽說一路之上都不太平靜啊。」

劉哥是個四十多歲的紅臉大漢，聽了以後長嘆一聲：「嗨，別提了，差點我這一百多斤就交代在洞庭那裡了。」

旁邊的一名黑臉壯漢跟著點點頭：「我也聽說了，年前正邪兩派都出動高手在洞庭一帶活動，還正面遭遇了，不過最後沒打起來，不會讓你碰上了吧。」

劉哥搖搖頭：「沒有，你說的是司馬鴻和冷天雄對上的那次，聽說已經劍拔弩張了，但最後誰也沒出手，就那麼各自後撤了，後來丐幫幾乎所有高手都到了，也撲了個空，倒是那個李滄行和魔教的鬼聖來了一場大戰。」

麻子笑道：「對對對，那姓李的小子真是根攪屎棍，哪裡有是非都離不了他。」

黑臉漢子附和道：「可不是麼，真是邪門了，這小子打死了烈火真君後，這次又差點要了鬼聖的命，聽說逼得鬼聖使出殭屍功才逃得一命，真是厲害。」

麻子訝異道：「啊，那老鬼居然用了殭屍功？這功夫只是傳說而已，從來也沒見鬼聖用過，而且據說用一次要折上十年修為啊。」

劉哥喝了口茶，道：「沒錯，老鬼估計正貓藏在他的鬼宮裡恢復功力呢，聽說冷天雄已經下令全江湖追殺李滄行，上次屈彩鳳也對他發出羅剎令，這次又惹上了魔教，看來姓李的小子這回難逃此劫嘍。」

麻子不以為然：「未必吧，邪派要是想殺他，那正派就保他唄，他原來不是在峨嵋待得好好的麼，怎麼又離開了？」

劉哥說道：「具體原因，我也不清楚，聽說李滄行在武當的那個相好，叫什麼沐蘭湘的，跑到峨嵋大鬧一場，我看八成是這小子管不住下面那話，在峨嵋亂來，最後跟他那個師妹一起被峨嵋趕了出去。」

「峨嵋的許冰舒幾個月前死了，峨嵋派上下對這個大師姐的死諱莫如深，也不知道和這事有沒有關係，我看沒準是他把那個許冰舒肚子搞大了，許冰舒沒臉見人，才會自盡的。」

黑臉漢子神秘兮兮地開口道：「嗨，這個你們就不知道了，姓李的在峨嵋還算老實，是把他師妹送回武當的途中，碰到了屈彩鳳和老烈火聯手伏擊，那個姓許的是在這戰中戰死的。不過倒是有傳聞說姓李的對那屈彩鳳毛手毛腳，把他那個小師妹氣得回了武當，再也不下山，屈彩鳳回去後，就下了羅剎令全江湖追殺他，甚至不惜主動求助魔教，你們說不是為了那種事，又會是啥?!」

麻子還是搖搖頭：「不會吧！聽說那屈彩鳳是徐林宗的女人，李滄行與徐林宗自幼交好，會去搶兄弟的女人？更何況他那個師妹還在呢。」

劉哥冷笑道：「兄弟如手足，女人如衣服，誰動我衣服，我砍誰手足，誰動我手足，我穿誰衣服，大家都是出來混的，這句話總聽過吧。那李滄行上峨嵋前就被屈彩鳳扎了一刀，差點沒命，這次又被伏擊，他現在反正不是武當弟子了，還用跟徐林宗客氣啥？至於他那個師妹，也許是先把那女人趕走了再偷腥也說不定呢。」

麻子用力地點點頭：「媽的，還是老劉你見識廣。」

李滄行耐著性子聽這幾人口沫橫飛地吹了大半天，淨是些不三不四的小道消息，要換了以前，他早就拍案而起了。但他一直提醒自己，現在他的身分是錢廣來家的保鏢劉爺，在這北京城人生地不熟的，不可隨便生事。

李滄行又聽了半天，沒聽到啥新鮮話題，肉包子也吃完了，便向桌上丟了一枚碎銀子準備起身離開，這時聽到那幾個趟子手們換了一個話題。

黑臉漢子說道：「對了，老劉，說了半天，你還沒講你在洞庭碰到啥事了，既然沒碰到正邪大戰，那又怎麼會說差點交代在那裡了？」

劉哥的臉上閃過一絲忿忿的表情，「別提了，算老子倒楣！那天押鏢的時候走水路，你們也知道，我們長風鏢局一向跟大江會合作過的，那天是謝幫主親自幫我們裝船，說是跑完這趟就金盆洗手了，他的千金謝婉君謝大小姐也跟著我們上了船。」

一聽到洞庭，李滄行又坐了下來，公孫豪來信說洞庭有意外情況發生，難不成與此事有關？

麻子問道：「就是那個傳說中的『妙珠神算』謝婉君？」

劉哥點點頭：「正是，這姑娘自幼就在崑崙學藝，這次算是回家省親，還沒出師呢，不過聽說她的那一手『如意珠』端的厲害，出手前會掐指計算敵人的方位，所以每發必中。雖然年紀只有十七八，但曾經一戰擊殺橫行西域多年的賀蘭三虎，一下子成了名，有她在船上，我們可更放心了。」

黑臉漢子追問道：「那後來呢？」

劉哥喝了口茶，潤了潤嗓子：

「我們的貨裝了一船，托鏢的是從湖南巡撫任上卸任回鄉的商良商大人，也隨我們的鏢隊一起行動。這傢伙估計在任上搜刮了不少民脂民膏，整整裝了二十大箱，我們搬的時候都是沉甸甸的，一條船都嫌沉。

「本來按我們趙鏢頭的意思，最好是雇兩條船走，結果他嫌又要花錢，死活不肯，於是我們二十多號鏢師加上他的一大家子十幾口人，再加上船上大江會的人，一共四五十個人，還有二十口大箱子就在一條大船上，船舷離水只有兩尺左右，我們坐著都心驚肉跳的。」

麻子憤憤地說道：「嗨，這幫貪官汙吏都這樣，一方面在任上賺得肥死，一方面一點小錢也不肯花，這種人我們見得多啦。」

劉哥嘆了口氣，繼續道：「嗯，那船本是快船，但裝了太多的人，又有二十箱的財寶，所以速度很慢，行出去後不到三個時辰，突然後面來了十餘艘小快船，在湖上迅捷如飛，我們的船，速度遠不及人家，根本跑不掉，謝幫主有經驗，知道情況不好，趕緊找了處最近的河岸靠上，要我們趕快護著那些箱子逃命。」

黑臉漢子嘀咕了一句：「謝幫主有經驗啊，這種又大又沉的船在水上是無法作戰的，跑也跑不掉，靠岸才有活路。」

劉哥說得來了勁，口沫橫飛：「是啊，我們剛卸下貨時，賊人就追到了，為首的是個女的，也就二十多歲，穿身大紅衣服，長得可好看了，大眼濃眉，皮膚就跟雪一樣，媽的，老子這輩子沒見過這麼漂亮的女人，眼睛都直了。就是這妞臉上殺氣騰騰的，我當時呆住了只顧看她，給她瞪了一眼，心中一慌，差點讓箱子砸到腳。」

麻子一臉的壞笑：「嗨，老劉，你也是老江湖了，窯子更是沒少逛，什麼女

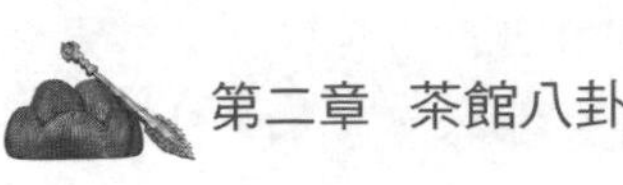

人沒見過啊，怎在這妞面前這麼丟人啊？」

劉哥聳了聳肩：「我也不知道，反正就是稀裡糊塗的迷上眼了，我們卸下貨時，這些賊人已經趕到了，除了這妞外，還有個巨漢，滿臉的橫肉，手裡拿了把好大好大的刀，露在外面的皮膚上全刺了些看不懂的字，看著不像是漢人，倒像苗疆的野人。」

李滄行心中一驚，想不到宇文邪居然會和屈彩鳳同時出現，那宇文邪上次給自己打得半條命都沒了，想不到才隔了半年，又跟著屈彩鳳雙雙出現。他再一深想，魔教和巫山派的聯手越來越明顯，連打劫鏢銀都是一起出動，心中不免變得更加沉重起來。

只聽劉哥繼續說道：「那女的來了以後，也不說話，一抬手就是兩點寒星衝我招子飛來，我當時正在搬箱子，根本沒法抽兵器格檔，結果……」

黑臉漢子哈哈一笑：「老劉，別吹了，就你那兩下子大家都知道，那女的估計八成就是那巫山派的屈彩鳳了，她使的想必也就是**巫山派的獨門暗器『芙蓉醉香』**，就你那點功夫，有刀在手也不可能打掉的。」

劉哥臉上青一陣紅一陣，說道：「哎，總之，當時老子一看這架式，以為自己這對招子是保不住了，沒想到叮地一聲，半空中飛來兩顆黑黑的東西，一下子把那兩枚針給打中了，在空中就炸了開來。」

麻子聽得直咂嘴：「嘖嘖嘖，這想必就是那謝婉君的什麼如意珠了，妙珠神算果然是暗器高手啊，居然後出手還可以在空中擋下芙蓉醉香。要知道連華山掌門司馬鴻的眼睛也是給這東西打瞎的。」

劉哥越說眼睛越直，口水都快流下來了：「可不是，連那屈彩鳳也吃了一驚，盯著謝小姐目不轉睛地看。要說這謝小姐吧，一直話不多，那天穿了一身黃衣裳，雖然沒這屈彩鳳漂亮，但模樣也絕對是周正可人了，頗有那種大家閨秀的風範。」

麻子不信地駁斥道：「那謝嘯天不過是個江湖漢子，哪可能有什麼大家閨秀的女兒啊？劉哥，這回兄弟對你的話可沒法全信了啊。」

黑臉漢子說道：「聽說謝幫主早年跑江湖，中年才得到這愛女，自然是視為掌上明珠，從小就請了不少教書先生來教她四書五經，琴棋書畫，後來機緣巧合，謝小姐十歲那年碰到了**崑崙派的靈智道長**，看中她的骨骼清奇，實在是上佳的練武材料，就帶她上了崑崙，那手如意珠也是崑崙的絕技。」

麻子「噢」了一聲：「怪不得！繼續說呀，老劉。」

劉哥的嘴角勾了勾：「那屈彩鳳當時就說，這趟鏢他們劫了，讓無關的人快走，敢抵擋的格殺勿論，那巨漢也自報家門，說自己是魔教的大弟子宇文邪，今天和巫山派是聯手劫這趟鏢，讓我們識相的快離開。」

麻子哀嘆道：「唉，我們鏢局吃巫山派的苦頭也太多了，當年老賊婆林鳳仙還在的時候，前任陳總鏢頭給打得差點沒命，幾趟鏢都是血本無歸。後來還是托了關係找上林鳳仙，每趟鏢抽三成油水，這才保了在江南七省的平安。好不容易林鳳仙幾年前終於死了，大家都想著總算能過幾年舒坦日子，想不到……」

劉哥也是憤憤不平地說道：「可不是嘛，當時趙鏢頭看這情形，本想好好談談，說還是按以前老規矩抽三成油水，放過這筆鏢，沒想到他還沒說完，那屈彩鳳身形一動，也不知是用的什麼武功，直接就給了趙鏢頭一記耳光，他登時臉就腫了。」

黑臉漢子跟著罵了起來：「奶奶的，這賊婆娘真狠，話說老趙功夫不弱啊，怎麼在她面前一點還手的餘地也沒有？」

劉哥無奈地說道：「嗨，這賊婆娘得了林鳳仙的七八成的真傳當然厲害，巫山派這些年在死了老賊婆以後還能跟峨嵋打得有來有回，這賊婆娘就是最主要的原因。」

麻子忙問：「然後你們就把這些貨全給交了？」

劉哥心痛地搖搖頭：「屈彩鳳那賊婆娘說，自從老賊婆死後，這三年來我們都沒再跟他們巫山派交那三成的油水，這趟鏢就算還了以前的債了，還要我們以後每趟鏢都得跟以前一樣抽三成的油水。」

麻子一下子慌了神：「那怎麼辦啊，好不容易能過兩年小康日子，這樣一搞，大家又得回去喝稀飯了。」

劉哥長嘆一聲：「可不是麼，但好漢不吃眼前虧，我們鏢局的人不是巫山派的對手，只能認了。但這時候，那個姓商的官可不幹了，他一屁股坐到那大箱子上，說這些都是他的俸祿，要回去養老的，還大罵我們收了錢不做事。」

黑臉漢子叫屈起來：「媽的，這狗官懂不懂規矩啊，碰到這種強人我們有啥辦法？巫山派就是在湖廣和四川的交界處，他自己都沒法剿掉，還來怪我們保鏢不力？非要死了人他才高興嗎?!」

劉哥恨恨地道：「嗨！話是這麼說，但畢竟人家是託鏢的客戶，我們護不了鏢，他這樣罵我們也沒法回擊，誰叫咱技不如人呢。這時那賊婆娘拿了個算盤，劈哩啪啦打了半天，說這二十個箱子一共有二十一萬四千兩銀子，這姓商的俸祿按二品官算，一年是兩百兩，一共當了十四年的官，全按二品算是四千兩，看他這一大家子人，再加上一路的車馬費，給他一萬兩，剩下的錢全是他貪贓枉法來的，一兩也不會給他留。」

黑臉漢子的表情和緩了些，笑道：「嘿嘿，這事我倒是喜歡，對付這種狗官，就要是賊婆娘這樣的狠角。」

劉哥的臉色又是一變，話鋒一轉：「還沒完呢，那姓商的又開口說自己是清官，多出的錢是經商所得。賊婆娘火了，又拿出個帳本，上面一筆筆地記了某年某月這個財主、那個員外孝敬他多少多少兩銀子，要辦何事的，這些都是姓商的官自己記下的一個帳本，不知屈彩鳳從何處得來，一條條讀下來，那狗官面如死灰，最後直接就癱在鐵箱子上了。」

黑臉漢子罵道：「他奶奶的，這狗官做這麼多壞事，真應該一刀宰了他。」

劉哥點了點頭：「是啊，那屈彩鳳念完那些記錄後說，本來按她以前的性子，直接就要了他的狗命，但看在魔教朋友的面子上網開一面，讓他帶上那一萬兩銀子快滾，而且不許跟我們鏢局要違約錢，那狗官哪還敢再多說，帶上一口箱子走陸路離開了。」

麻子長出一口氣：「這賊婆娘還挺會送人情，明明是她搶了我們的錢，反而倒像是成了我們的恩人了。這事就這麼完了？」

劉哥道：「我們失了這趟鏢，按規矩沒法再保護那官了，趙鏢頭謝過了那屈彩鳳，本已指揮大家回去了，卻聽到那賊婆娘對謝幫主說，那二十萬兩銀子全送他。」

黑臉漢子奇道：「還有這事？老謝只負責水上的事，按說跟這趟鏢沒關係，早該走了，為啥那賊婆娘要送他這份大禮？」

「沒錯，當時我們都奇怪，謝幫主卻是拱手推辭了，說什麼各走各路，各跑各船，無故受此大禮於心有愧，改日請他們來大江會做客之類的套話，還說以前跟林老寨主有交情，以後最好多走動啥的。」

麻子點了點頭：「那是，換了我是老謝也這樣說，巫山派畢竟是土匪，指不定哪天就要給剿滅了，這次又搶了朝廷二品大官，這時候誰也不想和他們扯上關係，再多的錢也不能要啊。」

劉哥聽了道：「老謝肯定也是這樣想的，但那屈彩鳳卻說，**這不是交朋友的見面禮**，**而是給他們大江會的遣散費**，**限他們幫十天之內解散**，讓出總舵水寨，由巫山派派人入駐。」

黑臉漢子一下子又激動起來：「靠，這也太霸道了吧，給筆錢就讓人家解散，有這道理麼？」

劉哥拍著腿說：「是啊，當時大江會的人一聽就炸了鍋了，謝幫主後來說，這大江會是這大江上有幾百年歷史的老幫派了，在洞庭湖上跑運輸的船把式們全在這幫裡，要是這幫沒了，大家也就無以為生了，還請巫山派高抬貴手，另尋寶地。」

「就是啊，江裡山裡都有水匪強盜啥的，要是沒個幫派集體行動，落了單的只能成為人家眼裡的待宰羔羊，巫山派跟魔教這是要斷幾千人的生路啊，有這麼損的麼。」麻子語氣中多了一絲憐憫。

劉哥喝了口茶，麻子連忙幫他續了水。

劉哥又道：「這時候，魔教的那個宇文邪開了口，說是魔教要聯合巫山派在這裡開分舵，大江會的人要是無處可去，可以加入他們。」

黑臉漢子啐了一口：「呸，那可是魔教啊，殺人都不眨眼的，正經人誰會隨便去？再說了，這洞庭湖離武當這麼近，打打殺殺的，那些大江會的只會行船，武功全是些三腳貓，這不是自尋死路麼！換了我，寧可沒飯吃，也不會加入魔教啊。」

劉哥點點頭：「沒錯，當時大江會的人都吵著說只願意待在大江會不走，最後謝幫主說了恕難從命，不能對不起歷代祖師，讓大江會在他手上散了，那宇文邪冷笑一聲後，說十天後會準時來接收，也沒拿那些鐵箱子就走了。」

麻子的眼睛突然一亮：「那你們不把這些箱子裡的錢收回嗎？」他想像著那幾十口裝滿了金銀財寶的箱子，眼睛都直了。

劉哥痛心地說：「老弟有所不知啊，趁著我們說話的功夫，巫山派的人在每口箱子上都貼了一張字條，上面寫著『巫山派贈大江會，謝幫主親啟，擅開者殺無赦』，有了這字條，誰還敢動這些箱子？」

黑臉漢子倒吸一口冷氣：「哎，照這麼說，那謝老幫主不是只能把這些給收下了麼？那這勾結盜匪、攔路搶劫的罪名不是坐實了嗎？」

劉哥嘆了口氣，道：「是啊，所以老趙也勸他絕不能收，不過謝幫主說了，如果現在不收，放這裡也會給別人拿走，以魔教中人的行事狠辣，勢必言出必行出手殺人，與其丟在這裡禍及他人，不如所有的事由他一人承擔，把這些銀子運回大江會總舵，再報官把這些銀子上交。」

麻子插話道：「那這樣一來，謝老幫主豈不是徹底得罪了巫山派與魔教？人家會給他好果子吃？大江幫又不是那種武林門派，就是一群靠著航運吃飯的船工，這還有得混？」

劉哥又喝了口茶：「我們當時也這麼勸他，要他三思，好漢不吃眼前虧，先暫時跟魔教合作，以後再圖翻身，我們鏢局不就是這麼來的嘛，當年也被迫給巫山派抽了這麼多年的油水。但老謝迂得很，說什麼祖師爺有命，斷不能從匪什麼的，還當眾跟手下宣布，說要是想走的人可以離開，絕不強留。」

「走的人多麼？」麻子問道。

劉哥搖搖頭：「大江會的人都是跑江湖的漢子，講義氣，謝幫主一向對兄弟們關照有加，這時候自然無人退縮，都表態說要跟大江會共存亡，後來老謝就把那些銀子全運回去了。」

麻子喝了一聲彩，接著問：「再後來呢，魔教和巫山派放過他們了嗎？」

劉哥擺擺手：「這我就不知道了，好不容易逃得一命，和謝幫主他們分手後，我們這批人就一路向北趕，半個月的功夫就回京了，正好趕上過年，至於那邊的情況，可能這幾天就會有消息傳過來了。」

黑臉漢子嘆了口氣，神情嚴肅地說：「依我看，這回大江會是凶多吉少了，他們好像也不認識什麼有實力的幫派，再說，以現在魔教和巫山派的勢力，就是少林或者武當也很難獨力抵擋，要不他們還會搞什麼伏魔盟嗎？更何況人家這回有備而來，只給了十天的時間，找救兵都怕來不及啊。」

麻子也附和道：「可不是麼，只嘆那老謝為人固然豪爽俠義，恪守祖訓，但太不知變通，不像我們長風鏢局，形勢不妙也會低頭啊。」

劉哥「嘿嘿」一笑：「嗨，這可是我們鏢局的祖訓，順風而倒，方可長保平安，所以叫長風鏢局嘛。要是仗著武功高就成天打打殺殺的，即使這一代強了，後人也會倒楣，就像江南的福遠鏢局，展霸圖在的時候多風光！打遍天下黑道綠林，當時的山賊好漢見了福遠的旗子就跑，可結果呢，到了展雲開這代，沒了他家祖先的劍法，一下就給人滅了門，只剩了根獨苗跑到了華山。」

黑臉漢子一拍大腿：「對了，他家那個展慕白後來聽說練成了家傳的天蠶劍法，手底下可硬了，單人獨劍挑了青城派，洞庭一帶前一陣傳說要正邪大戰的時候，他們華山雙煞不是也在嘛，這二人最恨魔教了，老謝要是能找上他們，或許還有條活路。」

麻子納悶道：「是啊，說來奇怪，這展慕白能練成天蠶劍法，變得那麼厲害，他老子怎麼就不行，連青城派于桑田的兩個徒弟就能把他們給滅門了，這也太水了吧。」

劉哥笑笑說：「唉，這種家傳武功最不好說了，跟人的資質也有關係。也許就是展雲開太笨了，練功不得法，展慕白帶了天蠶劍法上了華山後，有岳千愁這樣的高人指點，也許就一下子會了呢。」

「可岳千愁也沒練那劍法呀。」麻子本來連連點頭，突然想到了不對勁之處。

黑臉漢子不屑地看了麻子一眼：「人家是君子劍，華山自有祖傳的武功，比如他徒弟司馬鴻的霸天神劍不也是雲飛揚教的，他也沒學，人家上了年紀了，再要從頭學新的武功，這不是強人所難嘛。依我看啊，岳掌門只是指點了展慕白一些練劍的法門，姓展的資質應該比他爹強，又有岳氏夫婦、司馬鴻這樣的高手陪他切磋，就練成了天蠶劍法啦。」

劉哥點點頭：「嗯，還是老李你說的有道理，話說這司馬鴻不是碰到魔教巫山派就要打要殺麼，還來個什麼不死不休，怎麼真碰上冷天雄也慫了？」

黑臉漢子老李分析道：「人家只有師兄弟兩個人，魔教那邊冷天雄、東方亮、上官武三個都在，還有一大幫好手跟著，這樣還打，那是腦子有病。」

「那為啥冷天雄不出手？這可是殺他二人的好機會啊。」麻子又找到了插話的機會。

黑臉漢子得意地說道：「聽說當時是千鈞一髮，上官武都抽出刀了，卻給東方亮攔了下來，後來丐幫的人在附近出現，冷天雄主動先撤，華山雙煞一直全神戒備，沒有追擊。」

麻子臉上閃過一陣失望：「真可惜，本來一直以為能有場龍爭虎鬥的。」

劉哥擺擺手：「這些掌門級別的高手，對這種決戰都很慎重，如無絕對把握，不會隨便出手。」

麻子動了動嘴，表示不服：「那可不一定，你看屈彩鳳和林瑤仙都是大派的掌門，不照樣見了面就掐。」

劉哥笑道：「這兩個畢竟還是年輕女子，沉不住氣，要是峨嵋以前的掌門都這麼愛折騰，也不會傳到今天了，要我說，這華山雙煞也真有意思，從來都是兩個人行動，別門派上下上千人，也不乏好手，都從來不帶麼？」

黑臉漢子笑道：「女子全送到恆山了，那裡是楊瓊花和岳靈素在管事，華山上還有林力果、丁雨村、陸松這三大弟子，前年華山派在江南一帶掃蕩巫山派分舵的時候，曾經拉過不少人來幫忙，但人多了行動就慢，這二人只喜歡到處殺魔教和巫山派的人，可能是嫌人多了影響行動，反而礙事吧。」

麻子又轉移話題：「對了，我一直不明白那個楊瓊花是怎麼回事，她明明是峨嵋的人，恆山也是峨嵋的一處下院，為啥現在搞得像成了華山的人？」

劉哥道：「恆山的人在落月峽幾乎死光了，峨嵋的曉風師太也死於此戰，死時只有林瑤仙在身邊，她既然當了掌門，那跟她條件武功相當的楊瓊花自然最好是去恆山。伏魔盟裡，華山峨嵋最是交好，把女弟子派過來幫忙也很正常啊。」

「那這恆山算是誰的？華山還是峨嵋啊？」麻子眨著眼睛問。

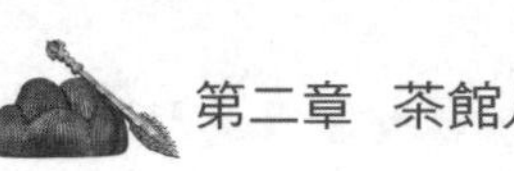

劉哥聳聳肩道：「不清楚，反正有了伏魔盟以後，名義上都是一家，再說以前一直傳說那楊瓊花跟展慕白關係不一般，要是成了親的話，那更不用分彼此了。」

那黑臉漢子突然開口道：「那怎麼這麼多年了都沒成親呀，聽說展慕白現在打扮得像個女人，一個大男人成天塗脂抹粉的，像什麼樣子！跟那司馬鴻成天出雙入對的，我看他們倒更像是一對夫妻。」

劉哥連忙捂住黑臉漢子的嘴：「哎喲，老李，這話可別亂說，傳到雙煞耳朵裡，你這命就不保了，這華山雙煞最恨的除了魔教巫山派的人之外，就是像你剛才那樣說展慕白是不男不女的人了。這一年多來因為亂嚼舌根沒了命的江湖人士也有四五個，就連武當的王家仁喝多了亂說話，也被司馬鴻教訓了一頓，要不是看在伏魔盟的份上，早就要他命了。」

李滄行想起這王師弟從小就喜歡背後議論他人短長，自己多次勸過他一直不聽，終於吃到苦頭，不禁凄然。

黑臉漢子也給嚇到了，「華山雙煞」這四個字在武林的影響力太大，能止小兒夜啼，趕忙說道：「好好，不說他們了，洞庭那裡的消息要過幾天才會傳過來，到時候免不了又是一陣腥風血雨，要是謝幫主能找到給力的幫手，反過來滅了巫山派，我們自然不用再交那三成的油水抽成。跟老謝合作了這麼多年，以後要是真的走洞庭的水路給巫山派占了，我看我們還不如繞點遠路避開的好，洞庭那裡以後要成為正派邪派爭奪的第一線了，危邦莫入啊。」

劉哥沉吟道：「嗯，要是不走洞庭這條線，也不用跟巫山派扯上關係，那抽成也可以免了。」

黑臉漢子不以為然地說：「老劉，你就想著那點抽成，這筆錢不管走不走洞庭都免不了的，你忘了這次老趙碰上人家後願意給抽成，人家直接把你這貨全給吞了嗎？要是換了下次，估計不僅要東西，還要殺人呢，這種事，林鳳仙以前做得還少麼！」

那劉哥吐了吐舌頭不再說話。

麻子把面前的茶一飲而盡，道：「好了，以後給不給抽成，走哪條線的事還要靠總鏢頭來定，我們就不用費這個心了，今天出來的也夠久啦，一會兒中午還要議事，哥幾個吃完喝完就一起回吧。」言罷，幾人喝完最後幾口茶，結了帳後出門而去。

第三章

活神仙

東街人聲鼎沸，街上小販夥計嘴裡嚷著：
「快看活神仙，快看活神仙！」
李滄行少年心性，碰到熱鬧好玩的也會駐足流連，
便跟著人群一起跑了過去。

李滄行一邊喝茶一邊思考著，從這些人的描述來看，**洞庭一帶勢必會有風波**，也不知道司馬鴻兄弟二人是否還在，如果沒走遠倒是可以幫上大忙；**公孫幫主和一眾幫中精英都滯留岳陽未歸，是否與此事有關？**

那大江會的謝幫主一身正氣，女兒的本領似乎也不弱，若是能在此次的風波中倖存，倒是對付魔教和巫山派的有力幫手，他有點後悔自己當時走得太急了，要是多留兩天，也許就能趕上這事。

李滄行又喝了會茶，把一碟花生也吃掉了，茶館裡再無值得一聽的江湖情報，都是在說朝廷裡的事。

牆角幾個上了年紀的老學究在議論前任首輔夏言這次回歸朝廷，重入內閣，與次輔嚴嵩的關係會如何。

李滄行在武當時，多次聽過嚴嵩父子靠討好當今天子，配仙丹進獻給皇帝，通過溜鬚拍馬而深得信任的傳言，對這父子二人極為不屑。

不過師父澄光講到這事時問過他一句：「如果換了你，會主動去吃一個藥效不明的丹藥來討好皇帝嗎？」

這句話直接讓他語塞。李滄行捫心自問，換了自己絕做不到冒死吃丹藥來拍馬屁的地步。

這夏言，以前只知他當過內閣首輔，後因觸犯龍顏而被迫辭官，想不到這回又重歸首輔之位了。

李滄行想起在岳陽城外的小樹林中，公孫豪曾經說過夏言是支持少林派的，嚴嵩父子則透過東廠與魔教搭上了關係，不由得在心理上站到了夏言這一邊。

李滄行起身準備離開，轉眼發現一個十三四歲的小女孩，正托著個盤子站在自己面前。女孩個子不高，紮了兩根麻花辮，身穿花棉襖，圓臉大眼，看上去嬌小玲瓏，正是那戲臺子上賣唱的少女。再一看戲臺上，雞皮鶴髮的老者正收起二胡衝自己一笑。

李滄行今天是第一次見到這對爺孫，初進茶館時還有點奇怪，為何平日裡說書的那人不在了。他摸出兩個銅板放入盤中，女孩嬌滴滴地說了聲「多謝大爺」，便轉向了別桌。

出了門後正要回錢府，突然聽到東街人聲鼎沸，街上不少小販夥計都在向那裡奔去，嘴裡還嚷著：「快看活神仙，快看活神仙！」

李滄行畢竟是少年心性，逛集時碰到熱鬧好玩的往往也會駐足流連，便跟著人群一起跑了過去。

才跑兩步，發現旁邊一條街上也奔來一個紅色的身影，從側臉看，正是峨嵋的「花中劍」柳如煙，正驚愕間，只見她已經鑽進了前面圍著的一堆人裡。

李滄行暗暗叫苦，此女對自己有意，自己一直對其敬而遠之，自巫山派前樹林一別之後，已有好幾個月未見，心中奇怪她為何會在此時現身京師?!

李滄行本想上前跟著她，突然想起此女嗅覺極靈，跟小師妹有得拼，這陣子天天練武，身上味道連自己都有些難以忍受，萬一跟得太近，給她嗅出來，有可能會壞自己的大事。

想到這裡，李滄行搖搖頭，準備回去，突然聽到一陣尖叫，回頭一看，柳如煙與好幾名年輕女子都羞紅著臉，一邊捂著眼從人堆裡擠了出來。

柳如煙向地上啐了一口，罵道：「好不要臉！什麼活神仙，分明就是大流氓。」言罷，向來時的街上走去。

李滄行來了興趣，走進街邊的一處酒樓，直上二樓，奔至窗邊打開窗戶，發現密密麻麻的人群將街邊圍得水泄不通，瞧那地方正是天橋，平時是奇能異士、江湖雜耍之輩賣藝謀生的地方。

但今天圍上這麼多人，似乎有什麼特別的熱鬧可看，李滄行仔細瞧看人群圍觀處，差點驚得下巴掉到地上，只見一名中年道士，全身赤裸，陽具如同高翹的龍頭一樣傲然挺立，比尋常人粗大數倍。

李滄行也算是天賦異稟，但此人比自己還要厲害得多，更驚人的是，此人正以標準的紮馬練功的姿勢，跨立在兩個半人高的石墩上，陽具上還用鐵鍊掛了一塊巨大的磨盤，看樣子足有好幾百斤，磨盤離地約一尺有餘，在那人的兩腿之間微微地晃動。

人群中不斷地發出陣陣的驚嘆聲，男人和上了年紀的婦人都饒有興趣地看著，一些年輕女子只看了一眼，便如柳如煙一般捂著雙眼，紅著臉尖叫地離開。

李滄行自小聽說書時，曾聽說過先秦有個著名的大臣叫呂不韋，跟秦始皇的生母趙姬有姦情，後來為解老情人獨守空閨的寂寞，便在街上找了個陽物巨大之人，名喚嫪毒的，假扮成太監送入宮中去陪太后，因為身具異能而得寵，被封為長信侯。

嫪毒後來還和太后生下兩個孩子，被秦始皇撞破後驚懼而謀反，失敗被殺，也牽連一代名相呂不韋跟著送了命，這個假太監嫪毒在歷史上可是大大的有名，當年就是靠在咸陽的鬧市表演以陽具轉動車輪的絕活，才給呂不韋看中召為門客的。

少年聽時，李滄行還不信，後來年齡漸長，看到《史記》裡對此事的記載，仍然是將信將疑，沒想到今天在這天橋上也見到了此等異術的表演。

此時，突然人群中有人大嚷道：「定是這道士使了什麼障眼法，磨盤有假，凡人怎麼可能有這能力！」

「就是，看這磨盤至少千斤，尋常三四個壯漢都未必能抬得起來，他的陽具雖然粗大，但也不可能有這本事，一定有詐。」

「我看他那陽物也是假的，說不定是套了什麼東西。」

人群中七嘴八舌的聲音漸漸多了起來，多半是不信那道士是真本事，懷疑他使了障眼法。

那道士生得三縷長鬚，眉宇間有一股逼人的氣勢，聽得這些話後，緩緩地做了個收氣的動作，陽物一下子暴起，將磨盤連帶著鐵鍊甩出半尺左右，啪得一下落在地上，塵土飛揚。

道士轉身穿好了衣褲，外面罩上一件土黃色的道袍，看著四周議論紛紛的人群，朗聲道：「貧道乃是**龍虎山玉真觀的住持藍道行**，山東人，自幼精通奇門遁甲，天文地理，三十歲修練內氣時，**得九天玄女授我黃帝御術**，當年軒轅皇帝憑此秘法可夜御百女，貧道剛才給大家表演的就是其中的一式『鬮吊千斤』。出家人不打誑語，若是哪位朋友能和貧道那樣，以下體之力將這磨盤抬起哪怕一寸，貧道甘願以紋銀百兩奉上，而且從此退出京師這塊寶地，終身不再踏入一步。」

李滄行突然想到了自己剛上黃山三清觀時，雲涯子通過火松子給自己的那本黃帝內經，也是盡說這房中之術男女交合技巧，這藍道行號稱得仙女夢授黃帝御術，不知與自己見過的那本黃帝內經有何關係。

李滄行正在思考時，只聽人群中一陣喧囂，一個虎背熊腰、滿臉橫肉的壯漢進了場子，身後跟著兩個僕人打扮的，歪戴著帽子，袖子擼到胳膊肘，眉目間一副痞氣，一看就是潑皮無賴。

李滄行認得他是東城開酒店的王大官人，在茶館裡也經常聽說此人的事跡，聽說他姓王名劍吟，本是個混血韃子，靠了祖蔭，在京師三大營裡捐了個游擊。

其人的那物如驢似馬，新婚之夜就把老婆給活活摧殘至死，後來一連娶了三個老婆都是如此。由於是夫妻行房女方血崩，加上他與嚴世藩有點交情，官府也不好定罪，只能放人，所以雖然此人在京城中開了好幾間酒樓，頗有些資產，也無人敢與他攀親戚了。

又聽說此人無家室約束後，乾脆成天出入青樓妓館，饒是那些閱人無數、熟諳床帷之道的青樓花旦，在他的淫威下也往往一連十餘日不能起身。背地裡大家送他個綽號：姦淫王。

那王劍吟走入場中後，圍觀眾人一片驚訝聲，一半是想看好戲，看看這淫名

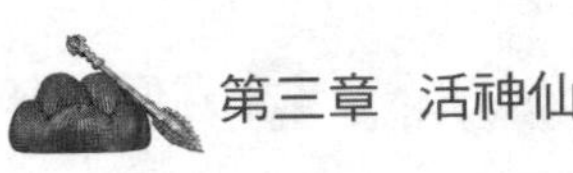

在外的京中一霸是否能挑戰這道士，另一半則是平時多少吃過此人的苦頭，巴不得他受點教訓。

李滄行仔細看了看那地上的石磨盤，從剛才落地的那一下來看，五六百斤的重量應非虛言，若是換了自己，憑雙臂之力固然可以將之舉起半個時辰以上，但若如那道人一般全憑陽物，那是萬萬不能的。

王劍吟昂著頭，鼻孔對著藍道行，挑釁道：「你這道士，學了些障眼法就想來騙錢，當我天子腳下無人麼？」

藍道行微微一笑：「不敢，貧道雲遊四方，途經寶地時，適逢一件大事需要用錢，苦於身邊銀兩不足，無奈之下出此下策，借寶地一角表演我派獨門道法，京師乃天子腳下，各路能人異士在此，貧道不敢專美，拋磚引玉還請大家指點一二，當然，若是有錢的捧個錢場，貧道自是來者不拒。」

「啊呸，好個不要臉的臭道士，爺爺今天就是要戳穿你這騙術。孫三、劉五，去搬開那塊破石頭，爺爺才不信那能有千斤。」

兩個惡奴暴諾一聲，上前便去搬那磨盤，結果臉漲得跟豬肝一樣的顏色，那磨盤卻是紋絲不動。

王劍吟罵了聲廢物，兩個手下低著頭退了下來，他擼起袖子，也紮起了馬步，李滄行看他運功的架式，知道此人武功不弱，而且是外家的練家子，心道京師重地果然臥虎藏龍，這一橫行街市的無賴居然也是個外家好手。

只見王劍吟上前兩步，雙臂環住那磨盤，沉腰發力，喝了一聲起，碩大的磨盤隨著他的動作居然緩緩地抬了起來，只見他手上青筋直暴，連腿也在微微地抖動。磨盤剛過腰，尚不及胸時，王劍吟又喝了聲走，千斤磨盤被橫空推出一尺左右，落到了兩塊石墩之間。

圍觀的眾人都喝起彩來，王劍吟則喘著粗氣，叉著腰，面露得意之色，只是李滄行從他虛浮的馬步和沉重的呼吸中能看出，剛才這下發力其實已是此人極限，甚至微受內傷而不自覺。

王劍吟的兩個手下，個兒高一些的家丁叫了起來：「牛鼻子休要看不起我京師豪傑，看看王大爺多厲害。」

另一個矮個子家丁不甘示弱地道：「就是，王大爺只是牛刀小試，就把這磨盤扔了回去，若是他老人家願意，舉著你這磨盤走上兩圈也不在話下。」

高個子家丁起鬨道：「快把一百兩銀子交出來，然後捲舖蓋滾蛋吧！那可是你剛才自己說的。」

人群裡也有人嚷嚷：「瞧他那窮酸樣，拿得出一百兩銀子麼？」

「就是，要是他有一百兩，還用得著這樣騙錢?!」

「王大爺可把他看好了，別讓他跑啦，要是這廝空手套白狼，就抓去見官，叫他以後還敢不敢來京城鬧事。」

四下裡吆喝的都是些遊手好閒的潑皮無賴之徒，平日裡與王劍吟臭味相投，偶爾也有幾個看不過眼的想開口幫那道士說話，還沒說兩句就給那些潑皮眼睛一瞪，拳頭晃晃，便再也不敢多言了。

藍道行微笑著等周圍的叫囂聲平息下來，方才不慌不忙地道：「貧道剛才好像沒有說只要舉起這石磨盤就算贏吧。」

高個子家丁叫道：「胡說，剛才大家都聽到了，只要能把這磨盤舉得離地一寸就算是贏了。」

「這牛鼻子想要賴，人家揍他！」幾個潑皮挽起了袖子作勢欲上，眼睛卻看著王劍吟，腳如同在地上生了根，並未向前半寸。

王劍吟此時呼吸已經漸趨平穩，咽了口吐沫，又恢復了剛才的囂張神情，繼續用鼻孔對著藍道行：「那你待怎地？」

藍道行平靜地說道：「貧道剛才說過，是要以下體之力把這石磨盤抬起哪怕一寸，貧道便認輸，這位英雄臂力不錯，只是不知下體之力如何？」

王劍吟的臉上青一陣白一陣，向地上啐了一口：「呸，你這不要臉的臭道士，自己跑到這京師重地，光天化日之下行那下作之事，不以為恥，反以為榮。爺在京師可是有頭有臉的人，哪能學你一樣沒臉沒皮。實話告訴你，爺能用臂膀舉得起這磨盤，用陽物一樣可以，你也不去打聽打聽在這地面上爺的外號！」

藍道行微微一笑：「『姦淫王』三個字如雷貫耳啊，貧道來這裡第一天就聽說王英雄是此地有力人士，若不是有要事在身，本當親至府上拜訪，只是貧道話既已出口，在場各位都可為見證。若是王英雄不好意思或者力有不逮，就此離去也未嘗不可。失禮之處，改日另行賠罪。」

王劍吟平生最恨「姦淫王」這三個字，此番再也無法忍耐，臉紅得像關公，吼道：「哪來的雜毛，今天不教訓教訓你，爺也不用在這京師混了，給我上！」

王劍吟一揮手，從圍觀的人群裡躥出二十多個彪形大漢，連同身後的兩個惡奴，一下子就把藍道行圍在了當中，拳打腳踢，虎虎生風，捲起滿地的塵土，一時間看不清圈中的人。

只聽「劈哩啪啦」之聲不絕於耳，中間夾雜著一聲聲的悶哼與呻吟，圍觀的人們一個個都張大了嘴巴，伸著頭想看清那沙塵暴裡究竟發生了什麼。

李滄行冷冷地看著發生的一切，卻陷入了更深的思考中。

塵埃落定，二十幾個潑皮壯漢在地上滾來滾去，有人折了膀子，有人扭了腿筋，但沒一個是能站立在原地的。王劍吟像是霜打的茄子，剛才的囂張氣焰早已經飛到九霄雲外。

藍道行似笑非笑地抱臂而立：「王英雄，今天似乎你帶的兄弟少了點。」

「哼，臭道士，大爺今天出來的急了，你有種等著，等爺回去叫些兄弟來收拾你。爺不信了還就……」一邊說邊回頭向人群外走去，也不管還在地上呻吟打滾的那些手下。

一隻肥肥的手攔住了他的去路，映入王劍吟眼簾的，是一張圓圓的臉：「老王，咱們京城人的臉都落在你身上了啊，就這麼一走了之的話，一輩子的名頭可就砸了，以後再想在這地兒抬頭可不容易哦。」

李滄行幾乎是同時跟王劍吟驚得失聲道：「錢廣來！你怎麼會在這裡？」

錢廣來哈哈一笑，肚子上的肉似乎都在抖動：「老王，你那異物京城上下誰人不知，要是連你都沒本事挑戰這道士，那我們京城豪傑這回就算是栽啦，以後你也別自吹那方面多厲害了，早早進宮得了。」

「姓錢的，你……」王劍吟張了張嘴，卻說不出話來。

「怎麼，想動手嗎？我錢廣來雖然不會武功，但你知道我一向身邊都有高手的。鐵牛，看了半天風景了，還不下來麼。」錢廣來笑著衝李滄行方向一招手。圍觀的人們一下子將視線都轉投至李滄行這兒來。

李滄行這才知道早就被錢廣來發現了，當下從二樓的窗子躍下。他知此次需要以技服人，因此使出了三清觀神行百變的輕功路數，如一片葉子在空中飄然而下，落地時使了個千斤墜，穩穩地立在酒樓前的一個石墩上，接著，他深吸一口氣，足下暗運內力一震，若無其事地跳下石墩後，幾百斤的石墩一下從中間裂開，斷處如同被利刃切開的月餅，光滑平整。

不會武功的人都驚嘆於他能把這大石一震為二，真正的練家子更會吃驚於他的內外功都極其出色，斷面竟無一絲裂紋，王劍吟看著碎開的石墩，面如死灰。

李滄行走到錢廣來身邊，抱拳道：「東家，喚我何事？」

錢廣來一指王劍吟道：「這位王老闆你應該聽說過吧？」

「久聞大名，如雷貫耳，京師誰不知道王老闆啊。」李滄行看了眼王劍吟，點頭回道。

錢廣來轉向了王劍吟道：「來來來，王老闆，我給你介紹一下，這是我家新雇的保鏢，名喚鐵牛，從小學了兩招三腳貓的功夫用來強身健體，自然入不了王老闆的法眼。」

「哼，姓錢的，爺今天沒功夫跟你閒扯，管你什麼鐵牛銅牛的，爺現在有事要走，告辭了。」王劍吟也不行禮，直欲推開擋在身前的李滄行而走。

錢廣來向李滄行使了個眼色，李滄行心領神會，一下子搭上了王劍吟的手，暗使黃山折梅手的小擒拿手法，王劍吟是外家好手，自然識得此類擒拿技巧，當即變了臉色，沉肘撞膝以應對。

李滄行一踏玉環步，身形快如閃電地閃到了王劍吟的身後，腳下略一使絆，用上新學的沾衣十八跌的上乘腿法，一下子把王劍吟絆得重心不穩，幾乎要摔倒在地。

在他使出千斤墜想穩住身形之前，李滄行暗使陰山指，一下點中他肋部的兩個穴道，王劍吟登時無法行動，一頭向地下栽倒，李滄行立馬托住王劍吟的腰，嘴裡大叫道：「王老闆您悠著點。」

外人看來像是王劍吟一把沒推到他，重心不穩才摔倒，殊不知兩人在剎那間已經過了三四招。

李滄行在托著王劍吟時，在他耳邊低語道：「一會兒不聽錢老闆的話就廢了你！」扶起他的同時，則順手幫王劍吟解開了穴道。

電光火石間，高下已判，在這早春的寒冷空氣裡，王劍吟腦門上豆大的汗珠涔涔而下，憤怒地瞪了李滄行一眼，卻只能無奈地點點頭。

錢廣來哈哈一笑，道：「王老闆，我們京城人的面子就全靠你了，我很看好你哦，在場的各位，大家都給王老闆鼓鼓勁啊。」

圍觀的眾人聞言，皆鼓掌喝彩，王劍吟卻是心中暗自叫苦。

咬了咬牙，王劍吟到石墩後面脫下外褲，有前襟馬褂擋著，倒也未露出真龍，只是高高鼓起的前襟出賣了他的尺寸。

李滄行一直冷眼旁觀，心中暗想此人綽號「姦淫王」看來真不是浪得虛名。

王劍吟跳上石墩，將地上的鐵鍊塞入自己胯下，準備停當後，開始運氣凝神，額上青筋暴起，大吼了一聲：起！只見他大腿上的肌肉高高地隆起，腳下的石墩也在微微地晃動，地上的石磨盤卻是紋絲不動。

李滄行偷偷斜眼看藍道行，發現他正眯著眼摸著自己的長鬚，微微頷首。

此時王劍吟的臉已經憋得像個得了尿毒症的膀胱，嘴角也隱隱現出血跡，前襟上那隆起的程度也有所下降，王劍吟求饒似地看了眼錢廣來。

錢廣來嘿嘿一笑，正待開口，卻聽那藍道行忽然道：「看來大名鼎鼎的京城姦淫王也只是浪得虛名啊，我看不如真依了錢老闆所說，快快入宮好了。」

周圍不少人都在交頭接耳：

「原以為這人多厲害，看來也不頂用啊。」

「是啊，那道士比他強得多了。」

「這有錢人可以花錢買人吹牛皮啊，你看他那活，開始老高，這才多久，一下子就不行了。」

「就是，開始老高應該也是吃藥吃的，我家那癆病鬼還比他要厲害些呢。」

王劍吟聽得此言，無名火起，一咬牙從懷中摸出一個藥瓶，倒出一把紅色藥丸，一下子全吞了下去，再發一聲吼，前襟立馬重振雄風，而地上的石磨盤居然開始微微地晃動了。

突然，一顆肉眼難見的石子打在他的膝彎環跳穴上，王劍吟的外家功夫全靠雙腿的千斤墜發力，這一下腿腳酸麻，一下子氣洩，抬頭噴出一蓬血雨，慘叫一聲，仰面向下倒去。

李滄行暗叫一聲不好，雖然此人劣跡斑斑，但本能的俠義心腸驅使他想衝出去拉住王劍吟，一邊的錢廣來如一道藍色的球形閃電搶在他面前。

可惜都遲了一步，只聽「啪」地一聲，王劍吟的那物竟然齊根斷裂，血淋淋地掛在鐵鍊的一端，人則倒在地上，痛苦地掙扎了兩下後，脖子一歪，當即斷了氣。

剛才還人聲鼎沸的街市靜得可怕，突然間一個婦人趴在地上嘔吐起來，緊接著一個帶哭腔的慘呼聲響起：「殺人啦！」

呆若木雞的人們一下子如遭電擊，個個四散奔走，不消片刻，喧鬧的街市上黑壓壓的人群，包括前一陣那些還在地上打滾的打手們，就像退潮的潮水，在一片驚聲尖叫中消散得無影無蹤，只有李滄行抱著地上王劍吟的屍首，與錢廣來一起憤怒地盯著這個笑眯眯的道人。

錢廣來玩世不恭的臉上第一次充滿了憤怒：「朋友，你太過分了吧，這人雖然平時行為不端，但罪不致死，更何況，你在人運功之時突施偷襲，實在是下三濫的行徑。」

藍道行嬉皮笑臉，全無剛才得道高人的那副樣子，說道：「錢老闆消消氣，你跟這人不是一向不對盤麼，他死了你應該高興才是。」

錢廣來沉聲道：「一碼歸一碼，我看不慣這人，不代表我想用這樣無恥的手段取他性命。說，**你究竟是何人，來京城想做什麼？**」

藍道行道：「貧道做事自有道理，只是此時不便與錢老闆和這位鐵牛兄弟細說，**總有一天你們會明白我的用意的，現在只要知道我們是友非敵即可。**」

李滄行怒道：「老子才不想跟你這無恥小人做朋友，馬上給老子滾出京城，不然我現在就要你的命。」

藍道行微微一笑，忽然壓低了聲音道：「李滄行，你這衝動的毛病最好改改，不然遲早會害了你。」

「誰，誰是李滄行？老子是錢老闆的貼身保鏢鐵牛，你這牛鼻子是不是嚇昏頭了，連人都認不得啦？」李滄行心下大驚，連話都說不俐落了。

「行了，你是誰自己最清楚，送你句話，**是龍得盤著，是虎得臥著，衝動是魔鬼，留得有用身，方能有一番作為**。好了，來請我的人到了，我得和二位道別啦，下次再見不知猴年馬月，珍重。」藍道行瀟灑地擺了擺手。

說話間，從東街方向奔來幾十個兵士，為首一人年約三十歲，胯下高頭大馬，目光如炬，英氣逼人，手持一把長柄大刀，馬前跑著的一人，正是剛才王劍吟身後兩個惡奴中的一個。

那惡奴一見藍道行，便哭喪著臉，直指藍道行：「就是這個妖道害了我家老爺。」

騎馬之人一揮手，眾兵士將藍道行團團圍住，幾名衙役上前將其按倒，五花大綁，自始至終藍道行不出一拳一腳反抗。

騎馬之人在馬上向錢廣來一抱拳，道：「多謝錢老闆一直與此妖道周旋，為我等拿此賊贏得了時間。」

錢廣來又恢復了富態商人的神情，打了個哈哈，臉上的肥肉把眼睛擠得瞇成了一條線：「沒啥，本想向此人買些大力丸之類的，你也知道我四個老婆沒生下個一男半女，所以……」

「好了，公務在身，不便多留，就此別過，若是審訊此人時需要在場證人，到時還有可能叨擾錢老闆。」

來人一拱手，掉轉馬頭，向來時方向而去，手下之人押著藍道行而去，藍道行意味深長地回了下頭，衝著錢李二人詭異一笑。

待一行人消失在街道拐角時，錢廣來嘆了口氣，道：「想不到會弄成這樣，本來只想教訓和羞辱一下那王劍吟，這藍道行未免太過狠毒。」

李滄行一直看著藍道行走去的方向，喃喃地說：「此人的路子似乎是黃山三清觀，那奇技淫巧若名為黃帝御術，倒是和三清觀的黃帝內經應該有淵源。而且他還知道我的來歷，真是個謎一樣的怪人。」

錢廣來看了眼王劍吟的屍體：「不管他了，他害死了姦淫王，估計這一去小命不保，不過依我看來，他似乎是有意要被官兵抓走。」

李滄行點點頭：「我也是這樣認為，他本可逃走，卻留在這裡等著官兵來，也不反抗，束手就擒，不知有何圖謀。」

「哎，別亂猜了，但願如他所說的那樣，與我們是友非敵。走，到前面雇輛車，把姓王的屍體運回他家吧，想不到此人生前招搖過市一堆狐朋狗友，死後居然還要我二人來收屍，真是造化弄人啊。」錢廣來搖了搖頭，邁開步子與李滄行一起向西街的車行走去。

把王劍吟的屍體送回王府後，二人不願看那些管事打手們爭奪王家遺產的醜態，直接回了錢府李滄行的房中。

錢廣來讓僕役們端來兩杯茶後，就打發所有人離得遠遠地，還關上了門，李滄行等他忙完這些後，才低聲問道：「錢兄為何那時出現？」

錢廣來笑了笑：「我剛回府，有急事要找你，聽說你出門了，料想去了王記茶館，走到那裡時，見你正好上了酒樓，本想上去喚你，突然見那王劍吟鑽進圍觀人群中，而你上酒樓應該也是想看得清楚些，所以就跟過去看看發生何事。」

「以前沒聽你說過跟這王劍吟有仇啊。」李滄行好奇問。

錢廣來正色道：「這廝仗著有些臭錢，有點後臺，經常來我的錢莊布莊生事，在眾人面前，我不好顯露武功，吃過兩次虧，後來找機會讓幫裡的兄弟幫忙報復過他兩次，他大概知道是我做的，以後就不敢像開始那樣亂來了。簡而言之，這地面上有點頭面身分的人，都多多少少會有些小磕碰，但誰也不敢做得太過火。畢竟錦衣衛和東廠都在這裡，大家在這裡有家有業，鬧大了都不好收拾。」

李滄行想到了後來騎馬的那人，感覺錢廣來似乎與此人認識：「今天來的那人是誰？錦衣衛的人嗎？」

錢廣來搖搖頭：「不，那人叫**譚綸**，江西人，前年中的進士，此人可是難得的**文武雙全**，聽說少年時曾遊學天下，得異人授過上乘武功，自幼飽覽詩書，思維敏銳，智力過人，性格沉穩，有雄才大略。他前年中了進士後，本可外放為官，但他卻推辭了，想先瞭解一下京師的治安與風土人情。我跟他打過幾次交道，此人雖年輕，但看起來前途不可限量。」

李滄行猜道：「我想他留在京城是有目的的，他中的是進士，按律能外放至少是縣官，但他寧可在這兒幫忙捉盜匪，恐怕所圖者大，應該是想在這幾年裡完全摸清朝中的情況，尤其是京師內錦衣衛與東廠的情況，然後再決定自己的人生。」

錢廣來點點頭：「嗯，留意這個人，以後我們應該還會和他打交道的。」

李滄行換了個話題：「對了，錢兄，你說找我有急事，到底所為何事？」

「這次我外出收帳，回府後才接到師父的飛鴿傳書，你看看。」錢廣來說著，遞來了一張字條。

李滄行接過一看，只見上面寫著一行字：

大江會為魔教巫山派所滅，謝幫主身亡，洞庭水寨現為巫山派所控制，我等暫居洞庭處理此事，月後來京。

李滄行嘆了一口氣，道：「今天在茶館還聽人說起這事呢，沒想到謝幫主還是沒逃過此劫。只恨我不能當時身在現場，冷天雄我打不過，可對付屈彩鳳和宇文邪還是有自信的。」

李滄行越說越氣，一拳砸在桌上，「砰」地一聲，震得桌上杯中的茶水四濺。

錢廣來長嘆一聲：「你在也沒用，我在動身之前就知道這個事情了，當時便料到會是這結果。」

「哦，這話如何說起？」李滄行奇道。

錢廣來緩緩道來：「上次魔教冷天雄他們與華山雙煞相遇後，雖然表面上撤退，但一直暗地裡仍留在洞庭一帶。只是知道我幫精英雲集，不想橫生枝節，現在只派了宇文邪陪著屈彩鳳出來占地盤。」

李滄行聽到這裡，馬上問道：「這事我一直奇怪，巫山派跟峨嵋的爭鬥正激烈，在蜀中的攻防還沒分出勝負，上次又被我一戰消滅了不少精英，怎麼會有實力去來洞庭這裡發展勢力？」

錢廣來道：「這你就有所不知了，巫山派和魔教的結盟看來是大勢所趨，不可扭轉了，非但如此，巫山派好像還和錦衣衛扯上了關係，**陸炳的徒弟岳十三正負責和他們之間的合作**，現在巫山派的防守主要都是錦衣衛的人，上個月聽說林瑤仙進攻了一次，結果沒有成功。」

「什麼，還有這事？峨嵋的損失大嗎？」李滄行緊張地問。

「呵呵，老弟，你還是放心不下那些美女嗎？」錢廣來臉上的兩堆肉把眼睛擠成了一道細縫。

「錢兄別亂說，我雖不是峨嵋的弟子了，但畢竟同門大半年還是有感情的，我是關心她們的安危。」李滄行激動地站了起來。

「哎，開個玩笑，別這麼認真呀。坐坐坐。」錢廣來笑著拍著李滄行的肩膀讓他坐下：「峨嵋方面沒啥損失，倒是唐門的人衝得太凶，傷亡慘重。經此一敗，峨嵋上次在你幫忙下占的便宜又算還了回去，兩家又扯平了，所以這次屈彩鳳才敢跟魔教一起來洞庭門分舵，老家反正讓錦衣衛守著呢，她很放心。」

李滄行難以置信地道：「這賊婆娘真是瘋了，她師父明明是錦衣衛殺的，還跟他們合作。」

錢廣來兩道眼縫中精光一閃：「屈彩鳳的個性倔強得緊，陸炳那嘴能把死人說活，他們的合作應該很久以前就開始了。她一直以為是武當私下把徐林宗清理門戶了，上次又在你手上吃了大虧，再加上常年和峨嵋廝殺，結仇已深，現在已經不可能再回頭。」

李滄行突然想到當時與金不換的對話，追問道：「對了，**錦衣衛不是和東廠勢如水火嗎？東廠又聽說是魔教的同盟，為何巫山派能同時和兩家合作？**」

錢廣來沉吟道：「魔教跟東廠也只是互相利用的關係，錦衣衛和東廠同為朝廷的部門，不可能公開撕破臉皮，而且老弟可能有所不知，所謂東廠和錦衣衛的仇，完全就是金不換和陸炳的私人恩怨，他們是不敢公開把矛盾上升到皇帝面前的。」

「私仇？」李滄行把這兩個字反覆地念叨了兩遍。

錢廣來哈哈一笑：「正是，想當年陸炳還只是錦衣衛千戶時，金不換是獨行陝甘一帶的大盜，無惡不作。有一次，金不換搶劫了朝廷發往西北邊關的一批軍餉，又殺了追查此案的陝甘總捕頭，惹得龍顏震怒，皇帝直接下令錦衣衛限期破案。

「陸炳親自出馬，追蹤了半年，終於擒得金不換，但他老婆紅花鬼女卻跑了，本來這金不換按律當斬，但當時的內閣次輔嚴嵩卻力保金不換夫婦，說是人才難得，可為國出力。那兩年嚴嵩正因為大議禮事件中得了聖寵，皇帝高興之餘便准了他的奏，改死刑為宮刑，從此金不換就加入了東廠，依著與嚴嵩的關係，十餘年來一步步爬上了東廠廠公的位置。」

李滄行這才恍然大悟，以前他人在江湖，哪知道這種朝中的爭鬥！

「原來如此，難怪這金不換這麼恨陸炳。」

錢廣來喝了口茶，繼續說道：「這陸炳跟皇帝從小一起長大，一向被倚為左右手，多年來一直幫皇帝掌控朝臣插手江湖。金不換雖恨極陸炳，也不敢公然為敵，只能在暗中扯他後腿。比如上次金不換在岳陽想殺你，就是因為陸炳看重你，想招攬你。」

李滄行想起自己差點在那次送命，恨上心頭：「呸，為他們這點破事差點我把命都賠上了，真倒楣。」

錢廣來拍了拍李滄行的肩頭，道：「金不換的老婆，是江湖上赫赫有名的

紅花鬼母，早年叫**紅花鬼女**，乃是陝甘一帶**武林異人公治一陽的女兒**，一手**天蠶絲**和**滿天花雨**的紅花針法縱橫江湖數十年，加上全身是毒，稱得上當今一流的高手。**公治一陽有三個徒弟，大師兄是你碰到過的鬼聖，老二是金不換，鬼母是師妹**，東廠和魔教的合作也是搭上了這根線。」

李滄行聽到這裡，微微一愣：「原來如此，那為何金不換那天眼見師兄有性命之虞，仍不願出手相助？」

錢廣來微微一笑：「他們師兄弟年輕時都追求過鬼母，只是因為鬼聖練殭屍功成天要接觸屍體，變得半人半鬼，最後鬼母才選擇了金不換，即使現在都是兒孫滿堂的年齡，仍是關係不冷不熱；再加上金不換現在成了太監，總懷疑鬼母會離開他，一直不願她和鬼聖多來往。依我看，那天他巴不得你殺了鬼聖，反正與魔教已經結盟了，鬼聖的存在與否不再重要。」

李滄行眉毛動了動：「同門師兄弟應該親密無間，何至於此！」

錢廣來不以為然地道：「老弟，**不是每個人都是你，也不是每個門派都是武當**，即使不是為了爭奪師妹，為了爭掌門而殘害同門的也不是沒有，你待的三清觀不就是如此嗎？」

李滄行想到雲涯子與火華子，不禁默然。

錢廣來看李滄行的樣子，連忙轉移話題：「所以巫山派是借了魔教的幫助，這才占了洞庭，我相信在滅大江會的一戰中，冷天雄東方亮這些人都會出現，不然絕不至如此順利。師父一直待在洞庭附近，要是連他老人家也無力挽救大江會，那除非是冷天雄本人出手才有可能。」

「這麼說，魔教會留下高手幫巫山派守一段時間的洞庭分舵，甚至東廠也會幫忙防守，是這樣吧？」李滄行分析。

「不錯，所以師父回信說要處理一下那邊的事，再度推遲行程，應該就是為了這件事。」錢廣來點頭說道。

李滄行恨恨地一拍自己大腿：「對了，大江會不是普通的江湖門派，而是行船跑幫的普通漁民，這等良民被屠殺，官府也不管嗎？」

錢廣來長嘆一聲，神情也變得憂鬱起來：「老弟，你太天真了！當今天下，豺狼當道，像嚴嵩那種奸臣高居朝堂，只想著如何拍皇帝的馬屁，哪會管百姓的死活?!別忘了魔教和東廠的關係，嚴嵩是他們的後臺，最多是指使地方的官員給那些死者一點撫恤，讓他們不許聲張，再抓幾個倒楣的小賊，扣上這罪名殺了，算是對上對下有個交代，這種事，我常年走南行北見得多了。」

「老賊不除，國難未已！」李滄行咬牙切齒地一掌拍在桌上，又是一陣茶水四濺。

錢廣來哈哈一笑：「老弟文采不錯啊，張口就來，比一般的習武之人要強了不少。」

李滄行一邊收拾著桌上的茶水，一邊道：「慚愧得緊，小時候跟著師父學過一點四書五經，後來我年齡漸長，學武的任務漸重，就沒有時間多讀了，也只能算是粗通文墨，不過『**慶父不死、魯難未已**』的典故我還是聽過的，剛才一時來氣，就拿來用在老賊身上了。」

李滄行突然想到嚴嵩，索性今天就借這機會跟錢廣來問清楚朝堂上的事：「這老賊又是什麼來頭，靠的什麼伎倆能讓皇帝這樣信任他？」

錢廣來聽了，道：「說來話長了，當今聖上是如何坐上皇位的，你可否清楚？」

李滄行把所有他知道有關嘉靖皇帝的事都說了出來：「略有耳聞，好像是當年正德皇帝英年早逝，沒有留下子嗣，重臣合議後，從宗室裡找到了一向賢名在外的當今聖上繼承大統，論起先皇和今天皇上的關係，算是堂兄弟。」

錢廣來微微一笑：「正是如此，你說這當今聖上登了基後，該如何稱自己的親生父母？」

李滄行不假思索地答道：「當然是稱父母為爹娘了啊。」

錢廣來搖了搖頭，眼睛又微微地瞇成了一道縫：「錯了，雖然當今皇上在即位時是以皇弟的身分繼承大統，但內閣重臣以楊廷和為首，卻堅持要當今聖上稱他生父為叔父，稱生母為叔母，要尊正德皇帝的生父，弘治皇帝為生父，尊弘治皇帝的張皇后為生母。」

李滄行啞然失笑道：「天底下哪有這樣的道理，當了皇帝就不認自己的老子娘了，那還是人嘛！這些朝臣的書都讀到狗肚子裡去了?!」

錢廣來又喝了一口茶：「確實不近人情，但這就是所謂的**皇家祖制，牽涉到皇位的正統性問題**，如果不重新認爹，那就代表最純的那支皇帝血脈斷了。」

李滄行沒有想過這種問題，嗤了聲：「真是麻煩，那後來呢？」

錢廣來笑道：「當今聖上為了這事，跟前朝的老臣們鬥了好幾年，最後是在南京有幾個不得意的官員拍皇帝的馬屁，寫奏摺給皇帝認親爹找到了理論上的依據，最後把皇帝的親爹娘也算成前皇帝了，這事才算完。」

「那跟嚴嵩有何關係？」

「皇帝在寶座上坐了十幾年後，又想把他爹的牌位弄進太廟，當時的嚴嵩是禮部尚書，專門管這事，又準備按祖制反對，給皇帝罵了一頓，馬上就重寫了份奏摺極力支持，這個馬屁拍得皇帝很爽，他老子的牌位也順利進了太廟，從此皇帝一高興，就讓嚴嵩入閣了。」

李滄行這下算是明白了，不屑地說道：「只要幫皇帝的老子牌位進那個太廟就能入閣當宰相？這也太容易了吧，我雖然不太懂朝政，但也知道入了內閣就會叫什麼大學士，就相當於宰相，對吧。」

錢廣來眨了眨眼睛：「不錯，我朝太祖為防丞相專權，不設丞相，把權力分到六部，但沒個總管事的，又會造成六部間互相推諉扯皮，所以後來又設了內閣，相當於宰相的權力，進內閣的那幾個，就是我大明真正的主宰者，稱為宰相也不為過。」

李滄行點點頭：「原來如此，夏言夏大人是當今的首輔吧，幫主好像說過他跟少林關係不一般。」

錢廣來「嗯」了一聲，道：「不錯，當今夏大人是首輔，嚴嵩是次輔，但皇帝當年得位有爭議，因此崇尚道術，經常喜歡寫青詞燒給上天的神仙看，夏大人不喜歡在這件事上跟皇帝一起瞎鬧，而嚴嵩每次在寫青詞燒青詞的時候表現得很恭順，甚至會在燒青詞的時候戴上面紗，裝出一副虔誠和神聖的樣子。再加上夏大人為人剛正不阿，經常為民請命，而嚴嵩則天天溜鬚拍馬，說什麼天子聖德被天下，一片太平之類的皇帝愛聽的話，時間一長，皇帝就更喜歡嚴嵩了。」

「皇帝應該在自己的位子上為萬民造福啊，成天不做正事，排斥忠良，重用奸臣，這還像什麼樣子，當不好就換個人好了。」李滄行想到陸炳挑起江湖爭鬥的青山綠水計畫從根子上也是皇帝的旨意，一時怒火中燒，恨恨地說道。

錢廣來連忙示意李滄行噤聲：「老弟，這種大逆的話還是不要多說，給人聽到要掉腦袋的。」

李滄行也覺得剛才的話過火了些，自責道：「我太衝動了，哎，不知道我這毛病何時能改。」

錢廣來笑道：「我師父就喜歡你這率直的個性，哈哈。話說回來，**嚴嵩現在和夏言夏大人是勢成水火**，夏大人支持少林，嚴嵩就通過東廠勾搭上魔教，**皇帝也樂得見這兩人互相掐個你死我活**，這樣大臣們就不能抱成一團，事事都需要請示和倚仗於他，他的皇位就安穩了。」

「他媽的，這狗……算了，我啥也沒說。」李滄行氣極之下又忍不住爆了粗口，正想罵個痛快時，猛然想起剛才的話，趕忙住了嘴，氣呼呼地喝了口水。

第四章

屠龍十巴掌

李滄行道：「幫主，聽說丐幫絕技是屠龍十八掌，
可您剛才說的是？」
公孫豪道：「沒錯，我說的是屠龍十巴掌，不是十八掌。」
李滄行覺得古怪，道：「啊，這又是為何？」

錢廣來嘆了口氣：「當今皇上就是如此，只想自己皇位穩固，進而又想長生不老，整天不理朝政，**只求修仙問道**，**靠陸炳和金不換來監控朝臣**，**讓夏言與嚴嵩互鬥以維持平衡**。這樣搞得民不聊生，但他的位置卻是越發地穩固。你沒聽過那句民謠嗎：**嘉靖嘉靖，家家乾淨！**」

李滄行不想再聽這些骯髒的朝政了，心裡覺得堵得慌，換了個話題：「算了，不說他，越說越堵心，現在我們該怎麼辦？」

錢廣來想了想，道：「還是等師父來吧，洞庭那邊我們也幫不上忙。對了，還有件事要告訴你，你今天是不是看到峨嵋的柳如煙了？」

李滄行勾了勾嘴角：「不錯，我上茶館的二樓看熱鬧，就是因為不想和她離得太近，這丫頭鼻子靈，我怕給她嗅出身上味道，認出我來。」

「聽說她是去關外神農幫的，上次峨嵋與巫山派一戰，雖然死者不多，但傷了不少，神農幫一向以製造各種靈丹傷藥而聞名於世，加上伏魔盟以前也邀請過他們，這次去可以問一下回覆的答案，順便弄些傷藥回來。」

李滄行心裡鬆了口氣：「原來如此，正邪爭鬥還不至於鬧到關外，她這一去應該是安全的。」

錢廣來長身而起，說道：「今天聊了不少，白天也忙活了半天，早點休息吧，你老弟泡了一上午的茶館，我可是連夜趕回，連我那四個老婆都沒好好親熱就跑去找你了。」

李滄行跟著站了起來：「哈哈，我只顧跟錢兄聊得開心，未想到這一層，那就回見吧。明天早晨再找你切磋武功，這半個多月你不陪我練功，我一個人可無趣得緊。」

李滄行這晚上沒有睡好，腦子裡淨是白天遇上的藍道行，從他在塵土中打倒那二十餘人的手法看，分明就是和自己一路的黃山折梅手，這武功在三清觀是獨門絕學，除了自己外，只有雲涯子會使這武功。

自己在三清觀時，知道數百年前全真教的分支紛紛獨立，如郝大通所創立的華山派便與全真教再無一絲一毫的關係，而全真教本宗改名三清觀後，更是一直處於衰落狀態，並未聽說在其他地方還有分支下院的存在。

雲涯子的妻子清虛散人離開三清觀後，也是寄身他處並未開宗立派，自己曾問過火華子是否還有其他師叔伯的存在，他卻一直閉口不提。

今日見那藍道行既會使黃山折梅手，又精通所謂的黃帝御術，似乎都與三清觀有著千絲萬縷的聯繫，雖然此人陰損歹毒，有失君子之風，但似乎對自己並無惡意，也不知被譚綸抓去後是吉是凶。

李滄行翻了個身，思路卻又飛到了洞庭湖，今天在茶館裡聽那些長風鏢局的人吹牛時，便對謝家父女心生敬意，恨不能當時就飛到洞庭湖畔助他們一臂之力，沒想到還是沒躲過這一劫。

那謝家千金也不知道此戰是否能保住性命，若是能逃回崑崙派，說動前輩高手們為自己討回公道，或可增加復仇成功的可能，而在這場已經持續了幾年的正邪大戰中，崑崙派卻一直保持著中立。這次若是能借著謝婉君的事，讓崑崙加入伏魔盟一方，那正派的勝算也會提高不少。

謝小姐使如意珠時還會掐指計算對手的方位，這門暗器手法李滄行倒是從未聽說過，竟一下子生出了有緣得見，希望能與謝婉君切磋一二的想法。

李滄行又想到了嚴嵩，他以前雖然聽說此人為人貪婪，在朝中拉幫結派，但未想到其為禍之烈竟至如斯。大江會被滅，死者至少上百人，多數都是不會武功的普通百姓，如此血案，嚴嵩竟然能一手遮天，而且聽錢廣來的話，這類的事他經常做，李滄行想到此事，更是氣不打一處來，翻天覆地無法入睡。

乾脆披衣起身，到院了裡打了一路拳，略感疲勞後才回房入睡，當他再次去夢裡與沐蘭湘相遇時，三更已過。

第二天一早，李滄行翻身起床，早早地在練功房裡練起了紫青劍法，往日裡他心平氣和時，可又穩又準地一劍出手連刺八下，可是今天他心浮氣躁，還未從昨天的情緒中解脫出來，出手時總是手腕微微發抖，連試了不少次，都是一劍出手只能連刺五到六下。

李滄行嘆了口氣，收劍回鞘，坐下運起冰心訣，果然奏效，功行一個周天後，頓覺靈臺清明，煩躁不安的情緒一下子好了許多。

李滄行睜開眼，站起身，屏氣凝神，想像著對面的人形靶子就是嚴嵩，大喝一聲，寶劍出鞘，紫氣暴漲，木人的神庭、人中、天突、中府、紫宮、膻中、鳩尾、中脘，從頭及腹的八個穴道全部被刺中，每個穴道入木三分，分毫不差！

收劍回鞘，李滄行長出了一口氣，突然聽到後面有人在鼓掌：「好快的劍。」

李滄行一回頭，赫然正是公孫豪，錢廣來則陪在他身邊。

李滄行又驚又喜：「幫主！您怎麼來了？不是昨天才接到飛鴿傳書，說要過一陣才來的麼？」

「那是因為廣來去外地辦事了，半個月後才接到我那信，我處理完洞庭那裡的事情後正好趕到這裡。」公孫豪笑道。

李滄行向公孫豪一邊行禮，一邊問道：「原來如此，對了，幫主，您不是秘密來的，這樣一大早公然在這裡，會不會給人看到？」

公孫豪笑著擺擺手：「不用擔心，我夜裡找到廣來，已經讓他一早把家人和僕人們派到前院了，這練功別院的門已經關上，別人都進不來，即使有不速之客來訪，也逃不過我的耳目，你就放心吧。我從廣來幼時就教他武功，跟他這樣聯繫已經有十幾年了，從沒出過岔子，京城上下沒人知道他會武功，也沒人把他家當成一個江湖門派那樣監控。」

李滄行放下心道：「是，幫主。對了，錦衣衛和東廠不是要監控朝臣及各大門派嗎，類似錢兄這樣家財萬貫，又在天子腳下的，他們不管？」

錢廣來嘆了口氣，道：「每年我都得花不少錢來餵飽這些吸血鬼，當然他們應該也暗中查過我，確信了我只做生意，不會武功，也不牽涉進江湖是非，才會對我放心的。」

李滄行感慨道：「原來如此，錢兄你可真不容易，又要給幫裡籌錢，又要餵飽這些傢伙。」

說到這個，錢廣來氣就不打一處來：「是啊，順天府、錦衣衛、東廠、戶部都要錢，最貪的還是東廠，一幫子太監跟我們八竿子打不著的關係，每年要的倒是最多。」

李滄行怪道：「太監也要跟你們要錢？憑什麼？」

錢廣來恨恨地道：「東廠只有管事的那幾個是太監，下面的鷹犬們多數都是錦衣衛，這幫人平時橫行京師，碰到商家就是敲詐勒索，你若是不給錢，他們會夜裡給你放把火，或者給你栽個贓物什麼的。我新接手家業時，開始也是賭氣不給，後來兩家鋪子給燒了，還有三家分號被放了失竊的贓銀，不得不花幾倍的銀子去打點。

「以後我才學乖了，每年給例錢，錦衣衛一年三萬兩，東廠三萬，順天府一萬，各地分號所在的官府五千兩，這才保得這麼多年生意平安無事。至於平時的運輸，則一向是交給鏢局，有時候重要的貨物需要師父派得力的人親自護送。」

李滄行轉念一想，道：「那巫山派是整個江南七省綠林的盟主，錢兄的商隊要是走南方七省的話，要不要向她們交錢？」

錢廣來回道：「我們的生意主要是在北方，很少去江南，不過為防萬一，以前我們商會每年也要向巫山派交三千兩銀子，算是面子上維持一個和氣。長江以北的綠林道上，沒有像巫山派這樣統一的盟主存在，一般平時的生意都是交給各個鏢局，由他們來打理和各路山寨的關係。」

李滄行突然想到那日長風鏢局的鏢師們的話，不由心中一動：「就像那個長

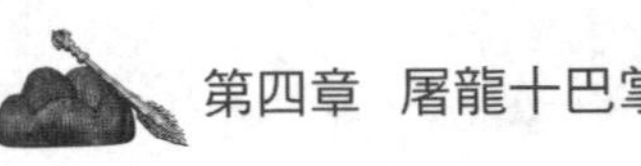

風鏢局？他們好像就是花錢給山賊盜匪去買個平安。」

錢廣來長嘆一聲，語調中盡是落寞：

「這基本上是行內不成文的約定了，當今天下，家家乾淨，不少人上山落草也是為情勢所逼，真正的大奸大惡之徒並不多，都是混口飯吃，沒必要拼死拼活趕盡殺絕。比如以前『福遠鏢局』的展霸圖，生前打遍黑道無敵手，闖出偌大名頭，但最後還是禍及子孫。沒有人可以永遠強大，鏢局這樣傳子傳孫的行當也不可能像武林門派一樣，把掌門傳給優秀的外人，而仇恨卻是代代相傳世世累積的，所以這個行業就這樣，千百年都是如此，很正常。」

李滄行追問道：「那要是碰到真的占山為王、殺人放火、無惡不作的盜賊，就沒人管得了他們嗎？」

「當然有！」公孫豪中氣十足的聲音如洪鐘一樣響起：「如果真是大奸大惡之輩，即使逃到天涯海角我也會要了他的命！我公孫豪此生殺過有名有姓的人有四百一十七個，沒有一個不是該殺之人。落月峽一戰正邪之戰，混戰中殺的魔教無名敵人不計其數，未必個個都該死，但我仍無怨無悔。」

錢廣來對李滄行道：「老弟，你應該聽過師父在江湖上的俠名，那真真是嫉惡如仇，為非作歹的惡人、魚肉百姓的狗官、辣手摧花的淫賊，只要給他老人家碰上了，即使遠遁天邊，師父也會取他項上人頭。」

李滄行對這些早有耳聞，當下讚道：「幫主真英雄也。」

公孫豪笑著擺擺手道：「天下的惡人太多，殺也殺不完，魔教和嚴嵩這樣的狗賊，我也殺不了，以後行俠仗義造福蒼生，還要靠你們多努力才是。」

李滄行與錢廣來皆拱手稱是。

公孫豪看了看李滄行，突然道：「李兄弟剛才的出劍好快，瞬間刺出八劍，穴道力度分毫不差，以你現在的年紀做到這點實非易事，如果我沒猜錯的話，這應該是峨嵋派的劍法吧。」

李滄行點點頭：「幫主好眼力，正是峨嵋派的獨門劍法，弟子身在峨嵋時，得了因師太首肯方才學得。」

公孫豪豎起大姆指讚道：「不容易，真不容易，峨嵋的劍法本不太適合男子修習，幾百年來只有那霍達克一人算是大成，你的體質天生就是練外家硬功的好料子，這輕靈準確的劍法卻能練到如此程度，真是難得，李兄弟的武學天賦，我也只能甘拜下風了。」

「幫主說的哪裡話，您老人家威震江湖，武功蓋世，我哪能跟您比呀。」李滄行連連擺手。

錢廣來哈哈一笑：「呵呵，老弟，不用謙虛了，師父不會隨便給人戴高帽子的，我跟你切磋過不少次，對你的情況最有數，現在你已經能集數家所長了，剛柔並濟，內外兼修，底子非常扎實。而且你的內家功夫也是玄門正宗的路子，要想學別的上乘武功很方便，我在你這年紀時絕沒你現在的功力，師父剛才所說的絕不是謙虛之詞。」

公孫豪也道：「是的，李兄弟，你現在的功力不比我三十歲時差，對自己要有信心。好了，我們現在做個小遊戲如何？」

「什麼遊戲？」李滄行饒有趣味地問道。

公孫豪道：「咱們各盡全力打一場，你要是能擋我五十招，就算我輸，我就教你一招武功，反過來，要是你五十招內就被我打倒，那算你輸，要請我吃飯。」

李滄行本能地回道：「這好像不太公平啊，我占的便宜大了點。」

公孫豪微微一笑：「嘿嘿，李兄弟，話不要說太滿啊，我剛才讚了你幾句，只是說你的功力相當我三十歲時，可我現在快五十了哦，這二十年我可不是白吃飯的，你現在能擋我五十招並不容易。至於我，反正天生就是叫化子，有飯吃就是賺到了，這個賭約很公平。」

李滄行笑了笑，把紫電劍扔到一邊，雙腳跨出玉環步，擺出黃山折梅手的山松迎客，氣貫全身，道了聲：「請！」

公孫豪哈哈一笑，身形一動，快逾閃電，瞬間就欺到李滄行面前三尺之處，他大喝一聲，雙掌連揮，幻出漫天的掌影，向李滄行襲來。

李滄行感覺到一股如山的氣牆向自己壓了過來，連呼吸都一下子變得困難，他吼了一聲，腳下踏出玉環步，左手大姆指向前伸出，左臂迅速地一掄，以勾拳姿勢擊向公孫豪右腕的神門穴。

他的右手則全力畫了個半圓之後，直接擊出，與公孫豪的左掌相對，只聽一聲巨響，李滄行向後退了三大步，胸中氣血為之一滯，剛喘了口氣，只見公孫豪的身形又已欺至自己面前三尺左右，雙掌連環，以快得不可思議的速度連續向自己攻了過來。

從剛才硬拼的那掌，李滄行就知道公孫豪的內力比自己高了一大截，非但沒有退半步，還可以直接就繼續攻擊，當下放棄了再跟其硬拼掌力的想法，改用折梅手中的擒拿手法，儘量鎖拿其雙臂及手腕的穴道，雙腿則使出玉環步，搖搖晃晃地閃避，間或以鴛鴦腿的招勢攻其下盤。

公孫豪占了先機後，沒有片刻的遲緩，一掌快過一掌，全然不顧李滄行的反擊，李滄行幾次戳中其臂膀的穴道，反而被一股絕大的力量彈開，方知公孫豪的力量貫穿了雙臂，自己的武功當前破不了其護體氣功。

鬥得三十多招後，李滄行已經被打得完全只能在公孫豪的四周遊走，很難再發動有效的攻擊。

公孫豪豪氣干雲地笑了起來，一邊手上的招式完全沒有放緩，一邊說道：「李兄弟好俊的功夫，放眼天下，單純在拳腳招式上勝過你的恐怕也不超過十個，你的未來真的不可限量。」

李滄行左支右絀，自在想辦法擺脫公孫豪的攻擊，哪有功夫回話，餘光一看站在一邊的錢廣來，這胖子正笑瞇瞇地數著招式：「四十五，四十六。」

李滄行猛的想起還有五十招這回事，一個分神差點被公孫豪打中，掌風及身時，反踏了玉環步，像個醉漢一樣幾乎要跌倒在地，才堪堪避過這直奔肩頭的一掌。

李滄行突然靈機一動，在要落地時單手撐地，雙腳連環飛踹公孫豪的左右膝蓋，公孫豪「咦」了一聲，似是頗感意外，也不閃避，瞬間擺出一個硬橋紮馬的姿勢。

李滄行兩腳踢上去，如同踢到一塊鋼板，腳心一下子被震得發麻，整個人也向後面飛出，重重地撞在一個練功的大沙袋上，後心如遭重擊，幾乎要吐出血來。

還沒來得及調息，公孫豪魁梧的身影又到了面前，左腿微屈，右臂內彎，右掌畫了個圓圈，呼的一聲向自己推來，又是一陣如山的氣牆襲來。

李滄行已到死角，避無可避，一咬牙，也不顧比武切磋，點到為止的規矩了，雙臂使出十成勁，腿一發力，用上人不由命的劍法，把自己的身體如離弦之箭一樣彈射而出，拼著被公孫豪雙掌結實打中，也要做最後的致命一擊。

公孫豪讚了一聲：「來得好！」他的右臂畫出一個小圓，一下子擋住了李滄行前伸的雙臂，左臂則輕輕地擊中了李滄行完全空出的右肋部，右膝上踢，一下子頂上了李滄行的腹部。

李滄行一下子給懸在了半空中，雙手為人所制，肋部被人按住，肚子上頂著一隻膝蓋，姿勢怪異之極。

就在此時，錢廣來的嘴裡蹦出三個字：「五十二。」

公孫豪笑了笑，把李滄行放了下來，拍了拍他身上的塵土，道：「李兄弟拳腳功夫真不賴，應變能力更是讓人叫絕，我若不是有降龍勁護體，內力修為高你不少，在招式上還真未必能勝你。」

李滄行心下慚愧：「幫主高抬了，最後我用那招同歸於盡的招式，實在不應該，還請見諒。」

公孫豪擺了擺手：「沒什麼，這不是普通的切磋，而是場賭約，我剛才是全力施為，屠龍十巴掌也用上了六七掌，像最後對你的那一擊，就是屠龍十巴掌裡的**第一招：暴龍之悔**。」

李滄行又高興了起來，他知道屠龍十八掌是天下至強的外家功夫，輸在這功夫上也並不丟人：「啊，原來是這樣啊，怪不得威力這麼大。」

公孫豪微微一笑：「我出手的時候，左右手同時用上了屠龍掌法中的招式，所以搶到了先機。你的應對非常出色，若不是內力不足，完全可以化解我的搶攻。這次你撐到了五十二招，我沒有手下留情，也沒有藏著絕招不用，你贏了，光明正大，沒什麼好說的。」

李滄行聽得有些不對勁：「幫主，我聽說**丐幫的絕技是屠龍十八掌**啊，可您剛才說的是？」

公孫豪正色道：「沒錯，**我說的是屠龍十巴掌，不是十八掌**。」

李滄行覺得古怪，他一向聽說的是屠龍十八掌：「啊，這又是為何？」

公孫豪嘆了口氣，道：「當年郭大俠夫婦襄陽一戰，雙雙殉國，而當時的幫主耶律齊與幫裡一大批精英高手皆死於此役，屠龍十八掌也就此失傳了一大半，後經幫裡倖存的長老前輩們多方探查，才補全到了十三四掌。

「元末時的史火龍幫主習得十二掌，已是百年間的第一人了，可惜不幸為幫中叛徒所害，掌法再次失傳。上任幫主顏雲展與歷代前輩們嘔心瀝血，傳至我手時也只剩下十掌，所以我稱之為屠龍十巴掌，其中最厲害的奪命三式只剩下一招『履霜冰至』。」

李滄行嘆了口氣：「原來如此，真的是太可惜了，缺了八掌還有辦法補全嗎？」

公孫豪的眼神變得黯淡下來：「多年來我一直在做這事，可惜我實在是愧對歷代祖師，二十餘年來竟無法尋回一招半式，實在是慚愧得緊啊。屠龍十八掌是外家拳腳功夫的頂峰，每練成一掌，還能衝開任脈的一個穴道，你現在應該已經打通督脈，開始衝任脈的穴道了吧？」

李滄行沖著公孫豪一抱拳：「不錯，幫主果然好眼力，只是我資質駑鈍，到目前為止一個任脈穴道也沒衝開。」

公孫豪正色道：「這個正常，衝穴一道，關乎武者修為，我輩追求至高武學的同時，也在挑戰自身體內的潛力極限，一般各派的通用武功，可以保你衝開前六條經脈，而獨門武學若是修練至大成，可以衝開督脈。

「至於這任脈的穴道最是難衝，非修練多年，內功達到三花聚頂、五氣朝元的程度不可。各派的頂級武功，如少林的易筋經、魔教的吸星大法、華山的霸天神劍、武當的太極劍法與達摩三劍，當然還有我丐幫的屠龍十八掌與打狗棒法，只有學成了這些武功，方可有助於武者提前衝開任脈。」

李滄行倒吸一口冷氣：「竟然還有如此玄機，連我師父以前也沒提過。」

公孫豪的表情嚴肅，雙眼中精光四射：「澄光道長恐怕沒有機會學習到武當的太極劍法與達摩劍法，自是不知其中奧妙。就連我，也是學成了十招屠龍掌法後，師父才告訴我的。這十招屠龍掌法助我衝開了十個任脈大穴，後來學成了打狗棒法後，我才衝開了整條任脈，真正的算是頂級高手。」

「幫主真是不容易。」李滄行突然看到錢廣來在一邊笑而不語，問道：「那幫主這麼多年可曾傳錢兄屠龍掌法？」

錢廣來開口道：「呵呵，三十五歲前我的功力不到，你知道我習武習得晚，又早早地娶了妻，破了童子之身，天賦比起老弟你也有所不及，所以慚愧得緊，到目前為止，也只學到了七招，衝開了七個任脈穴道。」

李滄行沒想到這死胖子居然學會了七掌，卻從來不跟自己切磋時使用：「原來如此，錢兄為何在平時的切磋時不把這功夫使出來呢？」

「哈哈，切磋嘛，點到為止，知道個大概就行啦，再說，你老弟一直沒機會學到各派的頂級武功，老哥我要是跟你切磋時出絕招，好像不太公平吧。」

李滄行聞言，與錢廣來相視大笑。

公孫豪待二人笑完後，對李滄行道：「依我們的約定，今天我輸了，就傳你一招武功，當作打賭的彩頭，這招就是屠龍十八掌第一掌——暴龍之悔。」

公孫豪說完後，凝神屏氣，擺出最後一擊時的那個姿勢，擊出了一掌，正中李滄行先前撞到的那個沙袋上，幾百斤的沙袋被打得像兒童們玩耍時所丟的沙包一樣，劇烈地晃動起來，惹不是上方有鐵鍊拴著，早被一掌擊飛了。

李滄行吃驚地張大了嘴巴，他自幼練功，每天都打這種七八百斤的沙袋，一向自認為外家功夫出色，卻也只能把這樣重量的沙袋打得來回晃動，根本不可能打得像公孫豪這般凌空飛起。

待沙袋平復後，李滄行也跟公孫豪一樣，擺出同樣的架式，大喝一聲，一掌擊出，沙袋卻仍只是來回晃動，跟自己平時打的程度差不多。

李滄行失望地看了公孫豪一眼，公孫豪微微笑道：「屠龍掌法何等高深的武功，要是擺個架式就能學會，那也不會稱之為天下至強外家功夫了，這個是需要運氣的法門的。」

他說著，走到李滄行身邊，開始詳細地指導他運氣的功夫，左腿微屈是為了暫時封閉肝經膽經，右臂畫半圓是為了盡力伸張手陽明大腸經，都是導氣之術，最後推出的威力必定驚人。

李滄行聽了後若有所思，內息運起，功行全身四肢百骸，照著公孫豪所說的導氣之術，先封左腿肝經膽經，再張右臂大腸經，猛的一發力，這一下果然威勢大了許多，沙包明顯比剛才晃動的角度大了一些。

李滄行又驚又喜，看著自己的雙手，不敢相信只是稍作導氣調整，威力竟然能進步至如此。

公孫豪突然問道：「李兄弟，似你這樣全力一擊，若是未能打倒對手，對方像你剛才那樣搏命反擊，你該當如何自處？」

李滄行把剛才的動作又做了一遍，發現自己雖然一掌擊出威力十足，但若是那樣發力，整個人的重心前移，內力盡出，招式一旦用老，則中門大開，只能任人宰割，想到這裡，不由得冷汗直冒。

公孫豪語重心長地說道：「武功一途，如行軍作戰，未慮勝需先慮敗，切忌全力攻擊，不留餘地。屠龍掌法威力驚人，但對內力消耗巨大，非內力過人，體格突出者不能發揮其全部威力。世人皆以為屠龍掌法攻擊力驚人，卻很少有人知道此掌法攻守皆備，比如這招暴龍之悔，**一個『悔』字就在於出力不能出死力，七分攻，三分守，防的就是敵人臨死前的一搏**，來，你看我。」

公孫豪說著，又擺開了架式，這一回李滄行死死地盯著他後面的招式，果然發現其最後掌力吐出一半時右腳微動，前臂也很難察覺地向內彎了點，內家高手都能看出這是有所收力的表現。

李滄行恍然大悟，知道為何剛才自己被制住的那一瞬，公孫豪拍在自己肋部的掌力消失得無影無蹤的原因了，只有擺出這種架式，才能隨時收力防禦。

照著沙包又試了十餘次，又仔細聽了公孫豪的兩三次導氣發力的要訣講解，李滄行漸漸地摸到這個「悔」字的奧義，開始做到在保持前期威猛掌風的同時，後期略微收力了。

不知不覺已是黃昏，李滄行不吃不喝地練了一整天，公孫豪從午後開始就不怎麼指點他的發力了，而是饒有興致地看著他一掌一掌地擊打那個沙袋，而錢廣來則早早地離開，去打理日常的事務去了。

當李滄行終於能把沙袋打得能晃得撞到後面的牆壁，又能以餘力把彈回的沙袋穩住時，公孫豪終於開口道：「停。」

李滄行正沉浸在自己的世界裡，突然聽得這一聲，一下子氣血翻湧，眼前一黑，險些栽倒在地。

公孫豪飛身上前扶住了他，右掌在他背上幾處大穴上輕撫，為其推血過宮，片刻之後，李滄行蒼白的臉色轉而紅潤，終於緩過一口氣，可以發聲說話：「幫主，為何剛才我一停下來，就會這樣？」

公孫豪笑道：「屠龍掌法乃是天下至剛至陽外功，威力固然巨大，所消耗的內力與臂力，甚至腿力也是數倍於尋常武功。你現在運一下氣，再動動手腳，看看有何異狀。」

李滄行依言而行，功行小半個周天後驚道：「怎麼會這樣，我感覺現在自己的內力還不到平時的三成。」

公孫豪點點頭：「看到了吧，這就是這門功夫對人的巨大消耗，依你這樣的練法，今天晚上不可再運功了，還要服食些丹藥方可補氣歸元。」

「那為何剛才我發力時可以越打越順手？按您的說法，我的內力消耗得不少，應該是越打越沒勁才是。」李滄行想想覺得不對勁。

公孫豪的濃眉一揚：「那是因為當時你全神貫注，而且你不停地重複一個動作，在發力的技巧上也不斷地提高；更重要的是，你當時發一掌都是要運氣半炷香左右時間，內力一直在那幾條經脈裡走不會有太大消耗，可你一旦恢復正常姿勢，封閉的經脈重新打通，很多內力就會隨著你的汗水與呼吸一起排出體外，這也是你一旦停下來後，立即覺得脫力的原因。」

「原來如此，我以前練三清觀的獨門武功時，也曾有一連兩三天不眠不休，片刻不停地練功的紀錄，卻也不似這回。」

李滄行抬眼看了看窗外的夕陽西下：「原來已經傍晚了，但即使如此，我也只練了一個白天這就無法支持了，自小到大，我習武從未如此過。」

公孫豪微微一笑：「呵呵，頂級神功和普通武功，甚至與獨門武功是不一樣的，練起來也要難上許多，要不怎麼可能有如此驚人的威力呢！當年一代大俠郭靖初練屠龍掌法時，也是不得要領，練功的速度可比你慢上許多了呢。」

「我哪能跟郭大俠比呀，要是能有他一小半的俠義與本事，這輩子我就死而無憾啦。」李滄行從小就是聽著郭靖守襄陽的故事長大的，對他一直是崇拜佩服得五體投地。

公孫豪點了點頭：「李兄弟，還有一點，就是這個內力的流轉問題，你可知衝穴通經脈是為了什麼？」

李滄行一邊端起桌子上的一碗涼水喝，一邊回答道：「從小師父就教過呀，是為了氣息運轉流暢，大幅度增加內力，進而增加臂力腿力，更好地發揮武功招式的力量。」

公孫豪「嗯」了一聲：「是的，**人體的穴道如果不打通的話，經脈就會像一條條的通道，被一個個未通的穴道堵住去路**，你想想看，若是你出了京城，走城西南的路，是不是必須要通過盧溝橋？」

李滄行喝完了這碗水，放下了茶碗，點了點頭：「不錯。」

公孫豪繼續道：「這走城南的路就好比某條經脈，而盧溝橋就好比這經脈上的一個穴道，要是沒修那橋，是不是就沒法過河了？只能繞道走，這樣一來既費時又費力。」

李滄行一聽到這種武學知識就來了興趣：「我明白了，**打通穴道，衝開經脈，是為了增加內力在體內的流轉速度與流暢程度?!**」

公孫豪滿意點了點頭：「不錯，比如你發這暴龍之悔，好比打出去需要一千斤的力氣，但你的臂力加上腿力技巧什麼的，只有六百斤，那剩下的四百斤就要靠內力來激發了，是吧。」

「嗯。」

「你功行一個周天，暴出的內力打出去有四百斤，就可以發一招暴龍之悔了，但要是你一個呼吸間又能再調一次內息，那就是說你喘口氣就又有四百斤可以用，只要你的臂力還能發揮六百斤的外力，那就可以馬上繼續一招暴龍之悔。我這樣說你明白了吧。」公孫豪連說帶比劃，看得李滄行連連點頭。

李滄行道：「我懂了，也就是說如果穴道衝得少，可能這個調息就要幾口氣的時間，這樣在對敵時，可能每次發一下絕招，就得停上半天，才能調息恢復內力，再發下一招，是吧？」

公孫豪拍了一下手：「就是如此，內力的大小需要通過修練內功心法，或是練成上乘武功來增加，此外吃丹藥也是個好辦法，邪派之人靠採補，吸星大法這樣的邪術也可以增加內力，但我們正派之人絕不能這樣做。」

李滄行聽公孫豪說到這裡，提出了一個多年來的疑問：

「其實我一直有個疑問，我年紀也就二十三四，為什麼跟有些五六十歲的老者們硬拼內力反而不吃虧呢，當然，我跟幫主您是沒得比，這又是什麼原因？」

公孫豪的雙眼中光芒閃爍：「因為他們練的武功不如你，對內力與外功的提升效果遠不如你學過的那些上乘武功。比如一個人學太祖長拳這種入門功夫，一輩子練到頭，可能六十歲的時候，他的內力還不如你練十年的柔雲劍法這樣的門派通用武功呢；而且武學之道，講究內外兼修，年紀大了內力上去了，四肢的外功，也就是純力量反而會下降，這點你也要明白，所謂**拳怕少壯**講的就是這個，以後要是跟邪派的老傢伙們交手，只要前面拖住了，後面總會越來越有機會。」

李滄行哈哈一笑：「那也不一定，我跟幫主今天交手，就一點沒感覺你氣力不濟，反而是到後面越打越精神呢。」

「哈哈，李兄弟好厲害的口舌啊，你這是在說我老了麼？」公孫豪也跟著笑了起來。

李滄行一下意識到高興之餘好像說錯話了，連忙擺手道：「我不是那個意思。」

公孫豪搖搖頭，拍了拍李滄行的肩膀，示意他放鬆：「呵呵，開個玩笑而已，李兄弟不用太緊張，我今年四十七歲，再過三年也算是知天命了，要開始為下一任幫主多考慮考慮啦，也正是因為這原因，我希望能在你的幫助下，儘快先把幫裡的內鬼查清楚，再迎回打狗棒，不然就是我死了，在九泉之下，也無法向歷代幫主們交代。」

公孫豪說到動情處有些神傷，語調也不似剛才詼諧。

李滄行連忙安慰道：「我一定會早點練好功夫，查清這事的。幫主為何要考慮繼任者的事？我看您春秋鼎盛，正是年富力強之時，現在談這個太早了吧。」

公孫豪的臉色一下變得凝重起來：「一點也不早，上任幫主，也是我的師父顏雲展，也是在五十歲左右就開始為我接手幫派做準備了，眼下丐幫內部矛盾重重，又被各路勢力滲透得厲害，朝廷也一直防著我們，我這個幫主手上沒有打狗棒，說話都不太能服眾，要不是皇甫哥哥一直支持我，恐怕我早就要退位讓賢了，這種情況下，我根本無法集中全幫力量去反擊魔教，所以我現在也是憂心得緊啊，可以說是一日不得安枕。」

李滄行從未想像過公孫豪威名滿天下的背後是如此巨大的壓力與淒涼，不由一陣心酸，陪著他半天沉默不語。

天色眼看要全黑了，李滄行忽然想到一件事：「幫主，洞庭那裡情況如何了？」

公孫豪搖搖頭，「我們得到消息晚了一步，集合人手去救援時，只碰到謝幫主的千金謝婉君女俠孤身殺出重圍，渾身是傷的暈倒在路邊，隨後探聽到魔教和巫山派是冷天雄與東方亮帶的隊，已占了大江會總舵，我們再去亦是無用，只得救回謝小姐，順便幫她處理了她爹和幫裡兄弟們的後事。」

「是幫裡出的錢？」李滄行心中鬱悶，隨便找了個話題。

公孫豪搖搖頭：「不是，第二天魔教派人送來了那二十口箱子，裡面一共有二十萬兩銀子，來人說這些是講好送給大江會的，就當出殯錢好了。」

李滄行奇道：「那錢不是給官府了嗎？」

公孫豪冷冷地「哼」了一聲：「岳陽的知府早就收到嚴嵩的密令了，這些錢當晚就送還給了魔教。」

李滄行恨恨地砸了沙包一拳，打得那沙包來回搖晃：「這幫狗官，該殺！」

「魔教這舉動其實就是向我們示威，岳陽本地的官府在此事上是站在魔教與巫山派一邊的，警告我們不要在這裡生事了。」公孫豪說道。

李滄行想到了陸炳，這時候突然覺得這個錦衣衛大特務比起東廠和魔教來，似乎沒那麼可惡了：「東廠和錦衣衛不是對頭嗎？那為何不能找陸炳介入此事？」

公孫豪長嘆了一口氣，道：「你的眼光確實獨到，可惜你有一事欠考慮，若**不是錦衣衛和東廠早在此事上達成一致，屈彩鳳如何會安心來佔領洞庭？她敢拉出所有人馬，就是因為錦衣衛在幫她守著老家！東廠和錦衣衛在大方向上互鬥不假，但這不代表他們所有的事上都要相互拆臺，**沒有任何合作。你也知道陸炳的打算是讓正邪互鬥，打得越激烈越好，讓魔教的勢力伸到離武當如此之近的洞庭一帶，不正好也是他所樂見的嗎？」

李滄行啞口無言，只能長出一口氣。

公孫豪拍了拍他的肩膀，說道：「今天你吃過飯不要練內功了，白天的消耗太大，晚上多吃點，多睡點，你年紀輕，恢復快，睡一覺起來就又精力充沛了。記得手臂與小腿上抹些跌打藥酒，不然你明天早晨一起，可能會發現四肢酸得不像是自己的了。」

李滄行在第二天起床時，果真感覺到多年未曾有過的四肢酸痛感，就像小時候第一次紮馬時，在手上吊磚後第二天起床時的情形一樣。即使他依公孫豪所言，在四肢塗抹了快一瓶藥酒，現在依然覺得四肢僵硬，下床後在房裡扶著牆壁走了一會兒，才漸漸地恢復過來。

他到門外打了一趟普通的使臂如意拳，剛才還有些凝滯的血脈終於又重新暢通了，酸痛的感覺也好了不少。

吃了僕人送到房中的早點後，李滄行來到昨天的練功房，發現公孫豪和錢廣來已經等在這裡了，見他來後，錢廣來便走出院子，順手關上了外面的鐵門。

公孫豪問道：「李兄弟，今早起來感覺如何？」

李滄行想起剛才的那副慘樣，搖搖頭道：「嗨，別提了，腰酸腿軟，差點起不來床，後來走了一趟使臂如意拳才感覺好點。」

公孫豪點點頭：「嗯，意料之中，昨天你練得太狠了，想當年郭靖大俠初練此招時，對著樹打了半天，但你打的是幾百斤的大沙包，反震之力遠遠超過他打靜止不動的樹。昨天我看你興致很高，不想打擊你的熱情，所以沒有叫停，不過你自己以後切忌不可過度練功，尤其是你單獨一人練功的時候，要知道練頂級武功時，若是疲勞或者練法不當，都會導致走火入魔。」

李滄行知道自己從小練武就有這個毛病：「道理我懂，只是我有時候一練起來就自己停不下來了，這可怎生是好？」

公孫豪正色道：「我早看出你是武癡，你們武當好像有一套清心普善的心法，有助於平心靜氣，以你的性格能練成我昨天所看到的那套峨嵋劍法，必是有相應的靜心心法輔助。如果你覺得狂躁難耐，或者是練功停不下來時，可以運行這些心法，相信對你有好處。」

李滄行雙眼一亮：「多謝幫主指點。」

公孫豪走到了昨天的那個大沙袋前，拍了拍沙袋，對李滄行說道：「來，先用三成力打出暴龍之悔，然後再慢慢加力，今天不要練太多，打一百掌即可。」

「是。」

李滄行依言而行，從三成力開始，每打十掌逐漸加一成力，漸漸地，他開始領導到了**此招的精髓全在一個悔字**，並不圖一招致敵，而是要預防敵人的反擊與逃逸。當發力已不成問題，八成功力所發出的掌風可達一尺距離後，他的全部心思轉到了**發掌後如何做好自身的防護與下一招的連接上**。

雙腿的發力，呼吸的調整，內力的運轉速度都是此招的後續精華，這在純招式上是無法看出的，全憑個人的自行領悟。

一上午打完一百掌後，李滄行仍是意猶未盡，若不是公孫豪在旁提醒，很可能還會繼續練下去。

李滄行下午去茶館喝茶時，什麼也聽不進去，滿腦子裡還是想著暴龍之悔的招式，甚至情不自禁比劃的時候，差點打到了那個上來收賞錢的小女孩。

晚上練內功時，李滄行又運了好幾遍冰心訣，才讓自己的內心平靜下來，不去想別的事情，即使在夢中，他也夢到了自己用暴龍之悔一巴掌把陸炳拍了個稀巴爛，笑醒之後才發現已經到了第二天的辰時，新的一天練功又可以開始了。

如此這般，十餘日下來，李滄行已將暴龍之悔練得滾瓜爛熟，甚至左右雙掌可以同時發出這招，威力和範圍都遠遠強過最初的單掌發力。

到最後的幾日，公孫豪見其練功已上正軌，每日早晨指點他半個時辰左右後便飄然而去。李滄行知道公孫豪有幫務需要處理，也不多問，只顧自己按計劃練功。

到了第三十七天，公孫豪又與李滄行賭了一次拳腳功夫，這次李滄行在交手時反覆使用，打到五十招時也只是稍處下風，比起一個多月前已是判若雲泥，連天天指導他練功的公孫豪，都驚訝於他的悟性之高，進步之快。

公孫豪賭輸後，又教了李滄行第二掌，名為「**龍翔天際**」。此招正是當年公孫豪在黑水河畔大破烈火宮時所用的一招，整個人躍起半空，居高下擊，威力奇大。

公孫豪反覆指導李滄行運氣的法門後，一如先前練暴龍之悔時的進度，每天從三分勁開始，逐漸加力，每十掌增加一成。

第一天練一百掌，以後每三天加十掌，最後直到一天打一百五十掌。大約以這樣十五至二十天學一招的速度，李滄行在大半年的時間內，學到了全部的屠龍十八掌，連任脈的穴道也衝開了十個。

第五章

倭寇之亂

數十個打扮怪異，奇裝異服的傢伙，
每個都紮了個高高的沖天髮髻，如凶神惡煞一般。
舉的刀倒是足有三四尺長，在陽光下閃閃發光，
習武之人一看即知這些都是寶刀。
李滄行失聲道：「倭寇！」

夏去秋來，桂花的香氣還殘留在京師的大街小巷之中，人們突然發覺沒有了知了的鳴叫，也沒有那沒完沒了的炎熱，彷彿在轉念間就進入了溫文爾雅的秋天。雖無菊花遍地金黃，但拂簾而入的陣陣涼風卻在斜風細雨處吹來一曲清悠。

這一天已是九月底，華燈初上，錢家大院的練功院鐵門緊鎖，院內練功房裡則是拳腳交加聲與發力時的喝聲不絕於耳，中間還夾雜著錢廣來不時的點評：

「哎，老弟，你的潛龍突擊沒完全發上力啊。」

「嘖嘖，這招密雨如雲用得真好。」

「師父這招雙龍出水真妙，換了我絕擋不住。」

「這招是震驚千里吧，老哥我可一直沒福氣學，嘿嘿。」

隨著公孫豪左手一招突如其來，右手一掌暴龍之悔，李滄行大喝一聲，左臂右掌同時擊出，四掌相交，李滄行向後連退兩個大步，微微一晃，即站定不動，煙塵瀰漫中，公孫豪抱臂而立，面帶微笑：「李兄弟，真不錯，比起半年前已經是大有長進了。」

李滄行心中暗喜，抱拳道：「不敢，幫主自是手下留情，像剛才的那種情況，您如果繼續趁勢而上，我擋不了三十招就要敗了。」

公孫豪搖搖頭：「滄行，年輕人謙虛固然是好事，但要是過了頭，就會顯得有點虛偽了，剛才那一下硬碰硬，你固然是後退了兩步，但我自己也震得內息一滯，雖然沒後退，但也要運一下氣才能繼續發力，不是有意停手的。」

李滄行有些不相信自己的耳朵，他更不相信自己現在居然能有與公孫豪正面一戰的實力：「幫主，不是吧，我現在真的有這麼強了嗎？」

錢廣來嘿嘿一笑，臉上的兩堆肥肉彷彿都在跳舞：「老弟，你自己不覺得，可是我和師父天天看你練功，都知道你的進展實在神速。像那個沙包，我早就換成一千斤的了，你可能還沒察覺吧。就是這樣，這千斤沙袋現在都給你打得幾乎都能飛起來，老哥我練了十幾年的屠龍掌法了，也做不到你這點，只怕你照這樣再練個四五年就能趕上師父了，現在我看你擋師父三百多招不成問題。」

李滄行擺擺手：「那也只是拳腳功夫上有點進步，這半年我幾乎沒怎麼練兵刃，劍法都沒什麼進展。只是四肢力量和內力提高了，感覺速度也快了些，招式上還是老樣子。」

公孫豪正色道：「李兄弟，你要記住，**天下武功，無堅不摧，唯快不破**，速度是非常重要的，一切的招式、變化都要靠這個。屠龍掌法的威力在於能以極大的力量壓縮敵人的空間，逼著他和你正面對掌，但要是絕頂的高手有非常好的輕功與速度，能夠在你的掌風間找到空隙的。」

李滄行想到了兩年前在奔馬山莊外碰到的達克林，他鬼魅般的身法讓自己記憶猶新。

「不錯，我見過的速度最快的人就是達克林了，以他的速度，確實可以閃開我的攻擊，那日我和師妹是雙人合使兩儀劍法，兩個人的出招範圍比一人大了許多，才迫得他無處可閃，即使如此，也險些著了他的道。」

公孫豪嘆了口氣：「我年輕時和霍達克切磋過，當時他剛離開峨嵋，還沒創出那個什麼游龍驚鳳，但幻影無形劍確實是我見過的最快的武功。你說你和你師妹二人合使兩儀劍法能打敗他，我始終不太相信。」

李滄行回想到當時的情形，道：「我到現在也覺得跟做夢一樣，不知怎麼的就使出來了，二人合使時能相互配合，彌補對方的漏洞，無論是劍招的威力還是攻擊的區域，都遠非簡單的二人聯手。」

公孫豪笑道：「嗯，有機會一定要見識一下這神奇的劍法，你在峨嵋學的紫青劍法也是這種兩人合使的劍法吧。」

「是的，只是我沒和林姑娘合練過，因為……」李滄行本想說出原因，又覺不妥，便沒再說下去。

公孫豪一看他這神情，猜到了七八分，拍拍李滄行的肩頭，笑道：「哈哈，李兄弟，你的心思我能猜到一二，男人嘛，不多說啦，我這輩子只喜歡跟酒和兄弟們過，一輩子也沒有姑娘家看上過我這窮叫化，這種事上不好跟你多說什麼。只是林姑娘和沐姑娘都是很好的女孩，莫要傷了人家。」

李滄行窘得滿臉通紅，囁嚅了半天，才擠出一句話：「幫主，我這輩子愛的只有小師妹一個人而已，別的什麼想法也沒有。」

公孫豪拿起腰間的葫蘆，喝了一口酒：「我算是明白你為何要離開峨嵋了，只是可惜了那紫青劍法，恐怕我今生是無緣得見了，唉。」

錢廣來在一邊壞笑道：「師父，別難過，反正我現在沒有加入任何幫派，明天我就上峨嵋，求了因師太教我那紫青劍法，跟林姑娘合練給您看。」

「呸，就你那身肥肉，人家會教你？再說，你都四個老婆了，跑人家尼姑庵，你那幾個夫人還不上吊啊。」

師徒三人相視大笑。

笑罷，公孫豪正色道：「好啦，李兄弟練得也差不多了，本以為這大半年他最多學個五六掌，沒想到十掌都給你學全了，真是後生可謂畏，看來我們這些老傢伙也應該考慮給你們這些年輕人讓讓路了。」

「幫主別這麼說，您年富力強，正是……」李滄行連忙說道。

公孫豪擺擺手，示意李滄行不要繼續說下去：「人一上了年紀，精力就不如年輕時了。我也是生性散淡的人，現在所有的時間和精力都用在處理幫務上，真正想做的行俠仗義之事，幾乎沒時間去處理，等找回打狗棒，查出內鬼後，我就要著手準備下屆幫主交接的事情了。」

錢廣來插話道：「不管師父您是不是繼續當幫主了，您在徒兒心裡的地位永遠不會變，只要是您認可的接班人，我錢家會一直繼續支持下去的。」

公孫豪笑了笑道：「有你這份心就好，這些年丐幫能有所起色，你們錢家的財力支持是第一位，現在離你們上次出現在洞庭也有大半年了，江湖上風波漸起，我看李兄弟也可以出去活動活動了，我在北方還有些事要處理，廣來，你要是有空的話，陪李兄弟出去轉轉，回來後，我會安排李兄弟以某種身分入幫，來做排查內鬼的工作。」

李滄行這大半年給悶在錢家，除了每天去茶館外，幾乎足不出戶，練屠龍十巴掌的這陣子，更是幾乎大天宅在練功房裡，當下聽到有機會外出，頓覺心曠神怡。

公孫豪又交代了幾句後，直接躍上了屋頂，幾個起落後就消失在茫茫的夜色之中。

錢廣來望著他遠去的背景，一聲嘆息：「唉，師父真是不容易，成天要為這些事情奔波。」

「錢兄，幫裡出事了嗎？」李滄行不禁問道。

錢廣來怔怔地看著公孫豪離去的方向，道：「嗯，聽說傳功長老張連昆在長白山採藥的時候，跟神農幫起了衝突，還受了傷，這次幫主去就是為了處理這事。」

李滄行想起半年多前柳如煙也是去關外的神農幫，不知道後來結果如何，便問道：「這神農幫很有名嗎？上次我聽幫主說，峨嵋柳師妹也去了那裡。這次又和我們幫有了矛盾，這又是怎麼回事啊？」

錢廣來茫然地道：「具體的情況我也不清楚。神農幫上任幫主受過少林寺的恩惠，跟伏魔盟的各正道門派一向關係不錯，但和我們幫的關係則一直是不冷不熱，這次起衝突的事我也不清楚，師父也是白天才接到的消息。」

李滄行嘆道：「看來他們除了煉製丹藥，武功上的實力也不弱啊，居然能傷到張長老。」

錢廣來點點頭：「嗯，雖說是在自己的地盤上，但張長老的功夫我知道，相當了得，能傷得了他並不容易，看來我們以前都低估了他們的實力。」

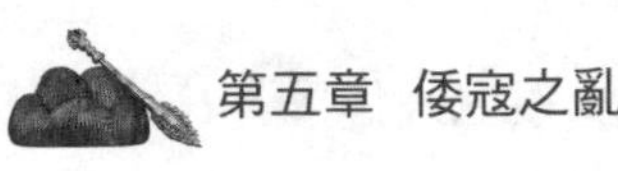

李滄行問：「錢兄知道上次峨嵋的柳姑娘去神農幫求藥的下文嗎？」

錢廣來看著李滄行，露出一絲微妙的笑容：「好像是用一批防具換了一些丹藥，柳姑娘已經安然返回峨嵋了。這半年峨嵋兩次單獨主動攻擊巫山派，聲勢都不小，巫山派的損失挺大，靠了錦衣衛和魔教的幫忙才勉強守住，我猜想是峨嵋得了這批神農幫的療傷妙藥，才能如此連續攻擊。」

「錢兄想好了接下來到哪裡去走走呢？北方好像還算平靜，南方倒是打得挺熱鬧，要不我們去江南走走？」李滄行突然對接下來的外出之旅有了興趣。

錢廣來也正有此意，聽李滄行一說，笑道：「哈哈，我正好要去杭州查筆帳，順便就帶你到江南散散心好了。老弟自幼在南方長大，在我們這裡顯然過不習慣吧。」

李滄行老實地說：「還可以，我沒啥講究的，反正你也知道我就喜歡吃肉包子，在這裡能天天吃到，這就足夠啦。」

錢廣來拊掌大笑道：「那就這麼說定啦，明天就走，目標杭州，錢家銀莊分號。」

應天府，這是這座千年古都在有明一代的名字，明太祖朱元璋建都於此，後成祖朱棣起兵靖難後遷都北平，此地則稱為南京，應天府則是專門管理南京的行政機構。

已過十月，熱鬧的南京城街道上，李滄行與錢廣來一前一後地走著。錢廣來還是一副員外的打扮，李滄行則變身一個家僕跟在後面。

二人在路邊的攤上轉了一圈後，走進一家茶樓，找了個僻靜的角落坐下，小二熱情地過來倒上了水。錢廣來要了兩杯清茶，一盤瓜子，一邊吃一邊看店外的風景，李滄行則豎起耳朵，打聽著自己希望知道的情報。

他們出來已經有一個多月了，一路上邊走邊玩，李滄行以前在武當的時候，直到二十歲才有機會和澄光一起下山執行任務，很少有機會這樣心情舒暢地遊山玩水，這陣子他非常開心。

他們來這應天府已有三天，玄武湖和鍾山都已經去過，正打算今天逛了這熱鬧的夫子廟後，明天一早就起身去杭州。

靠樓梯一桌，幾個江湖人士的對話吸引了李滄行的注意，就連錢廣來吃瓜子的速度也放慢了下來，眼睛盯著外面的街道，耳朵卻衝著那桌的方向。

「聽說了沒，最近洞庭那裡打得是天昏地暗啊。」

「自從魔教和巫山派正式占了大江會的地盤後，那裡就沒太平過。」

「具體情況如何，老四，你不是前兩天剛走那裡押鏢回來嗎，有沒有碰到打鬥的？」

「沒有，幸虧沒碰上，不然我這條命估計要交代在那裡了，正好那幾天是武當峨嵋聯軍大舉進攻巫山派的洞庭分舵。」

「為何這次華山沒有參加？他們不是一向打魔教最積極的嗎？」

「不清楚，好像聽說恆山那裡出了事，司馬鴻和展慕白這陣子都在北嶽恆山。」

「嗨，別打岔，聽老四說洞庭的事。」

「嗯，峨嵋武當都派出了大批的精英弟子，峨嵋是林瑤仙帶隊，『花中劍』柳如煙與『巧手織女』湯婉晴都來了，武當則是青葉黃雲這幾個長老帶著一幫二代弟子。就在上月底的時候，兩派聯手突襲了洞庭分舵。」

「結果呢？巫山派和他們的魔教盟友又出動了多少人？」

「魔教的冷天雄和東方亮都回去了，只留下上官武和宇文邪還有林振翼在那裡防守，巫山派最近占了洞庭，有了地盤又有了銀兩，網羅了一些綠林的高手，實力恢復不少，加上原來的留守部隊，有五六百人吧。」

「好傢伙，一個分舵的實力快趕上一個大門派了，後來呢？」

「伏魔盟這次的攻擊又失敗了，武當損失了三十多人，峨嵋損失了四五十，最後退了回去。不過主要的帶隊高手倒是沒有損失。巫山派和魔教死的多是新招募的一些旁門左道與獨行大盜之類的，自身的力量沒有什麼削弱。」

「看來巫山派在洞庭站住了腳啊。我看伏魔盟想啃下這塊骨頭不容易了。」

「是的，算上那次謝婉君從崑崙和寶相寺搬出數十名好手報仇，最後失敗的行動，**這已經是正派聯軍第二次攻打洞庭失敗了**，我覺得除非他們出動頂尖的高手，不然這樣小打小鬧很難攻下來了。」

「老二說得有道理，而且伏魔盟能出頂尖高手，魔教照樣可以出動這樣級別的好手，最奇怪的是，**他們好像知道伏魔盟的每次攻擊時間和派出的人**，這次居然沒留幾個高手。如果不是事先掌握了敵人的動向，怎麼會如此托大？」

李滄行聽得心中一凜，**看來武當的內鬼依然存在**，峨嵋既然內鬼已除，那這次的洩密只可能是從武當出去的。小師妹這次沒有參與攻擊行動，說明紫光對其採取了保護措施，這算是不幸中的萬幸。

李滄行的思路又被那桌人的談話拉回了現實當中，只聽那老四繼續說道：

「可不是麼，這半年多來，每次巫山派和魔教好像都知道對方的行動，都能從容應付，就像那年落月峽之戰一樣。伏魔盟的攻擊人數，帶隊高手，甚至連攻

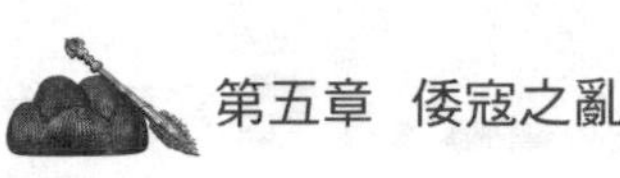

擊的路線與時間都盡在掌握，實在是不正常。」

正在李滄行在心中無數次地用粗口反覆問候陸炳家的先人時，又聽得那老二說道：「那個謝家小姐後來如何了？」

「不清楚，好像回崑崙後想再求師門出手報仇給拒絕了，後來一氣之下離開了崑崙，現在不知道去了哪裡。」

「有女如此，謝老幫主應該可以含笑九泉了。」

「對了，丐幫和神農幫的事情有結果了嗎？」

「兩個月前的那事嗎？隱約聽人說公孫豪到了神農幫後，雖然技震全場，但也沒讓那幫參客藥農們徹底服軟，後來神農幫便宜賣給丐幫一批傷藥，算是了了事。」

「公冶幫主還是心腸好，要換了魔教的，早就把那神農幫給鏟平了。」

「老四，這回你錯啦。公冶幫主雖然技震全場，但聽說同樣吃驚於神農幫武功非常了得，真打起來未必能討了好處，所以才會答應這個條件的。」

李滄行與錢廣來一路走來第一次聽說此事，錢廣來憂心師父，一下子站了起來，幾乎脫口要問，被李滄行踩住了腳後，才冷靜下來，坐回座位。

只聽那老四又道：「那丐幫後來沒有多帶些人去找回場子麼？」

「關外一向不是丐幫的勢力範圍，而且老實說，張連昆擅闖了人家的禁地，理虧在先，神農幫跟伏魔盟各派又關係不錯，所以公孫豪後來就把這事壓下了。」

「還是他老人家識得大體。」

「對了，這陣子怎麼不見屈彩鳳與林瑤仙呀。前兩年，這對美女可是天天在江湖上打得天昏地暗的啊。」

「可能是閉關練各自的絕頂武功了吧。不要說她們了，就連前幾年大大有名的那個李滄行，不也消失了大半年了麼?說不定哪天出來就會震驚天下。」

錢廣來與李滄行相視一笑，後來那桌人的談話轉到了一些無聊的話題上，兩人聽了一會兒沒啥新鮮的，便叫過店小二結了茶錢起身準備離去。

突然聽得外面大街上一陣梆子響，一匹高頭大馬從街市中飛奔而過，騎馬的兵士一邊敲著梆子，一邊在高喊著全城戒嚴，速速退散。

街兩邊的攤販迅速地收了攤，飛奔而去，百姓則奔回各自的家，大門緊閉。稍後，一隊全副武裝的士兵從街中奔跑而過，直奔城南的安德門方向。

城中一片如臨大敵的肅殺氣氛，茶館裡的人都像吃了啞巴藥一樣，個個大氣不敢喘一口，連那幾個剛才口沫橫飛的傢伙也都噤若寒蟬。

李滄行悄悄地問錢廣來：「胖子，這是怎麼回事？」這大半年他與錢廣來朝夕相處，錢廣來本身也是個隨和的人，混熟了就開始叫起外號來。

「老弟，大概是有敵軍進犯了，或者是有人造反。」

「敵軍？沒聽說有外敵入侵啊，莫非又是寧王造反？」

「不知道，我們還是親自去看一眼的好。」

二人既已議定，便起身出了茶館，就見街上一片兵荒馬亂的景色，到處是奔走的百姓與一隊隊奔向城南的士兵。兩人嫌如此走路太慢，便走入一處僻靜小巷中，一提氣躍上屋頂，施展起上乘輕功，只三四里路，便奔到了安德門附近的一段城牆下。

四顧無人，城頭上傳來鼎沸的人聲，似是有不少百姓也在這裡看熱鬧，二人施展壁虎遊牆術，登上了城頭，只見向東數百米處的城門正上方圍著不少百姓，正在對著城外指指點點，城門下，上千名士兵已經開始集結，似是準備出城。

李錢二人心領神會，慢慢地走了過去，擠入人堆，錢廣來那碩大的體形一下子擠開了一條通道，二人站到了前排。

只見數十個打扮怪異，身材矮小，奇裝異服的傢伙，正揮著明晃晃的刀，在衝著城頭叫罵，每個人都紮了個高高的沖天髮髻，腦門上完全剃光，如凶神惡煞一般。

瞧這幫人身長平均只有六尺出頭，舉的刀倒是足有三四尺長，在陽光下閃閃發光，習武之人一看，即知這些都是寶刀。

李滄行與錢廣來倒吸一口冷氣，失聲道：「倭寇！」

這些人正是明朝所稱的倭寇，中國一向稱東方某島國為倭國，這年正值倭國處於戰國時期，兵禍相連，大批戰敗的武士與劍客無以為生，便下海當了海盜，對中國東南沿海一帶燒殺擄掠，國人便稱這些海盜們為倭寇。

李滄行在武當時即聽說倭寇皆凶狠剽悍，好勇鬥狠，其刀法技擊源自中國古代的唐手與陌刀刀法，自成一系，經過上千年的演化，也如中原武林一樣分出多個流派，加之連年戰亂，流存的武技皆極注重實戰，出手狠辣不留情，今天終於第一次得見。

錢廣來低聲對李滄行道：「老弟，一會兒留意他們的刀法，看起來這幫倭寇所使兵刃都非凡品，不過，就這幾十個人就敢攻南京城，未免太不自量力！」

李滄行的眼睛卻死死地盯著一個人，在一堆殺氣沖天、滿臉刀疤與橫肉的倭寇裡，有一個三十多歲，滿臉鬍碴的人卻顯得格外的安靜。

這人腦門前的頭髮沒有剃，留著長長的鬢角，個子中等，高過一般的倭寇，一長一短兩把刀始終插在鞘中，衣服破破爛爛，用根草繩繫在腰間權當腰帶，抱著胳膊站在那裡，褲腳高高地挽起到膝蓋處，小腿露在外面，腳上穿了一雙草鞋。

李滄行的招子極亮，練暗器時被訓練得即使隔上百步也能看清一根細細的髮絲，**他感受不到這人身上的殺氣，但能看到其貌似散淡的眼神中間或神光一閃，**即使只有一閃，也足以動人心魄，就像陸炳在黃山那夜時給他的感覺一樣。

這時城門打開，兩千多名兵將奔了出來，盾牌手在前，刀斧手和長槍兵在後，最後是三四百弓箭手，兩側各有數十名騎兵掠陣，而帶隊的將官則騎著高頭大馬位於陣後。這是明軍標準的魚鱗陣，強調陣形和多種兵器的配合。

錢廣來臉上閃過一絲不安的神色，悄悄地對還盯著那人入神的李滄行道：「老弟，情況好像不太對，你看這些官兵！」

李滄行順著他的手看去，發現前軍的盾牌兵尚可稱軍容嚴整，訓練有素，中間的長槍手和刀斧手們，不少的年齡都可以當前軍的爺爺了，多數人的刀槍根本舉不動，勉強是扛在肩上的，防具方面，更是只有一層薄薄的皮甲披在身上。

再一看後面的弓箭手，一大半人像是剛從丐幫拎出來的，面有菜色，甚至有些人連敵人都沒看到，就在微微地哆嗦，那騎馬將官身邊的幾員小校正在後面來回奔走，不時地用鞭子抽打幾個在發抖的可憐蟲。

錢廣來眉頭緊皺道：「老弟，這不太妙啊，遠端制敵的弓箭手和中間肉搏的軍士們多數不是未戰先怯的膽小鬼就是老邁無力的爺爺兵，雖然人多，但看那幫倭寇個個如狼似虎，真打起來很讓人擔心哪。」

李滄行沒見過真正的戰陣，但在落月峽一戰時也見識過修羅戰場，當日無論正邪，起碼都是敢戰能戰之士，不似此等官軍的花架子，聞得錢廣來之言，心下不免憂慮。

這時城上開始擂鼓，列好陣形的官軍開始緩緩前進，弓箭手們從隊列中穿過，走到陣前，中間的刀斧手長槍手們速度不一，整個隊形開始略微脫節。左翼的尚可跟上，中間及右翼的隊伍則在前三排的盾牌手與第四排的刀斧手中間形成了一個二三十步的間隙，刀斧手的間隙中，弓箭手們正在不情願地慢慢走向前方。

突然間，遠方的倭寇中，一名特別高大，全身盔甲，像是首領樣的傢伙舉起了一面小紅木牌。這人一直坐在一張馬紮上，從開始就沒動過，戴著一副惡狼面具，看起來猙獰可怖。

倭寇們一見，全部從懷裡摸出一個類似的惡狼面具戴在臉上，轉過頭來，個個好似凶神惡煞，配合著那些日光下閃閃發光的戰刀，看起來讓人不寒而慄。

這些倭寇齊齊地發出一聲拖著長音，怪裡怪氣的喊聲，六七十人動作整齊劃一，齊齊地向明軍的中央撲來，速度之快如離弦之箭，本與明軍前排的盾牌手間三百步距離，瞬間已至百步以內，只有首領和那個抱臂倭寇一動不動。

騎馬的明軍將官一見敵人這來勢，驚得在馬上大叫：「放箭，快放箭！」

隨著幾個軍校的怒罵聲與皮鞭聲，還混在刀斧手中的弓箭手們也顧不得瞄準，一個個抽出了箭袋中的箭，胡亂地向天上射了出去。四五百支箭根本形不成本應箭雨遮日的箭嵐，而是稀稀落落，東一支西一支地射出。

一大半箭不到一百步就落了下來，甚至還有幾箭直接掉到了前排盾牌手的身上，幾個盾牌兵一邊叫罵著一邊蹲下了身子。

只有少數的數十支箭還算是強弓，準確地飛向了正在奔來的倭寇們。李滄行搖搖頭，他從這些倭寇的身形上看知道個個都是高手，以他們的武功打落這些弓箭沒有一點壓力。

這時，讓李滄行意想不到的事情發生了，倭寇們發出一陣怪笑，沒有一個人用兵刃打落這些羽箭，二十多人把刀向地上一插，整個人凌空躍起，只聽啪啪聲不絕於耳，這些人落地時，每個人的雙手都多了兩三支箭。

李滄行吃驚地張大了嘴，以手接箭是極高的武學，澄光曾說過練到這種程度的人必是可以空手入刃的格鬥大師，也一定是暗器方面的高手，李滄行雖然暗器功夫在武當可排前三，卻也練不到如此地步。

還沒等李滄行的嘴合上，接箭的倭寇們雙手齊發，數十支羽箭紛紛以甩手箭的手法射向了明軍的前陣，只聽慘叫聲不絕於耳，十餘面木製盾牌竟被生生打穿，連穿著鐵甲的軍士們也被射中，十餘人立即仆倒在地。

整個陣列的前方出現了一個小小的口子，前軍的盾牌手們看到這一切，引起了一陣小小的騷動。

還沒來得及等明軍弓箭手發出第二箭，六十多名倭寇已經衝進了那個小口子，滾滾的刀光帶著太陽光的反射不斷地在閃大家的眼睛，不過很快，白光就變成了紅光。

倭寇們如入無人之境，盾牌手的木製盾牌完全無法抵制這些鋒利的倭刀，一刀下去往往聯手帶盾牌都被一切兩半，這些人的刀法絕不拖泥帶水，刀刀狠辣，或橫斬，或跳劈，無一不是尋找敵人防禦最弱的點，以最迅速的方式殺敵。

中央陣形的盾牌手與刀斧手們本有二十多步的間隙，中間的刀斧手們還不知道前面發生了什麼事，只突然見到一幫戴著鬼面具的殺神們從前方的小口子湧入。

刀光閃處，慘號聲連連，滿天飛舞著盾牌的碎片和人體的殘肢，那些倭刀在一次次的劈砍中帶出一蓬蓬的血雨，伴隨著地上將死傷者的垂死哀號聲，衝擊著每個人的心靈。

不知是從誰開始，扔下了手中的武器轉身就跑，李滄行驚異地發現剛才前進時速度慢得像蝸牛一樣的明軍，在逃跑時個個成了犀牛，丟盔棄甲，扔掉兵器，一個個奪路狂奔，潮水一樣爭先恐後地向城門裡躥，那將官連殺了兩個逃兵都無法彈壓，反被潰兵們撞下馬來，一下子就淹沒在向後洶湧的人潮之中。

兩側的遊騎們見勢不妙，倒也沒跑，而是試圖向敵人發起反突擊，奈何這些倭寇已經混入明軍之中，殺成一團，騎兵的衝擊根本無從發揮，混戰中人在馬上反而成了累贅，這些人也不是武林高手，不到片刻，便大半被砍下馬來，只剩七八騎拼命逃回。

此時明軍前隊的盾牌手與騎兵多數陣亡，而中央本該作為肉搏主力的刀斧手與長槍兵們，卻十個有九個跟著弓箭手們一起當了逃兵，無奈一千多人擠在一起，加之多數人年老體弱，根本跑不快。

那些倭寇分了四十多人追擊潰兵們，只要趕上的，一刀下去，或劈或捅，皆是一下斃命，不少人直接在背後給劈成兩半，內臟流得滿地都是，城頭不少觀戰的百姓都已經面如土色，腿如篩糠般地發抖，更是有些人已經開始嘔吐起來。

李滄行眼中像要噴出火來，直接就想跳下城去與倭寇拼了，剛稍稍一向前卻被錢廣來拉住，只見他眼中隱有淚光，道：「兵敗如山倒，此時再去亦是無濟於事，只怕殺不得倭子先給潰兵踩死了，先忍著吧。」

李滄行長嘆一口氣，狠狠地捶了一下城牆的垛子，打得一個垛子直接飛出城外十丈遠。

那個一直沒動的倭寇劍客似乎咦了一聲，向李滄行的方向看了過來，四目相對，李滄行看到他眼中暴射的神光，整個人呆了一下，瞬間意識到這人正是殘殺同胞的倭寇，頓時恨上心來，惡狠狠地盯著他眼睛不動。

此時城下的慘叫聲漸漸地微弱，倭寇們追到離城門一百步左右的距離後，城上的守軍開始放箭，他們也就停下了腳步。

得勝的倭寇們一個個轉過身來，獰笑著把戰場上垂死哀號的傷兵們一個個刺死。李滄行在城上看得心如刀絞，恨不能親手將這些畜生一個個生吞活剝，耳邊卻傳來錢廣來沉痛的聲音：

「奇了，這幫倭寇居然一個沒死。」李滄行從巨大的悲憤中醒過神來，仔細看了看戰場，發現倭寇確實一個沒死，有七八個人受了些輕傷，但都還可以走動。

這幫倭寇回到了出發的地方，又是一陣狂野的叫囂，夾雜著得意洋洋的笑聲，雖然李滄行聽不懂倭語，也能明白這些人在嘲笑大明無能，數千官兵居然給這幾十個人殺成這樣。

餘光掃處，那一直不出手的劍客卻是仍然兩手抱臂，雙眼看天，游離在這個世界之外，那個坐馬紮的首領一直在對他說話，可這人連看都懶得看他一眼。

這時城裡傳來一陣緊急的鑼聲，數百名兵士迅速地奔上了城頭，湧進城的那些潰兵們被一個新的軍官帶到了別處，而城門口卻集中了數百名新的軍士，個個挽弓持劍，身著重甲鋼盔。

錢廣來悄聲道：「看到沒有，這些人個個孔武有力，裝備精良，渾身上下皆殺氣騰騰，絕非剛才衛所兵那樣的魚腩部隊，如果我沒猜錯的話，這應該是錦衣衛的人。」

李滄行心中一凜，仔細一看，這些人果然都沒攜帶什麼長槍大刀，除了弓箭，只有腰中的長劍，再看面部，多數人太陽穴微微隆起，明顯是練家子。為首的一人騎著高頭大馬，一言不發，所有的人都如雕像一樣站著不動，但李滄行知道，這支部隊全是精英殺手，只要一聲令下，必將勢如雷霆。

李滄行悄聲道：「胖子，我覺得以這些人對付那些倭寇至少是旗鼓相當，為什麼明明有這樣的精銳部隊，卻要在剛才派出那種魚腩軍？」

錢廣來搖搖頭：「這個我也不知道，不過按常理說，錦衣衛是不受南京的地方官府指揮的。你看那個為首的，雖然自己一動不動，但連他騎的馬時不時地嘶叫，可見他的殺氣之重，很明顯，這人很想現在就出去大殺一氣，卻沒接到出擊的命令。」

李滄行想起當年奔馬山莊一夜間被滅門的事，自己見過那些奔馬山莊的護衛均非弱者，即使受到敵人突襲，也不應該輸得如此之慘，自己當時百思不得其解，現在看到這些沉默寡言但殺氣沖天的錦衣衛，他信了。

城下響起一陣鑼鼓聲，一個騎馬的使番一邊奔馳，一邊大聲喊道：

「兵部尚書張大人有令，全城戒嚴，十三門全部關閉，南京城中的青壯男子全部上城協防。」

李滄行和錢廣來被城上的士兵每人發了根充滿鐵銹的長槍，槍頭還是禿的。兩人抱著這種打起仗來沒準還沒戳到敵人就會先斷掉的破爛玩意，相視苦笑。

忽然，錢廣來看到了什麼，戳了戳李滄行，低聲道：「看，譚綸來了。」只見那日在北京城裡看到過的譚綸策馬而來，這回他穿的是便衣，沒有披掛盔甲，但那把長刀依然在手。

只見他下馬走到管門的軍官身邊，耳語幾句，那軍官略有遲疑，被其板起臉來呵斥，隔得太遠聽不到內容，那軍官向其行了個禮後，將其放上了城牆。

譚綸在所有城頭百姓的注視下上得城來，清了清嗓子，中氣十足的聲音在空氣中迴蕩著：「在下譚綸，任南京禮部主事，今倭賊至此，**守城諸公可否有願與譚某出城殺賊的？**」

城頭響起此起彼伏的聲音：「你給多少錢啊。」

「我想去，可是萬一死了，我家老娘誰來養？」

「城裡幾萬軍隊都不去打，我們這些百姓為啥要跟你去？」

譚綸等沸騰的人聲稍稍平復下來後，朗聲道：「倭寇雖然凶悍，卻也只有數十人，不值得動用大軍，譚某所募的乃是身具武藝的江湖高手，普通百姓就不用白白送死了，每人每天二十兩銀子，殺掉一個倭寇賞銀五十兩。譚某乃是朝廷命官，絕不虛言。」

人群中一陣騷動，不久便有些身形矯健的傢伙奔下了城去。這年頭普通人家一年的收入也不過十兩，雖然外面的都是些凶神惡煞，但衝著這高額報酬，還是有不少勇夫願意賭上一條命。

李滄行和錢廣來也跟了下去，他們倒不是為了錢，而純粹是想親手殺幾個倭寇，為死難的官兵們報仇，堂堂泱泱大國，給幾十個倭寇打到陪都耀武揚威，要是還能忍，也枉費這麼多年的學武了。

不一會兒，城下就聚集了千餘人，個個孔武有力，人人都兵刃在身。

譚綸下了馬，對著城門口的那個守門的軍官說了幾句，那軍官領命而去，不一會兒，兩個士兵挑著一個足有三百斤的石鎖來到了這裡，向地下一丟，砸起一片塵土。

譚綸道：「請能單人舉起這石鎖的人，每十人一組，來這邊的帳篷處登記。」言罷，轉身走向西頭的一個臨時搭建的帳篷。

李滄行心下暗讚這譚綸，城外的倭寇皆是好手，尋常百姓光憑血氣之勇，即使上得戰陣也無異於驅羊入狼口。這石鎖重逾三百斤，未學過武功之人不可能抬起，只有內功至少小有所成的二流高手才可能單人將之舉起。當前軍情緊迫，倭寇隨時可能攻城或者逃跑，來不及一個個檢驗武功師承，這種測試辦法最是簡單明瞭。

李滄行轉念間，前面有五六個百姓打扮的人已經面紅脖子粗地退下了，有三四個江湖人士打扮的，則舉起了石鎖後進了那帳篷，李滄行和錢廣來對視一眼後，先後上前輕鬆舉起了這石鎖，一邊早有兩個小校將其引入帳篷。

連同前面的四個人，帳篷裡一共有六個人，稍後又有四人入內，譚綸命其站成一行，然後從隊前走過，經過每一個人的時候，都仔細打量了一番，路過錢廣來時，還多看了兩眼，幸虧他臉上戴了面具，才未露出破綻。

經過倒數第三個人時，譚綸停下了腳步，問道：「尊駕高姓大名，師承何派？」

那是一個三十歲上下，頭陀打扮的武者，身披一身土黃色行者袍，兩把戒刀插在背後。他開口道：「在下乃是仙真派散人劉雲……」

未等他來得及把自己名字的最後一個字說出來，譚綸的手已經化為掌刀，啪地一下切在他的小腹上。頭陀「哎喲」一聲，立馬蹲在地上，劇烈地嘔吐起來。

「劉雲峰，你的警惕性太差了。倭寇裡不少人是忍術高手，可以在你放鬆警惕的任何時候對你出手，剛才這一下，如果換了是他們的人，你已經是個死人了。」譚綸冷冷地說道，揮了揮手，兩個值守的兵士把癱在地上的劉雲峰架了出去。

餘下的九人沒再說話，李滄行一進帳篷時就運起了護身內力，隨時做好了防備，他能感覺到其他九個人裡，除了那劉雲峰外，個個都是氣貫全身，所以當譚綸突然出手時，他一點也不奇怪，只是略有點驚詫這譚綸的武功竟然也如此之高，能把浙東一帶有名的獨行頭陀劉雲峰一招制服。

譚綸回頭又在隊前巡視起來，當他走到錢廣來面前時停了下來，眼睛盯著錢廣來那鼓出一塊的肚子來。

李滄行心中暗叫糟糕：「胖子沒學過縮骨法，在北京城裡又和這譚綸相熟，只怕會給看出破綻。」

譚綸道：「這位兄臺不太像習武之人啊。」

錢廣來變了調的聲音在帳篷裡迴響著：「幼時練過幾天拳腳，後來好久不練，生疏啦！」

「不練也能舉起那石鎖？」譚綸的眼中光芒閃爍著。

「嘿嘿，我身上肉不少，蠻勁還有幾斤……」還沒等錢廣來說完，譚綸的雙指已經一招二龍戲珠，急襲錢廣來的雙眼。

錢廣來雙足原地不動，整個人卻突然向前傾，一下子要撞入譚綸的懷中，這正是丐幫絕學「沾衣十八跌」的高明技能，貌似被動，實則是極厲害的反攻招式。

譚綸撤回了摳向錢廣來雙眼的雙指，轉以少林派的龍爪手相應，錢廣來肥碩的身體滴溜溜地原地轉了個圈，嘴上叫著：「譚大人手下留情啊！」身形上卻是左搖右擺，一下子將三招龍爪手的厲害招數化為無形。

譚綸收了手，後退兩步，沉聲問道：**「你到底是何人，怎麼會丐幫的武功？」**

錢廣來哈哈一笑，他的臉上肉多，擠得面具也能動上一動，多少也有點微笑的樣子：「譚大人，我可不知道什麼丐幫不丐幫的，年幼時看一個老丐路過家門可憐，賞了他兩碗飯吃，他就教了我幾招，問他姓名也不說，我們來是為了領賞錢打倭寇的，大人若是想查我家世，我可不奉陪了啊。」

譚綸打量著錢廣來，狐疑地道：「瞧你這樣，員外打扮，也不似那缺錢領賞之人，為何會與這些江湖英雄一起去與那些倭寇廝殺？這可不是鬧著玩的。」

錢廣來搖搖頭：「嘿嘿，錢永遠不會嫌多啊，我家那百畝地一年收的租子，也不過就是大人你一天開的賞錢，反正有這麼多高手護著，我也應該是安全的，跟在後面打打醬油，收收人頭啥的，沒準運氣好的話，還能殺掉一兩個，不就發了嘛！而且，譚大人你好像也不是武將出身吧，不照樣領我們打倭寇？」

譚綸仍是不信地道：「總覺得在哪裡見過你，也罷，大家去文書那裡報個道，領了各自的腰牌，每人先發一天的銀子，一會兒招滿人後就開城殺賊。軍士，讓下批人進來。」

第六章

調虎離山

李滄行道：「先由我把柳生雄霸引開比武，此人不在，二位大人立刻動手，將上泉信之這夥人拿下。」
沈鍊和譚綸的臉色同時微微一變，
沈鍊道：「鐵牛壯士的意思是調虎離山？」

到了天色傍晚時，譚綸已經募集了一百多名高手，通過檢驗的壯士們被帶到城牆下的一塊空地，有些人在數著到手的十兩大銀，眼睛放出了光，而更多的人則是在默默地擦著自己的刀劍。

相隔不遠處的那些錦衣衛們，個個站得跟標槍一樣，汗水在臉上流淌著，但沒有人伸手去擦，那騎馬的將官在馬上同樣一動不動，只有馬還在不耐煩地喘著粗氣，間或抬起前蹄重重地踏在地上。

李滄行與錢廣來一直坐在這幫高手中間不說話，對周圍眾人的觀察卻一刻也沒有停下。從兵刃和走路的身法以及散發的內息上看，這幫人五花八門，正邪各派都有，甚至在岳陽有過一面之緣的丐幫大忠分舵李舵主，也帶著兩名精幹弟子在這裡。而西頭的幾名斗笠壓得很低，一身黑衣打扮的顯然是魔教的刀客。

城外倭寇們的叫罵聲與嘲笑聲在空氣中迴蕩著，那麼地不堪入耳，城頭值守的百姓與士兵們突然起了一陣騷動，有人指著城外大喊：

「倭寇要逃！」

高手們立即站起了身，連那些紋絲不動不動的錦衣衛們也有不少抬起頭，似乎想讓眼光繞過這高大的城牆，看到外面發生的一切。

譚綸聞聲，匆匆地從帳中奔了出來，後面跟著帳中的那十個人，只見譚綸一下子飛身上了馬，對著管城門的那軍官道：「速速開城。」

「譚大人，張尚書下了令，任何人不許出城，小的……」那名守城軍官遲疑道。

譚綸沉聲道：「放跑了倭寇，你擔當得起嗎？別忘了你剛才看到了什麼！」

那軍官臉上青一陣紅一陣，最後咬咬牙，一舉手道：「開城。」

隨著十餘名守門軍士絞動起那粗大的轉輪，巨大的城門緩緩地打開，城頭的軍士也在此時開始放下吊橋，大家可以從打開的城門看到，那些倭寇們正向著西邊秣陵關的方向奔去，身後是飛揚的塵土，黃昏的暮靄中，倭寇的身影越來越模糊。

譚綸高喊一聲：「領過腰牌的，跟我衝啊。」

話音剛落，一匹高大的駿馬如閃電般奔出了城門，但那不是譚綸的坐騎，而是一直在門前不作聲的那名錦衣衛首領騎的駿馬。

那數百名剛才還站如青松，不動如山的錦衣衛士們，一下子排成了兩列行軍的縱隊，緊緊地跟在這馬後面飛奔出城，他們身上鱗片鎖子甲互相撞擊的聲音衝擊著人們的耳膜，震撼著大家的心靈。

守門的軍官急忙喊道：「沈大人，還沒接到命令！」

遠處傳來那軍官中氣十足的聲音：「事發突然，將在外君命有所不受，請代為向張大人稟報，就說沈鍊先行追擊。」

譚綸剛才要衝的時候，差點撞上了那沈鍊的坐騎，急忙勒住了胯下的駿馬，那馬後蹄著地，兩隻前蹄高高揚起，差點將譚綸掀下馬來。

饒是他武功一流，騎術不凡，緊勒住轠繩，身子緊緊貼住馬身，這才沒有墜地。當他把受了驚後狂跳不止的坐騎安定下來時，錦衣衛的隊伍已經追出城一里有餘了。

譚綸臉上滿是汗水，官帽也掉在了地上，李滄行聽到他不甘地嘟囔了句：「怎麼又落後了！」旋即譚綸的大嗓門再度在眾人耳邊炸響：「重複一次命令，領到腰牌的隨我來，今天誓滅倭寇，與諸公明早回城擺慶功宴。」

宴字還在空中迴蕩，譚綸的白馬已經衝出了城門。高手們紛紛施展輕功身法，跟著白馬後面一路狂奔。

李滄行在休息時，就跟錢廣來暗自商量過，暫不全力以赴，若是情勢危急時再全力出手，因而兩人只用了六七成功力跟在隊伍的中間。

奔得十餘里後，這百餘名高手的隊伍漸漸地拉開了大約有一里路的距離，譚綸的馬乃是健騎，可日行八百里，奔出這十里也只不過用了兩炷香的時間，而眾高手們功力不一，奔在最前的尚且氣定神閒，落在後面的一個個氣喘吁吁。

李滄行與錢廣來施展著江湖上尋常的提氣縱躍的身法，不緊不慢地跑著，一邊低聲的交談，二人都奇怪為何這些倭寇也能跑得如此之快，連前面的錦衣衛也沒能追上他們。

正交談間，聽到前面突然傳來一陣兵刃相交之聲，所有人都加快了腳步，前方一百餘步的譚綸坐騎一下子衝進了密林之中。

當李滄行奔進密林時，發現這裡正在激戰，地上躺著數十具屍體，十餘具是倭寇的，而錦衣衛的死者有三十多，一些受傷的錦衣衛倚樹而立，點著火摺子，把陰暗的樹林照得燈火通明，手持長刀的倭寇正與錦衣衛們殺成一團。

沈鍊的馬已經死了，倒在地上，肚子給劃開長長的一道，四肢還在反射動作地抽動著，沈鍊的官褲也裂了道長長的口子，護脛甲給劈掉了一半，露出裡面的肌膚。

看樣子，想必是倭寇在此地設了埋伏，以土遁的方式突然襲擊，猝不及防下，沈鍊的坐騎被開膛破肚，人也險些斷腿。

與沈鍊對敵的是一名中年倭寇，白天的戰鬥中，李滄行看到這人是最先跳起以手接劍的一個，因為這人露在外面的手臂上足有十餘條長長的刀疤，其狀可怖，因此李滄行牢牢地記住了他。

這人現在沒戴面具，臉上同樣是兩道刀疤自額及頰，隨著他抽動的面部肌肉一跳一跳，彷彿兩條蚯蚓。

沈鍊用的是標準的**萬里黃沙刀法**。李滄行是第一次實戰中見到這門流傳已久的西北武林快刀，只見他出刀快捷如風，刀刀狠辣，絕無拖泥帶水，一把一尺三分長的快刀如一團跳躍的銀光，把整個人都罩在裡面。

而那疤面倭寇，則是右手長刀，左手一柄短刀，長刀的攻擊威力之大，飛沙走石，而那短刀則用來格檔沈鍊的近身攻擊。

李滄行拋開對倭寇的仇恨，仔細看了一下他的刀法，發現這東洋刀法極為精妙。疤臉倭寇的長短刀的銜接非常合理，長刀不是像中原武人這樣以劈為主，更像峨嵋紫青劍法那樣，突刺極為精準，一旦不能得手，則馬上長刀轉削，短刀則護衛近身。

為防止沈鍊的近身纏鬥，隨著打鬥的繼續，他的長刀也不停地開始帶動起地上的塵土石塊，顯然內力非同小可。

更厲害的是，沈鍊的刀法已經是極快，而這疤臉倭寇的刀法更是幾乎肉眼難辨，兩人招招攻敵要害，卻很少出現兵刃相交的格擋，往往是一擊不中或者見敵來得及救，就馬上變招換一處攻擊。

對比林中此起彼伏的叮噹之聲，這二人的打鬥如舞蹈一樣，動作極為優美，卻又是凶險異常。

李滄行環視了一下樹林，倭寇尚有六十人左右，錦衣衛士還有二百餘人，一般是兩到三個衛士合鬥一名倭寇，這些倭寇往往兩三人一組，背後完全交給同伴，進退如同一人，隱隱有些合擊武功陣法之妙。

白天所見的倭寇幾乎全部投入了戰鬥，那大紅盔甲的首領仍然戴著面具，坐在馬紮上，雙手拄著一把寒光閃閃的刀，涓涓的紅色小溪正從刀的血槽裡流下。

那個異類劍客仍然是雙手抱劍，站在他身邊一動不動，林中的一切彷彿與其無關，首領身前的地上倒著三具錦衣衛的屍體，看樣子是衝上來想殺他不成，反被其所擊殺。

此時譚綸已經殺到，跟著他一起加入戰局的，還有第一批的三十餘名高手，形勢頓時急轉直下。開始錦衣衛仗著兵多，倭寇靠著人猛外加埋伏，鬥了個旗鼓相當，這下譚綸帶著上百高手加入，一下子局勢變得一邊倒，瞬間就砍倒了四五

名倭寇。

譚綸自己把長刀舞得如水銀瀉地一般，與沈鍊一左一右夾擊那疤臉，他的兵刃有四尺三寸，比那疤臉的長刀還長了一大截，走的又是剛猛的外家路子，正好與沈鍊那近身快刀相得益彰，五六招下來，就迫得那疤臉手忙腳亂，躲閃連連了。

坐在馬紮上的紅甲倭首一看形勢不妙，馬上身形暴起，雪亮的刀光一閃，帶起兩蓬血雨，衝在最前的兩名高手的腦袋一下子飛到了半空中。

李滄行認得這二人是屮幫李舵主的兩名精幹副手，皆非弱者，這倭將居然一刀殺二人，這份功力當真是驚世駭俗。

抱劍而立的那個倭寇劍客臉上的肌肉跳了跳，仍是不動如山。

紅甲倭將一路連殺六七名高手，所過之處均是身形如鬼魅，殺人只一刀，死者無不是一刀兩斷，但入人耳的卻是只有利刃入體的那一聲，刀法霸道如此，居然出刀時悄無聲息。

在場有數人驚愕於他這種凌厲的刀法，鬼魅般的身形，一時失神，直接被對面的倭寇趁機砍倒在地。

李滄行與錢廣來意識到**勝負的關鍵全在此人身上**，不約而同地同時飛身而上，錢廣來從懷中抽出一對非金非銀的棒子，肥碩的身形如同球形閃電一般，直撲紅甲倭首的正面。

李滄行則是紫電劍出手，在場的所有人都能感覺到一道紫色的閃電劃過了漆黑的夜空，配合著隱有龍吟之聲的罡風，向那紅甲倭首的側面捲去。

這是李滄行與錢廣來這大半年每日切磋時所琢磨出的一套合擊法，自己起名叫做「**一拍兩散**」，意思就是由錢廣來的旋棍技壓制住正面，而李滄行則左手龍翔天際，右手紫電劍法，如牆般的內勁中刺出連環八劍，二人當下武功均屬一流高手，這樣全力施為幾乎無人可擋，若是碰上高人，也可交替掩護，迅速散開。

那紅甲倭首眼見面前出現了一堵巨大的肉牆，一對旋棍使得是虎虎生風，正要應對時，突然發現上空中又出現了一道凌厲無比的紫光，夾雜著如牆一樣的掌風撲面而來，心下大駭，他自來中原從未逢過如此高手，忙以長刀連攻三下頂住錢廣來，左手迅速抽出短刀，在手上飛快地旋轉。

只聽叮叮噹噹之聲不絕於耳，李滄行的八下連刺盡被其短刀所擋，而掌風微微一偏，打中了他的頭盔，紅甲倭首的面具連同他的頭盔一起落在地上，散亂的頭髮裡，兩點凶殘的目光狠狠地盯著眼前的錢廣來和李滄行二人。

那是一張可怕的臉，滿是鋼針一般的鬍子，一臉的凶悍，火光中，左頰一道深深的疤痕扭來扭去，他的嘴角帶著血，顯然剛才那掌雖然只打掉了他的頭盔面具，但掌風掃過，也讓他受了傷。

李滄行與錢廣來對視一眼，二話不說，身形一動，繼續攻了上去，一左一右，一上一下。錢廣來圓溜溜的身子像個球一樣在地上滾來滾去，看似笨拙，實際上使的是丐幫沾衣十八跌的上乘武功，專攻其下路；李滄行則左掌右劍，屠龍十巴掌帶著虎嘯龍吟之聲源源不絕，在掌風中穿出的那一點紫芒，帶著死神的召喚，一次次地分襲敵人的上路各穴。

紅甲倭首的刀法全講一股氣，適才之所以能連殺十餘名好手，皆在於其殺招連貫，一氣呵成，這下子氣勢被人所奪，攻守易勢，他的刀法防守能力不是太強，遠沒有攻擊時那種一往無前無堅不摧的氣勢，一時間手忙腳亂，連連後退，不到三十招，腿上就中了錢廣來的一棍，身形一下子慢了起來。

又鬥得二十多招，只聽一聲慘呼，原來是與譚綸沈鍊對戰的那疤臉倭寇，終於支持不住二人配合默契的聯手攻擊，先是被譚綸一刀砍在小腿上，手上動作一慢，迅即被沈鍊欺近身去，快刀如風，萬里黃沙刀法瞬間在身上切開了數十個口子，血就像噴泉一樣地從各個刀口噴了出來。

那疤臉渾身是血，狀似惡狼，在這黑夜的火光中格外地嚇人，他扔了右手的長刀，左手的短刀旋出一道弧線，直奔沈鍊的心窩而去，這一下他已經不準備活，用的完全是同歸於盡的凶悍打法。

沈鍊與其距離過近，刀一下子又插在他體內拔不出來，眼看那把閃著寒光的短刀就要捅到自己。只聽噗地一聲，譚綸的大刀一掄，疤臉倭寇的左臂齊肘而斷，斷臂飛出數丈之外，手中所握的短刀釘進一棵樹上。

疤臉發出一聲如狼嚎似鬼哭的嚎叫聲，狠狠地一口咬在沈鍊的肩頭，即使隔著護身的寶甲，沈鍊也感覺到入骨的疼痛，險些右手刀落了地，咬咬牙，左拳一拳擊在疤臉的軟肋，右手的刀整個刺進他的小腹，直至沒柄。

譚綸衝了過來，一腳踹在這疤臉的身側軟肋處，踢得他飛了起來，在地上滾了兩滾終於不動。

李滄行此時正好循聲看過來，火光下，一張滿是刀疤的醜臉仍然面目猙獰，死不瞑目。

那紅甲倭首見疤臉身亡，狂吼一聲，狀若瘋虎，刀氣也一下子瘋漲不少，李滄行與錢廣來一時間被逼得連連後退。

譚綸與沈鍊也注意到這紅甲倭將才是倭寇的首領，殺了疤臉後，直接就向這裡衝來，隔著幾丈遠，譚綸一招虛空斬烈，凌厲的刀氣與那倭首的刀氣在空中相撞，捲得地下的枯葉一陣飛揚。

紅甲倭首吐了一口血，他剛才的這陣攻擊全靠一時的血氣上衝，最後那一刀已是強弩之末，貌似勢頭驚人，實際已是外強中乾，這下又有兩大高手加入，更是無法抵擋。

李滄行與錢廣來也早看出他剛才的攻擊是垂死一擊，所以一直避其鋒芒，稍作後退，此刻見其勢已衰，再無猶豫，二人不約而同地打出暴龍之悔，兩道剛猛的掌風帶著地上的泥塊與枯葉，向著那紅甲倭首襲去，而他此時已經背靠大樹，以刀拄地，看起來無路可退了。

一道雪亮的刀光突然照亮了整個昏暗的樹林，連那些衛士們手中的火把也被這凌厲的刀氣震得一陣搖晃，李滄行突然感覺到一陣強烈的刀氣撲面而來，猶在剛才那紅甲倭首的最後反擊之上，扭頭一看，只見一道帶著白光的刀氣，捲著地上的塵土與落葉，挾風雷之聲而來。

李滄行從來沒有見過這樣霸道的刀法，在他的印象裡，只有自己和沐蘭湘合力使出兩儀劍法的最後那招旋風鐳射劍時，所過之處才會有這種毀滅一切，天崩地裂的氣勢。

來不及抵擋更無法顧及眼前的那名紅甲倭首，李滄行連忙使出梯雲縱向後倒飛而去，他的速度已經極快，但是左手的半個袖子仍然被那刀氣掃過，一下子被切掉，左腕處也是火辣辣地疼。

李滄行落到安全之處後，只見那名剛才一直抱刀獨立的倭寇劍客，正站在離自己二十餘步的地方，刀已經重新回鞘，他則一動不動地盯著自己手中的那柄紫電劍，眼中神光一現。

李滄行再一看剛才所站的地方，錢廣來和自己幾乎同時撤退，剛才那一刀主要是奔著自己而來，錢廣來受到的壓力遠沒有自己這麼大，可是剛才他本能地硬擋了一下，左手那柄由精鋼打造、包裹純金的旋棍，直接被那凌厲的刀氣削成兩截，幸虧他緊急趴下，就地一滾，這才躲過一劫，站起身時，已是灰頭土臉，狼狽不堪，連面具也掉在了地上。

那名紅甲倭將本來趁這機會握緊了刀，想轉而攻擊李滄行和錢廣來的，但那道刀氣直接從他和二人之間穿過，一時間也擋住了他攻擊的路線，等到塵埃落定之時，錢廣來和李滄行已經重新擺好了防守的架式。

紅甲倭首只能咬咬牙，持刀退回那倭寇劍客的身邊，嘴裡還嘰哩咕嚕地說了幾句，似乎是在埋怨那個劍客阻止了他的反擊，那劍客卻是一言不發，似乎只當他不存在，依然直勾勾地盯著李滄行手中的紫電劍，眼中閃著異樣的光芒。

這一刀的動靜太大，林中惡鬥的雙方不約而同地收住了手，各自戒備著，退回到自己的一方，還能動的倭寇只剩下二十多人，而且個個身上帶傷，而錦衣衛和譚綸招來的高手們則加起來還有兩百多人，一下子把這些倭寇給團團圍住。

譚綸看了一眼面具脫落的錢廣來，冷笑一聲：「果然是你這死胖子，我早就懷疑你這傢伙有功夫在身了。」

錢廣來的臉微微一紅，馬上堆起笑容，兩個眼睛瞇成兩條縫：「譚大人，錢某自幼體弱多病，碰到過一個年老的乞丐，教了錢某這幾套防身的功夫以祛病健身，所以……」

譚綸不耐煩地擺了擺手：「死胖子，別再編故事了，以後再慢慢收拾你。先解決了這些倭寇再說。」

譚綸說著，看了一眼錢廣來身邊的李滄行，眼中閃過一絲疑雲：「你的這個同伴武功了得啊，好像比你還要強一些。」

譚綸身邊的沈鍊打量了一眼李滄行和錢廣來二人，還沒等錢廣來說話，便問道：「譚大人，你和這兩位俠士認識？」

譚綸微微一笑：「這胖子我認識，以前一直不知道他身上有功夫。今天才算是開了眼，至於這位麼……」

譚綸說到這裡，微微一頓，他從剛才就開始一直盯著李滄行看，這會兒更是在腦子裡飛快地搜索起自己所知道的武林高手，可惜一個也不能與面前的這個中年僕從對上號。

錢廣來哈哈一笑：「這位叫鐵牛，是我花錢雇來的保鏢，譚大人，你也知道我是做生意的，經常要出來做些收錢放帳之類的事情，身邊要是沒幾個厲害角色，早就給人半道上劫了，鐵牛兄弟就是我最可靠的一個保鏢，今天要是沒了他，我也不敢應徵的，你看這幫倭寇一個個凶殘得緊，光我這功夫哪能對付得了呢！」

譚綸「哼」了聲：「錢胖子，你就繼續扮豬吃老虎吧，剛才看你們二人的出招，分明就是丐幫名震天下的屠龍掌法，想不到你這個有錢人，居然還是丐幫的弟子。」

錢廣來臉色微微一變，馬上又恢復了平時的嬉皮笑臉：「譚大人，我不是說過了嘛，我從小就跟著一個老乞丐學過些強身健體的功夫，具體叫什麼我也不知道，你說是什麼屠龍掌法？聽起來挺厲害的嘛。」

譚綸氣得臉色發青，喝道：「行了，你這胖子別裝了，一會兒收拾完倭寇我再找你，現在大敵當前，沒空跟你耍貧嘴。」

沈鍊低聲道：「那個一直不出手的刀客是他們中間最厲害的，一會兒我們四人聯手先把他拿下，其他人自然好辦。」

李滄行道：「那個紅甲的傢伙怎麼辦？」

譚綸看了眼那個紅甲倭將，對沈鍊道：「他們已經沒有退路了，這時候硬打的話，可能會垂死掙扎，不如先試著要他們投降，而且後援應該就要到了，再等一等對我們也沒什麼不利的。」

沈鍊恨恨地說道：「譚大人，跟這些倭寇談什麼談，你沒見過他們在南京城外是如何地殘殺我們軍民的嗎？我之所以違令出擊，就是不想再等什麼生擒倭寇之類的命令。」

譚綸的聲音一下子放低得只有沈、錢、李身邊三人能聽到：

「沈經歷所言差矣，這幾十個倭寇應該就是最近塘報裡所說的那夥四處流竄殺人的惡賊，他們所過之處，不像其他倭寇那樣姦淫擄掠，只是窺探我大明各處的城防道路，今天在南京城外也是如此，你沒看出來嗎？」

沈鍊臉色微微一變：「這些我早就看出來了，**他們不是尋常的倭寇**，看他們使的刀法，都是**正宗的東洋招數，剛勁狠辣，出手不留餘地**，跟我們中原武功完全不同，以我看來，這些應該是**倭寇中的武林高手，來我們大明是想窺探我們的布防和軍力，為以後倭寇的大舉入侵作準備。**」

錢廣來忍不住插嘴道：「既然如此，為什麼不像譚大人說的那樣，把他們拿下，詢問出他們背後的主使呢？現在倭寇知道我們大明的內情，而我們對他們可是一無所知，這樣防不勝防啊。」

沈鍊冷冷地說道：「這位錢兄，你也應該清楚倭寇在我朝內部有內應，不少刁民，甚至是不法的官吏都和他們暗中有勾結，如果我們把他們擒下，只怕會讓這些奸徒找機會把他們放走。」

譚綸微微一笑：「沈經歷，我相信如果這些倭賊到了你的手上，你是不會把他們放走的，就算陸總指揮下令放人，你也不會從命的，對嗎？」

沈鍊狠狠地看了一眼幾十步外的那些倭寇，道：「譚大人，落到你手上還不是一樣？」

譚綸低聲道：「這不就結了！先把這些倭寇拿下，問清楚他們的底細，拿到口供後再殺了他們，沈兄，你可是錦衣衛的經歷，手下讓人開口的辦法應該不少吧？」

沈鍊點點頭：「那就按你說的辦吧，只是我並不會倭語，譚大人有什麼辦法能叫他們棄刀投降嗎？」

譚綸搖搖頭，對錢廣來道：「錢兄，你和你的這位朋友可會倭語？」

譚綸和沈鍊的對話，李滄行和錢廣來聽得一清二楚，他剛一開口，兩人便搖頭道：「不會。」

譚綸面向他帶來的那幫武林高手，高聲道：「在場諸位可有人通倭語的？請站出來，本官需要勸降倭寇。」

這幫人一個個面面相覷，沒有一個人挺身而出。

倒是倭寇那裡的那名紅巾倭首用不流利的漢語說道：「我會漢語，你們想說什麼，跟我說就行。」

這倒頗出眾人意料之外，但譚綸轉念一想，倭寇擾亂東南沿海一帶已經有許多年，無論是出於打劫還是做生意的需要，有幾個會漢語的人亦不足為怪，於是沉聲道：「本官乃是大明南京禮部主事譚綸，我身邊的這位，是錦衣衛經歷沈鍊，你們這些倭寇已經被我們天兵重重包圍了，馬上放下武器，還可以饒你們一命，若是再敢頑抗，只有死路一條！」

譚綸的話說得義正辭嚴，聲色俱厲，一說完，那些錦衣衛士們立即齊聲吼道：「放下武器！」震得這林中一陣驚鳥亂飛。

那紅甲倭首剛才就一直四處張望，想要找一條突圍出去的路，看著身邊十幾名受傷的同夥，眼珠子一轉，突然計上心頭，哈哈一笑：

「我們要是放下了武器，不是成了任你們宰割的羔羊了嗎？譚綸，你一個小小的禮部主事，能保我們性命嗎？」

沈鍊冷冷道：「放下武器，起碼我們不會在這裡殺你，如果頑抗到底，現在就讓你們死無葬身之地。」

紅甲倭首的臉上閃過一絲殺機：「沈經歷，你真的這麼有自信，今天一定能殺得了我們？要不是這位譚大人帶人趕到，只怕你的這些手下還不一定是我們的對手吧。」

沈鍊的臉微微一紅，他知道這倭寇說的是事實，但他轉念想到與譚綸商量好的對策，膽氣復壯：「倭賊，剛才是我的驕兵之計，如果目的就是讓譚大人截住你們的逃跑之路，現在你們已經被團團包圍了，插翅也難飛，就不要再說這種大話啦。」

紅甲倭首突然仰天大笑：「難道你們在南京城外死的那些兵也是驕兵之計嗎？」

他把這話用倭語嘰哩咕嚕了幾句，那些倭寇也一個個得意地狂笑起來，只有那個倭寇劍客依然沉默不語，仍然死死地盯著李滄行。

李滄行給這人一直盯著，心裡不爽，這回聽到倭寇們又在這裡肆意地狂笑，再也忍不住，抬手劍指那倭寇劍客，厲聲喝道：「你這倭寇，一直盯著爺爺，想做什麼?!」

那紅甲倭首聽到這話後，突然眼珠子一轉，低頭對那個倭寇劍客耳語了幾句，那人的眼中光芒閃爍，表情突然變得興奮起來，馬上跟紅甲倭首說了幾句話，只見那紅甲倭首抬起頭，對著李滄行道：

「喂，那個使劍的中原武人，我們的柳生雄霸先生要和你比武！」

此話一出，在場眾人個個臉色一變，李滄行心下奇怪，這個倭寇劍客是不是腦子有毛病，這種情況下還想著比武。於是對著那個紅甲倭將沉聲喝道：「你們不要動什麼歪心思，譚大人說了，棄刀投降，還可以留得一命。」

那紅甲倭首眼中光芒閃爍，對著那個倭寇劍客又是一陣嘰哩咕嚕，李滄行心中奇怪，自己也就說了那麼一句，可是這個紅甲倭首卻是手腳並用地比劃了半天，難道倭語有這麼複雜，表達起來有那麼困難嗎？

倭寇劍客的臉上肌肉跳了跳，狠狠地瞪了李滄行一眼，說也奇怪，這人一直神色平靜，彷彿外界的一切都與他沒有關係，更沒有其他倭寇眼中的凶悍與殺氣，但剛才那一下，卻是讓人不寒而慄，那是李滄行從來沒有見過的可怕感覺，不是殺氣四溢的那種，而是**看你的眼神就像看一個死人似的**。

倭寇劍客瞪完李滄行這一眼後，對著那紅甲倭首說了幾句，那紅甲倭首抬頭看了眼李滄行，嘴角露出一絲詭異的笑容，換回了漢語，大聲說道：

「我們的**柳生雄霸**先生，是日本國內頂尖的**劍客世家柳生家族的傳人**，他的**天風神取流**更是無敵於天下的神功，在我們日本國內可是打遍天下無敵手。」

李滄行從沒有聽說過什麼天風神取流，轉頭看了一眼錢廣來，只見他也是一臉的茫然，顯然也是第一次聽到。

那紅甲倭將繼續得意洋洋地說道：「剛才你們也見識到柳生先生的本事了，要不是他手下留情，只怕這會兒你的一隻手已經不在啦。這次柳生先生來你們中原，就是要去挑戰你們的什麼少林、武當、魔教、丐幫這些門派，讓你們這些中原武人見識一下，什麼才是天下無敵的武功。」

這話一出，如同向水裡扔了一塊巨石，不僅李滄行臉色一變，在場的所有漢人，包括那些錦衣衛們都是出生於正邪各派的，一聽到這東洋人如此狂妄，紛紛叫罵起來。

尤其是譚綸帶來的那些高手，沒有軍紀的管束，更是把那倭寇劍客的祖宗十八代都罵了個遍，個個激動的都擺開了架式，恨不得現在就把那倭寇劍客亂刀分屍。

那倭寇劍客的臉色微微一變，低頭問了那個紅甲倭首一句，紅甲倭首面色凝重，回答了兩句，倭寇劍客點點頭，輕輕地嘆了口氣。

李滄行突然覺得有些不對勁，看這倭寇劍客的表情，除了剛才那一下瞪自己時的氣勢逼人外，其他時候一直神色平靜，也沒有表現出太強的敵意，但那紅甲倭首說的話卻是咄咄逼人，充滿了火藥味。

李滄行雖然恨極這幫殘忍狠毒的倭寇，但對這個武功明顯最高的劍客，卻總感覺他和其他人不太一樣。那個紅甲倭首還說這個叫什麼柳生雄霸的倭寇劍客剛才的那一下是手下留情，李滄行也有這種感覺，那刀氣來勢雖然凶猛，但速度並不快，看起來只想逼退自己，救下那個紅甲倭首。

今天在這林中一戰，包括前面南京城外的戰鬥中，所有的倭寇可都是刀刀致命，不留餘地。再聯想一下這個叫柳生雄霸的倭寇一直沒有出手，事情看起來有些不太對勁。

李滄行想到這裡，一個猜測浮上心頭：**這個叫柳生霸的倭寇會不會真是來中原比武切磋的？卻因為語言不通上了賊船，被這幫凶殘狠毒的真倭寇給蒙了？**

想到這裡，李滄行對著那紅甲倭首喝道：「這個柳生什麼的，既然是來中原挑戰各大門派的，為什麼會找我比武？我又不是這些大派的弟子，只不過一個無名小卒罷了。」

紅甲倭首這回沒有問那個叫柳生的倭寇劍客，直接回道：「柳生先生說了，你的武功在這些人裡是最高的，而且你的兵器不錯，在所有人裡，他只有興趣跟你比武。」

李滄行心中一動，對那紅甲倭寇沉聲道：「你又是什麼人？**剛才你沒有翻譯就直接回話，你說的那些，有多少是那個叫柳生的劍客說的？**又有多少是你自己說的？你帶著這個不會說漢語的柳生雄霸在我們這裡殺人放火，究竟想做什麼?!」

那紅甲倭首臉色一變，不復剛才的那種咄咄逼人的氣勢：「我是日本國的武士**上泉信之**，這次是隨同柳生先生一起來你們中原挑戰各個門派的，你們中原人好不講禮貌，不讓我們進城，二話不說就攻擊我們，我們是出於自保才會出手殺人的。」

譚綸哼聲反駁道：「你們這夥人，從浙江登陸以來，一路幾千里都是到處殺人搶劫，難道都是我們大明主動攻擊你們嗎？如果說語言不通還可以解釋，但你這倭人明明會說漢語，還狡辯什麼！」

那名叫上泉信之的紅甲倭將額頭上開始冒汗，勉強擠出一絲笑容：「譚大人，我會說漢語又有什麼用，比如今天在南京城外，你們會讓我們進城嗎？還是城門一開就出來幾千士兵想置我等於死地，現在更是一路追殺到這裡。」

沈鍊不耐煩地打斷了這個紅甲倭將的話：「本將沒興趣聽你在這裡鬼扯，譚大人已經說得清楚，放下武器，留你們一命，別的事情都不用多說，你們究竟投不投降?!」

上泉信之轉頭對著柳生雄霸一陣嘀咕，只見這柳生雄霸臉色一變，一字一頓地說了幾句話，聲音不高，但分明透出一股堅決和殺意。

上泉信之轉頭對著沈鍊厲聲說道：「柳生先生說了，想要拿他的武器，到他屍體上拿好了，你們中原人只會以多欺少，沒有一點武士的榮譽，我們今天就是全戰死在這裡，也不會向你們這些小人投降！」

沈鍊臉色一變，舉起手來，正要下令大家一湧而上，李滄行突然道：「沈經歷且慢，事情好像有些不對。」

沈鍊看了眼李滄行，沉聲問道：「倭寇已經拒絕投降了，剿滅就是，還有什麼不對的？」

李滄行轉頭對譚綸小聲道：「還請二位大人移步，小的有話要說。」

沈鍊的臉上閃過一絲不快，但他也清楚李滄行是自己這方武功最高的一個人，手中的那把閃著紫光的寶劍更非凡品，一會兒真打起來，對付那個柳生雄霸還主要需要倚仗此人，於是點點頭，叫過自己的副手吩咐了幾句，便和譚綸一起跟李滄行走到幾十步外一個背風之處，與倭寇們隔了百步左右。

李滄行道：「二位大人，以小人看來，那個叫柳生雄霸的，應該是被上泉信之這夥人騙來當保鏢的，他並沒有跟著這些人殺人搶劫，只是在我要殺上泉信之的時候出手相救而已。」

沈鍊道：「這些我都知道，但是現在倭寇拒絕投降，那個柳生雄霸的口氣又如此強硬，說不得只好動手了。」

譚綸開口道：「你應該就是我上次見過的那個鐵牛兄弟吧，你的臉是怎麼回事，和上次怎麼不一樣了？還有，錢胖子怎麼也變了臉？」

李滄行微微一笑：「這個叫易容術，我們行走江湖時，有時候不想暴露自己的身分要改扮一下，得罪之處還請譚大人見諒。」

譚綸「哦」了一聲，說道：「我也同意沈大人的觀點，就算倭寇裡夾帶了一兩個好人，哪怕他們劫持了百姓當人質，也不能就這樣放過他們。鐵牛兄弟，你應該能看出這些倭寇都是高手，**深入我大明境內甚至是窺探南京，就是為日後的大軍犯境作準備**，絕不能放他們回去。」

李滄行同意道：「譚大人說得不錯，以前倭寇只是在沿海一帶燒殺搶劫，這次這幫人卻是公然進犯我大明陪都南京城，所圖者大，不能放他們回去。可是我現在想說的，是同意柳生雄霸的意見，先由我把他引開比武，此人不在，二位大人立刻動手，將上泉信之這夥人拿下。」

沈鍊和譚綸的臉色同時微微一變，沈鍊道：「鐵牛壯士的意思是**調虎離山？**」

「是的，到時候我藉口這林中狹小，打起來不過癮，引他到林外一處僻靜之處，他反正只要跟我比武，我正好把他引開，那些剩下的倭寇，二位大人應該知道怎麼做的。」

沈鍊想了想，還是搖搖頭：「恐怕那個上泉信之不會讓他離開自己吧，這人是那些倭寇的保命符，只要他一離開，我們擒殺這些倭寇不是什麼難事，而且鐵牛壯士你自己也說過，上泉信之的翻譯是有問題的，他不可能向那個柳生雄霸照實傳遞我們的意思。」

李滄行笑道：「我看那個柳生雄霸也不是傻子，我們都能看出上泉信之從中搞鬼，那個柳生雄霸應該也能多少看出來一些，一會兒我有辦法引開柳生雄霸，後面的事情就交給二位大人了。」

譚綸擔心地道：「鐵牛壯士，你覺得跟那個柳生雄霸對陣，**你的勝算有多少？**」

李滄行保守地說：「只怕我不是他的對手，從他那一下刀氣來看，我就是全力施為，可能也只是和他半斤八兩。不過，這不是主要問題，我引開那人，你們好去擒殺剩下的倭寇，結束之後來人幫我忙就行，我想以我的功力，撐上半個時辰應該沒有問題的。」

李滄行說的是自己的心裡話，自從下山以來，他也跟多名頂級高手交手過，剛才那柳生雄霸雖然只出了一招，但是李滄行能看出他的臉上顏色的變化，還達不到像公孫豪這樣出屠龍掌時面色如常的地步。

可見他的刀法雖然霸道，但需要消耗的真氣也很大，而此人的年紀修為放在這裡，應該是和金不換的功力相當，高過鬼聖等人，但略遜於公孫豪這樣的頂級高手。所以他自信即使與這柳生雄霸較量兵刃，只要使出紫青劍法的遊走功夫，

配合上玉環步，也能纏鬥至少一個時辰以上。

沈鍊看了看李滄行的那柄紫電劍，道：「鐵牛兄弟，想必這也是你的化名吧？從你剛才的出手，我分明看到你使的是丐幫的屠龍掌法，可這劍又顯然不是丐幫的，沈某冒昧，不知閣下如何稱呼？」

李滄行笑了笑，他現在的易容術手法進步了不少，連面具也能變得有表情了：「沈經歷，在下既然戴了面具，就是不想向別人透露自己的本來面目和師承來歷，在下只是看倭寇猖獗，基於一個中原武人的義憤，這才和錢老闆一起加入追擊的，至於在下的身分，您就別多問了。」

沈鍊點點頭：「那你認為這柳生雄霸會不會趁機逃跑？」

李滄行沉吟道：「我看不會，這人應該不會扔下他的那些倭寇同鄉的，不然在南京城外，他也不會跟著這些人一起跑，恐怕他也知道這些倭寇殺了我們大明這麼多人，他一個人落了單，又語言不通，根本不可能逃得掉。而且我覺得這人說想比武是出於真心的，不會是想借機逃跑。」

譚綸做出決定道：「這樣好了，到時候我請錢兄為你掠陣，萬一事情緊急，你們二位就聯手一起對付這個柳生雄霸，我們這裡一結束就會來幫你的。」

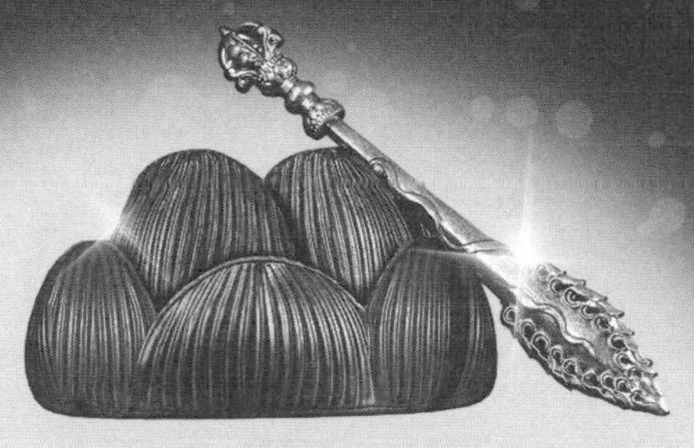

第七章

柳生雄霸

柳生雄霸說道：「李滄行，比武！」
李滄行深吸一口氣，紫電劍伴隨著一道紫光出鞘，
全身漸漸地籠罩起一股青色的真氣，
冰心訣已經運起，他的頭腦變得一片空明，
眼裡只剩下對面的柳生雄霸。

三人商議已定，就轉回林中，只見那些倭寇們都還停在原地，那柳生雄霸一直盤膝而坐，雙眼微微閉起，蓄力養氣，上泉信之則是趁這機會跟其他受傷的倭寇一樣，裹了傷口，大口地喝著水。

李滄行走上前去，經過錢廣來的時候低聲道：「胖子，一會兒還要麻煩你幫我掠陣，我要把那個柳生雄霸引開。」

錢廣來點點頭，他和李滄行相處了快一年，雙方默契十足。

李滄行轉頭對著柳生雄霸叫道：「喂，柳生雄霸，你不是要比武嗎，我跟你比！」

上泉信之臉色微微一變，正要開口說些什麼，卻見到那柳生雄霸從地上彈地而起，雙眼一下子睜開，原來有些慵懶無神的眼睛裡一下子精光暴射，他一舉手，阻止了上泉信之對自己的翻譯，直視著李滄行，抱臂而立，一言不發。

李滄行心中有數，從這柳生雄霸的舉動來看，顯然他也意識到了上泉信之的轉話有問題，所以才選擇了直面自己。

李滄行衝著柳生雄霸一抱拳，沉聲道：「我乃中原武人鐵牛，願意接受柳生先生的挑戰。」

他一邊說一邊比劃，先是指了指自己，又指指對面的柳生雄霸，然後拿起紫電劍在空中虛揮了兩下。

柳生雄霸點點頭，顯然看懂了李滄行的意思，臉上露出一絲笑容，突然拔出自己那把長刀，只聽「嗆啷」一聲，陰暗的樹林裡一下子變得明亮許多，一把如同一泓清泉的雪亮利刃，閃得在場眾人一陣眼暈。

柳生雄霸的這個舉動讓所有在場的漢人本能地緊張起來，無論是錦衣衛還是江湖高手，全都跟著抽出了自己的兵器，就連沈鍊也是臉色一變，握著寶刀的雙手不由得緊了緊。

李滄行卻笑著對身邊如臨大敵的同伴們說道：「大家莫慌，此人沒有敵意，他雖然抽出了刀，但現在沒有殺氣。」

柳生雄霸突然背過身，在地上寫起字來，火光照在他那雪亮的刀上，映得地上的字也是清清楚楚，只見他寫下了「對戰試合」這四個字。寫完後，轉過身來，一指李滄行，再指著自己，說道：「比武！」

李滄行一時愣住了，甚至在瞬間懷疑起這個柳生雄霸是會漢語的，只是一直在扮豬吃老虎而已，但他很快反應過來，剛才那上泉信之說過比武兩個字，估計被這柳生雄霸牢牢地記住了，現學現用，要是此人真的會漢語的話，也不用跟自己這樣連寫字帶比劃了。

李滄行心下釋然，表情也變得輕鬆起來，笑著點點頭，又指了指自己，重複了一句：「比武。」

柳生雄霸說了聲：「喲西。」隨後還刀入鞘，衝著李滄行嘰哩咕嚕地說了一堆日本話，然後還鞠了一個躬。

正當李滄行丈二和尚摸不著頭腦時，只見柳生雄霸的周身慢慢地騰起一陣白氣，眼睛微微地瞇了起來，右手也按在刀柄上，看樣子他已經做好了準備，隨時會抽刀出擊。

李滄行不想在這裡就這樣和他動手，此人刀氣厲害，要是像剛才那一刀捲起漫天塵土，極有可能會讓上泉信之等人趁亂溜走，他連忙收起紫電劍，連連擺手道：「不可，不可，不可！」

那柳生雄霸聽到李滄行的話，一臉疑惑，嘴裡嘰咕了一句：「納尼？」

一邊的上泉信之見勢不妙，又嘰哩哇啦地對著柳生雄霸不知說些什麼。

李滄行知道這傢伙又在使壞，欲從中挑撥，連忙對柳生雄霸使了個眼色，一指那上泉信之，搖了搖頭，兩手一攤，擺出一副無奈的樣子。

柳生雄霸看明白了，轉頭狠狠地瞪了上泉信之一眼，冷冷地說了一句，嚇得那上泉信之趕緊閉上了嘴，不敢說話。

李滄行見狀，先是抱拳行了個禮，然後伸手一指身後的林外，說道：「比武！」

柳生雄霸滿意地點點頭，把長刀往腰間一插，抬起腿順著李滄行手指的方向往外走，後面的上泉信之等人連忙叫了起來：「亞格雨烏桑，亞格雨烏桑！」

柳生雄霸停下腳步，也不回頭，嘰哩咕嚕了幾句話，李滄行雖然聽不懂，但是從他的嘴上聽出一絲風暴的意思，甚至帶著幾分殺氣，那上泉信之則變得臉如死灰，冷汗直冒，身子一陣搖晃，若不是身後的人扶了一把，幾乎就要倒地。

李滄行料想這柳生雄霸是看出上泉信之一直在挑唆自己，所以不再管這些人的死活，李滄行鬆了口氣，只要能調出柳生雄霸，那上泉信之等人便不足為慮。

包圍著倭寇的錦衣衛們自動地讓開了一條路，李滄行在前，柳生雄霸緊隨其後，兩人一起走出了樹林，錢廣來則不緊不慢地跟在後面。

走出林子時，李滄行才發現日已西垂，快要接近黃昏，走了兩三里，來到一處空曠的平地，舉目看去，周圍四五里內沒有人煙，李滄行料想和小樹林隔了足夠的距離，這會兒譚綸和沈鍊應該已經指揮剿滅上泉信之一夥了，便轉過身，直視著面前的柳生雄霸。

柳生雄霸跟著站定，看也沒有看遠處跟來的錢廣來，對李滄行點了點頭，一指自己：「瓦達西哇，亞格雨烏雨烏哈待死。」

李滄行知道他是在做自我介紹，剛才也聽那些倭寇叫他什麼亞格雨烏桑來著的，於是指了指柳生雄霸，試著問道：「亞格雨烏？」

柳生雄霸的嘴角勾了勾，點點頭，指著自己道：「亞格雨烏。」

李滄行也指指自己，一字一頓地說道：「李滄行。」

柳生雄霸把這個名字反覆念了好幾遍，說道：「李滄行，比武！」

李滄行深吸一口氣，紫電劍伴隨著一道紫光出鞘，全身漸漸地籠罩起一股青色的真氣，冰心訣已經運起，他的頭腦變得一片空明，眼裡只剩下對面的柳生雄霸。

柳生雄霸的眼裡再次出現那種可怕的神色，周身氣息開始流轉，眼睛卻微微地瞇了起來，那把刀慢慢地被他放了下來，他的左手握著刀鞘，而刀似乎有生命似的，在劍鞘裡不安分地微微跳動著，似乎已經等不及出鞘飲血了。

李滄行突然覺得周圍的氣勁有些不對勁，那股強烈的刀氣隔著刀鞘一陣陣地襲來，**他意識到現在自己只要一動，那柳生雄霸就會雷霆般的一刀襲來**，而自己在閃避的過程中，是無法集中全力反擊的，他現在很確定，這次柳生的出手不會像上次那樣留有餘地，他眼中的殺意已經說明了一切。

李滄行暗暗叫起苦來，責怪自己為什麼沒有一開始就遊走起來，東洋的武功刀法自己沒有見識過，中原的武功多數是打上半天，而這東洋刀法看起來卻是一刀分勝負。

李滄行收起雜念，屏氣凝神，眼睛也微微地瞇了起來，紫電劍上的龍吟之聲慢慢響起，隱隱有風雷之聲。

李滄行手中的劍開始慢慢舞動，在越來越強的白色罡氣的圍繞裡，紫光閃爍，切開一道道的白霧，讓那些白色的罡氣始終近不了自己正面的三尺之內。

隨著李滄行的手上動作慢慢加快，他內力的流轉也變得越來越快，紫電劍上的神光更是不停地閃爍著，原來雪亮的整柄劍變得紫光流轉，連李滄行周身的藍色氣勁，看起來也變成了深紫色。

不知不覺間，柳生雄霸的右手五指箕張，牢牢地抓住了自己的刀柄，剛才還不安分地時時跳動著的刀，一下子變得安靜下來，但是他周身散發出的白氣越是有增無減。

而柳生雄霸的那身衣服裡，像是有一團流轉著的真氣，在他周身的經脈穴道裡來回衝突，甚至當這團真氣經過他面部時，他臉上雙頰的肌肉也是不停地抖動著。

柳生雄霸的眼睛已經完全閉上，李滄行、柳生雄霸和錢廣來三人都知道，接下來基本上就是一刀分勝負的節奏，沒有任何虛招討巧可言，就連李滄行現在的功力也都提到了十二分，劍不停地向前劈刺，每一招都能連刺出七八劍，令人目不暇接，如果柳生雄霸這時候睜開眼，看到的一定是一堵如林的劍牆。

錢廣來則緊緊地握住了手中剩下的那支精鋼旋棍，他的功力和圈中的二人在伯仲之間，只是吃虧於手上的兵器不是神兵利刃，無法與他們手中的兵器正面相抗，因此只能遠遠地在圈外乾著急，只等兩人拼了一下，氣勁稍稍一懈後，再尋找機會突進去以屠龍掌法幫忙。

遠處的樹林上方突然炸起了一枚煙花，在這已近全黑的天色裡格外的顯眼。

柳生雄霸的眼睛瞬間張開，整個眼睛幾乎全部變成黑色，看不到一點眼白，那團真氣凝聚在他的右手臂上，**長刀帶著淒厲刺耳的聲音出鞘，彷彿厲鬼嘶號，**而他周身的白光暴起，整個人裹在這團白光中，人刀合一，向著李滄行飛來。

李滄行暴喝一聲，左手連續打出三招屠龍掌，暴漲的藍氣如牆，向柳生雄霸湧去，跟隨著如三道怒濤般的屠龍掌風後，李滄行踏起玉環步，手中的紫電劍一招紫氣東來，瞬間向柳生雄霸刺出九個劍影。

柳生雄霸人刀合一，巨大的白色氣勁籠罩著他的全身，那如藍色怒濤般的屠龍掌力，也只是讓他的身形微微一滞，根本擋不住他前進的腳步，第三掌潛龍升天的掌力打散了他頭上的束髮帶，那高高紮著的沖天馬尾立即披散開來，擋住了他那已經滿是汗水的臉。

李滄行的九劍一下子刺到，柳生雄霸的刀帶起強烈的刀氣，也是連揮九下，只見藍白相間的罡氣中，隨著一連串震天的響動擦起了一連串的火花，**紫氣與白光齊飛，龍吟與鬼泣共鳴**，最後隨著一道暴閃的紫光，和李滄行的一聲沉聲斷喝，**光芒中發出了一聲震天裂地的巨響，一切重新歸於平靜**。

錢廣來連續拍出四掌屠龍掌法，終於把兩人氣勁激蕩時在方圓一丈範圍內築起的氣牆給拍散，他暴喝一聲，胖大的身形一動，再次打出一招暴龍之悔，然後整個人隨著怒濤洶湧的掌風一起衝了進去。

錢廣來沒跑兩步，卻覺得如牆的氣勁突然一下子消失地無影無蹤，而在原地中央的李滄行和柳生雄霸的身影也一下子失去了蹤跡，原地只留下一團血跡和一個燒得焦黑、方圓足有三丈的大坑，除此之外，一切歸於平寂。

錢廣來急得掏出那枚旋棍向地下刨了起來，但挖了足有一兩尺，除了焦土外一無所有，急得錢廣來衝著大坑裡吼道：

「李滄行，你在哪裡?!」

李滄行記得剛才自己和那個柳生雄霸硬碰硬地力拼了十幾招，最後自己靈機一動，發現他的臉上全是汗水，視線被散髮所阻，急中生智地使出了峨嵋派玉女劍法中的分花拂柳，先左虛刺八劍，最致命的實招卻是如那天的了因師太那樣，以快得目不暇接的速度，直刺柳生雄霸的右腋下。

柳生雄霸的刀氣威猛淩厲，手下卻一點也不慢，右手長刀帶起一片刀花，一下子把自己那八劍虛影全部蕩破，順便一刀直接捅向李滄行的左肩。

就在此時，他額頭上的一滴汗水下落，滴進了自己的右眼，讓他不自覺地一瞬間右邊一暗，再一睜眼時，卻發現紫電劍已經直指自己的右腋下。

這一下是真正的變生肘腋，柳生雄霸的長刀來不及回轉，飛速地用左手抽出自己腰間的短刀，向著紫電劍的劍身便是一刺。

李滄行本來這一劍也不打算直的刺中柳生雄霸，他的冰心訣已經大成，不僅可以連刺九劍，更是能每劍收發自如，這一場他本是準備比武點到為止，沒想到柳生雄霸會這樣以命相搏，但打到這裡他仍不願意隨便傷人性命，於是這一劍刺出後，準備在觸及柳生的一瞬間收力，制住柳生雄霸即可。

可是柳生雄霸的這一刀卻用了全力，仍然是慢了一小步，當李滄行那冰冷的劍尖刺破他的衣服，頂到他右腋下的肌膚時，他有生以來第一次感覺到那冰冷的死意就在眼前，左手則本能地繼續發力，只隔了瞬間，那把小刀就擊中李滄行已經停下的劍身，把紫電劍震得飛了起來。

李滄行剛才收了力，劍尖在觸及柳生雄霸的肌膚時就完全停住，可他沒想到柳生雄霸這一下沒有收手，紫電劍被那把短刀從中間擊中劍身，一股巨大的力量從劍身上傳來，讓他再也握不住紫電劍，虎口幾乎裂開，而紫電劍也被打得幾乎要從李滄行手中飛掉。

李滄行大吃一驚，連忙手中重新運起氣勁，紫電劍上也很快注入了內力，瞬間紫光大盛，這一下劍沒有脫手而去，卻因為被這短刀一擊，蕩了一個大圈，斜著向左上方劃過，在柳生雄霸的臉上留下了一道又長又深的血痕。

柳生雄霸的頭向左一歪，等他的頭再過來時，只見他從右臉頰開始，一道半尺寬的劍痕斜著劃過了他整張臉，深達半寸，連肉都翻了出來，鼻梁上的劍痕離他的左眼眶不到半寸，只要再稍稍地偏一點點，整個左眼必將不保。

這一劍儘管將他毀容，但能雙眼完好，也算是不幸中的萬幸。

李滄行原本沒想傷柳生雄霸，剛才那一下也只是被動地抓緊了劍而已，卻沒想到這一下把柳生雄霸直接破了相，傷得如此之重，在藍白相見的霧狀真氣中，紫光照耀下看著他那張血肉模糊，因為劇痛而面目猙獰、齜牙咧嘴的臉，不由得一下子愣住了。

柳生雄霸如同一隻被重傷的野傷，發出一聲淒厲的慘叫，左手的短刀飛快地在手上一個旋轉，直刺李滄行的腹部。

李滄行就在愣神間，小腹一陣劇痛，**那短刀居然直接破了他的護身氣勁，刺進他的體內**，李滄行只感覺體內的力量和真氣在迅速地流失，空著的左手本能地鼓起真氣，一記屠龍掌法中的暴龍之悔結結實實地打在柳生雄霸的胸口。

一陣巨大的響聲在李滄行的耳邊炸了一個雷，隱約間，他似乎看到地上裂開了一條縫，自己的身軀則飛速地向著那個洞裡墜落，在落進縫的那一剎那，他發現柳生雄霸的身體也帶著一蓬血雨，緊跟著自己一起落下。

當李滄行再度醒來的時候，發現自己掉在一個鬆軟的洞穴裡，洞裡亮著昏暗的燈光，再一看四周，都是砌好的花崗岩牆壁，牆壁上有幾支燭臺，裡面插著火把，火光昏暗，只能夠勉強照亮這三丈見方的密室。

李滄行摸了一下自己的身下，發現觸手鬆軟，原來這裡是沙質軟土，李滄行又抬頭看了眼洞頂，發現上面也是砌得死死的一片花崗岩，從自己的這個位置到洞頂足有三四丈，也不知道自己是怎麼穿過那花崗岩摔下來的。

李滄行看了眼室內，柳生雄霸頭朝下地趴在地上，他的兩把長短刀落在離他一丈多遠的地方，整個人趴著一動不動，也不知是死是活，但他臉朝下的那塊沙子地卻隱隱地看到一片殷紅，似是在滲血。

李滄行本能地一摸自己的肚子，感覺到一陣劇痛，再一看滿手都是鮮血，這才記起柳生雄霸捅了自己一刀，所幸這一下他含怒出手，沒有對準臟器，傷及要害，微微偏了些，插到了右側靠腰的位置，若是再向下一寸或者向上一寸，就可能傷及腎臟或者脾臟，那這傷可就大了。

李滄行哆嗦著從懷裡摸出一瓶傷藥，正是華山派的行軍止血粉，自從司馬鴻接掌華山派後，門派的規模一下子擴大了許多，為了支付這麼多新加入弟子的薪餉，華山派開始大量對外銷售獨家秘製的行軍止血粉。

這藥粉的功效在幾年前的落月峽之戰中，李滄行也曾經見識過，錢廣來家裡更是囤了不少，因此這次李滄行和錢廣來結伴出門的時候，身上就帶了幾瓶這種行軍止血粉，此外各派的內外傷藥都帶了一些，連以前武當派只給下山弟子人手一顆的九花玉露丸也帶了十幾顆在身上，只要留了一條命在，靠吃這些傷藥也能把人救回來。

李滄行抹了行軍止血粉在傷處後，出血立止，又吃下了一顆九花玉露丸，金丹入口，自化瓊漿，腹部那種撕裂的痛感立馬消失不見了。他起身坐了起來，長出一口氣，試著運行一下內息，發現還能鼓起大約七成的內力，心下稍安。

接著眼光落在一邊的柳生雄霸身上，也不知他是死是活，只看到他臉部那裡的沙子越來越紅，顯然是出血沒有止住。

李滄行嘆了口氣，心想此人雖然捅了自己一刀，但上天有好生之德，要是不管他的話，看這情形必死無疑，眼下掉在這種鬼地方，也不知道怎麼才能出去，多救活一個人，也許還能相互扶持。

想到這裡，李滄行吃力地爬了過去，他現在沒有運功一個周天，怕牽動腹部的傷口影響結痂，不敢起身，只能這樣在地上爬，好幾下才到柳生雄霸身旁，拿出裝著行軍止血粉的瓶子，準備扶起柳生雄霸為其止血。

李滄行好不容易把柳生雄霸的身子翻了過來，只見他的腦袋下已經形成了一個小血泊，那張臉上的刀傷由於臉部著地，更是皮肉外翻，連骨頭都能看到了，可謂慘不忍睹，一張臉也因為失血過多而變得慘白。

李滄行嘆了一口氣，對著柳生雄霸輕聲地說道：

「你這倭寇，比武就比武，非要這樣拼命，我要是想取你性命，你早就死了，還會給你反擊的機會嗎？這下子被你捅了一刀，還掉到這鬼地方，也就是碰到了我還肯救你，換了其他人，不要你的命就不錯了，但願你醒來以後能痛改前非，好好做人，別再當倭寇了。」

李滄行一邊說著，一邊把藥瓶的塞子打開，準備向柳生雄霸的臉上倒下行軍止血粉，無論如何，先把他的血止住，再考慮別的事。

就在這時，柳生雄霸的雙眼突然張開，殺氣四溢，狠狠地瞪著李滄行，李滄行給他這一下嚇得魂都快飛了，整個人都愣住不動，半天才反應過來，自己的腰上被什麼冷冰冰地東西抵著，而他的視線之內，柳生雄霸的那把短刀卻是不翼而飛。

李滄行的額頭上一下子布滿了汗珠，他不知道柳生雄霸是什麼時候醒過來的，也不知道為什麼地上的那把短刀會到了柳生雄霸的手上，更不知道柳生雄霸現在為什麼沒像在地面上一樣狂性大發，直接殺了自己。

他能做的只是像被點了穴道一樣，瓶口對著柳生雄霸的臉，藥粉卻是一點也不敢撒出來，這時候哪怕一點點微小的舉動都可能讓自己小命不保。

柳生雄霸眼中的殺氣漸漸地消散，他的背還枕在李滄行的膝蓋上，而左手則持著那把短刀，冷冷地頂著李滄行的腹部，那刀尖上透過的寒意，幾乎讓李滄行的血液都凝固住，**死亡離自己是如此之近，取決於自己眼前這個人的一念之間。**

柳生雄霸的眼光移向李滄行手中的那個瓶子，這密室內昏暗的燈光對於他們這種級別的高手來說，已經足以看清楚瓶中那些黃色的粉末。

他的眼光又緩緩地移到了李滄行左腹部的那個傷處，那個由他製造出的足有三寸長傷疤上，正是抹著這種黃色的粉末，隨著李滄行的每次呼吸，隱隱有淡淡的血漬滲出，染得這黃色粉末顏色也漸漸地深了起來，而李滄行的全身已是汗出如漿，連小腹上傷口處的黃色粉末也被浸得透濕。

柳生雄霸的眼睛又移向李滄行的雙眼，**從這雙眼睛裡，他看到了一絲恐懼，兩分懊惱，三分不甘，還有五分和善，但是沒有一分殺氣**。

柳生雄霸吃力地點了點頭，說了聲：「死尼瑪森。」

李滄行的腦子裡「轟」地一聲，這倭寇嘴裡吐出這句，分明就是如自己打鬥時最愛喊的那句「死去吧」一樣，看來漢語和倭語也是相通的。

在這一剎那，他以為自己必死無疑，連眼睛都閉上了，沐蘭湘的倩影在他眼前再次出現，可是預料中的利刃入體久久地沒有到來，李滄行突然覺得肚子上那冰涼的刀尖不知道什麼時候消失不見了，他睜開眼，卻發現柳生雄霸閉上了眼睛，氣若游絲，臉上已經沒有一絲血色，身體也變得軟綿綿地徹底癱了下去。

李滄行一下子覺得自己又回到了人間，一把將柳生雄霸重重地從自己懷裡推開，柳生雄霸的身體無力地在地上打了幾個滾，再次變回面部向下的狀態，人也隨著這陣劇烈的運動，無力地咳嗽了幾聲，就再也沒了動靜。

李滄行長出一口氣，這種劫後餘生的感覺，讓李滄行先是極度的興奮，然後才發現自己幾乎要虛脫了，眼前開始發黑，強烈的倦意一陣陣地襲來，一個聲音一直在自己的耳邊說道：「睡吧，睡吧。」

李滄行突然意識到柳生雄霸還在自己身邊，剛才他沒動手，不知道是一時氣力不濟暈了過去還是別的原因，身邊有這麼一個在自己肚子上捅了一刀的人，**在這種情況下睡過去，無異於與虎同眠，也許這一閉眼，就真的再也睜不開了。**

一想到這裡，李滄行的神智一下子清醒起來，他強撐開眼簾，向柳生雄霸爬過去，**無論是殺了他還是點穴，總得先把此人制住。**

李滄行的手在地上一摸索，突然摸到一個冰冷鋒利的東西，連忙縮了手，定睛一看，搖擺不定的光線中，映出了那把柳生雄霸的短刀，刀頭上一片腥紅，正是捅自己小腹時流出的血。

李滄行突然想到，這把刀落下的位置，正是自己剛才坐著的地方，柳生雄霸當時正是持刀抵著自己的小腹，他既然有力氣把刀撿起來，在剛才的那種情況下，想刺穿自己的肚子，也是輕而易舉的事。

李滄行終於明白過來，柳生雄霸放過了自己，沒有選擇下殺手，他所說的那句什麼「死尼瑪森」，應該也不是「去死吧」之類要自己命的話，可能是倭語裡的感謝或者致歉之語。

李滄行再想到他剛才看到自己肚子上傷口時的眼神微微一變，李滄行猜想他一定是看到了自己傷口的粉末與瓶中的粉末一致，相信自己是在救他而不是害他，這才放棄了殺自己的意思。

想到這裡，李滄行長嘆一聲：「溝通是硬傷啊，險些壞了兩條性命。」

他爬到柳生雄霸處，再次把他抱了起來，這回柳生雄霸已經徹底昏迷了過去，只是嘴裡還在有氣無力地吐者幾個字，聲音小到蚊子哼一般，李滄行耳朵清楚，聽到他始終念叨的兩句是什麼「阿里阿多，死你瑪森」。

李滄行拿起藥瓶就向他的臉上撒起止血粉來，大半瓶子剩餘的黃色藥粉撒完，柳生雄霸臉上的血才算止住，又餵他吃了一顆九轉玉露丹，這才讓他的臉上有了幾絲血色。

李滄行把柳生雄霸正面朝上的放躺下，自己緩緩站起身，出於保險起見，他這回把柳生雄霸的兩把刀和自己的紫電劍都放到了牆邊，離著柳生雄霸足足隔了兩丈遠，料他也沒這麼容易拿得到，這才放心地觀察起周圍的環境來。

這是一個三丈見方的洞穴，四周都是花崗岩砌成的石壁，李滄行的正前方有一道石門，緊緊地鎖著，看起來重逾千斤，李滄行試著拍過石門，卻發現這扇門嚴絲合縫，根本無法直接打開。

李滄行心中暗暗叫苦，在這封閉的石室內，一邊的地上還躺了一個不知道會不會跟自己以命相搏的倭寇，而另一邊的石門卻沒有任何能打開的跡象，身上沒有糧食，還受了傷，**難不成真正要困死在這不知名的鬼地方嗎？**

李滄行想到這裡，又仔細搜索了一遍石洞的四周，敲擊了幾乎每寸石壁，卻發現都是實牆，並沒有夾層或者暗室之類，看起來唯一的出口就是那扇門，自己現在卻沒有任何辦法破開，不由得一陣心灰意冷。

李滄行頹然地坐了下來，卻聽到後面一聲：「阿力阿多。」

他轉過頭，只見柳生雄霸已經坐起了身，臉色看起來比剛才紅潤了一些，眼中仍是神光內斂，卻不像在地面打鬥時那樣殺氣十足，甚至從他的表情上看，有些感激的樣子。

李滄行知道他是在向自己道謝，點點頭，又指了指那扇石門，雙手一攤，做出一副無奈的表情，告訴他想要離開此處，唯一的辦法就是打開那扇門，而自己卻看不出有什麼能離開的辦法。

柳生雄霸站起身來，看了眼被李滄行放得遠遠的自己那兩把刀，微微一笑，也不去撿，上前幾步，走到門前，仔細地看起石門來。

柳生雄霸運氣在手，摸了摸大門，隨著他的動作，一層石屑灰塵應手而落，石門上也顯出一行字來。

李滄行剛才對這石門的探察沒有這麼仔細，更不像柳生雄霸這樣以內力在手，強行地刮開石門的表層，這下驚喜交加，連忙上前看了那行字，只見石門上如走龍蛇地寫道：「**力強者可開此門**。」

還沒等李滄行反應過來，柳生雄霸已經仰天哈哈一笑，轉身走向他的那兩把刀。

李滄行突然想到此人能寫漢字，剛才又顯然能看懂那行漢字，也許自己可以和他手談，便回身小跑了幾步，攔在柳生雄霸面前說道：「柳生先生且慢，此事只怕有詐。」

柳生雄霸看著李滄行，一臉的茫然，李滄行彎下腰來，運氣於指，在地上寫起字來。

這裡土質鬆軟，要寫字很方便，李滄行不用兵刃就可以在地上書寫：「識漢字否？」

他很放心地把後背的空檔讓給這個倭寇，因為他很確定，這個倭寇不會殺他，至少現在不會。

柳生雄霸看了地上的李滄行一眼，也蹲了下來，寫道：「可。」

李滄行長出一口氣，總算找到一個和他交流的辦法了，他繼續寫道：「我們齊心衝出山洞。」

柳生雄霸點點頭，寫道：「協力，可。」

李滄行看柳生雄霸臉色依然蒼白，雖然傷處已經止了血，但隨著臉部肌肉的抽動，仍有血絲滲出，他現在這個樣子，只怕發揮不了平時的一半功力，能不能開此門還要打個大大的問號。

李滄行低頭寫道：「你的傷，嚴重嗎？」

柳生雄霸似乎沒有看懂這幾個字，抬起頭，指了指自己臉上的那道傷痕，寫道：「無妨。」

李滄行又從懷裡摸出了一顆九花玉露丸，遞給柳生雄霸，柳生雄霸知道這是療傷妙藥，也不推辭，直接張口就吞下。

吃下藥後，柳生雄霸看起來氣色又好了些，嘴唇也恢復了一些血色，拍了拍李滄行的肩頭，在地上寫道：「恢復先，力攻後。」

李滄行看懂他的意思，點點頭，兩人同時盤膝坐下，各自運起內功來。

李滄行在地面上的那一番惡鬥，消耗不小，又被捅了一刀，開始運氣的時候總覺得內息不暢，內力也不足平時的六成，吃了兩顆九花玉露丸後，才感覺好了不少，功行兩個周天後，全身已經打通的經脈和穴中，內息的流轉又重新流暢起來。

李滄行長長地吐出一口氣，從地上一躍而起，卻發現柳生雄霸已經站在那大門前，腰裡別上了他的長短兩把刀，而自己的紫電劍則被插入了劍鞘之中，放在角落裡。

李滄行上前撿起了紫電劍，走到柳生雄霸的身邊，只見他扭頭對著自己微微一笑，向地上一指，那裡赫然寫著三個大字：「協力攻！」

李滄行微微一笑，點點頭，抽出紫電劍，擺開了發力的架式，那柳生雄霸卻搖搖頭，伸出腳把地上的字一抹，繼續寫道：「掌用，劍否，力攻。」

李滄行看明白了，他是說自己的劍法以刺擊和速度為主，力量上並不是很大，而自己的那屠龍掌法卻是威力十足，比劍法的力量要大出許多，既然這門上寫了力攻二字，那顯然就是用自己力量大的一門功夫。

這柳生雄霸與自己交過手，知道自己的武功底細，現在二人在這密洞裡無水無糧，再往後的力量只會越來越弱，如果不趁著這次的機會聯手將石門打開，那真的會一輩子困死在這裡。

於是李滄行把紫電劍向地上一插，擺開了屠龍十巴掌的架式，左腿微屈，紮下馬步，屏氣凝神，而雙手則握起拳，放到自己的腰間，一股暖氣開始從丹田慢慢地生成，氣遊八脈，一下子走遍了李滄行的全身。

李滄行緩緩地閉上眼睛，成敗都在這一掌，他感覺身邊的柳生雄霸也是和自己一樣，氣息在不斷地增長。

李滄行身上的衣服已經鼓成了一個氣球，整個人的周身都是藍色的氣息籠罩，一邊的柳生雄霸也是周身白色的霧氣縈繞，一人一刀全都被這層霧狀的白色所掩蓋，隔著白氣只能隱隱地看到他雙手舉刀過頂，而洞穴內的牆壁也被這二人的真氣激蕩，牆上的火把火光搖曳，連空氣也快要凝固了。

倏地，柳生雄霸睜開雙眼，神光四射，整個人的殺氣一下子暴漲，周身的那白色真氣也一下子濃重了許多，李滄行在瞬間感受到了他的這一變化，同樣睜開雙眼，全身的氣息如滾滾大江一樣剎那間爆發。

兩人不約而同地大吼了一聲，柳生雄霸的倭刀從頭上直接斬下，一道震天裂地的刀氣從刀尖直貫而出，地上瞬間出現一道又深又急的刀痕，直撲向四尺外的那扇石門。

與此同時，李滄行的暴龍之悔也同時出手，龍吟之聲伴隨著滾滾的藍色真氣，凌厲的掌風混合著地上的塵土，瞬間形成了一道黑色的龍捲，就像一隻張牙舞爪的黑龍，向著那道石門噴湧而去，匯合著柳生雄霸那道無堅不摧的刀氣，「砰」地一下擊中了那道石門。

只聽轟隆隆的一聲，石洞內一下子光芒大亮，一陣澎湃的白色霧氣撲面而來，石門飛快地打開，但破空之聲四起，門後卻隨著光線和白色霧氣一起飛出了一陣密如蝗集的暗器。

李滄行心中大叫一聲不好，他的暴龍之悔練了有半年多，氣勁已經能收發自如，剛才雖然全力一擊，但是肌肉和真氣的記憶還是讓自己留了一兩分的勁沒有一次打出，要是沒有這層暗器突襲的變故存在，再過片刻，這點餘力也打出去了，可是這會兒，剩下的兩分力卻成了救命的關鍵。

李滄行內息一收，兩分掌力一吐，這一撥暗器被掌風一掃，一下子減弱了來勢，紛紛落地，剩下的幾枚暗器也都減緩了來勢。

有這掌風稍一延阻的功夫已經足夠，李滄行飛速地從地上拔起紫電劍，柳生雄霸也抽出了腰間的短刀，兩人稍一回氣，內息瞬間又從丹田走遍全身，注入了二人內力的紫劍白刀，揮舞得如同風車一般，水潑不進，那幾枚暗器紛紛被兩人打落在地。

一陣暗器急襲過後，兩人同時向左側跳出，警惕地看著大門的開處，稍稍一緩後，又是一陣急促的暗器襲來，所幸兩人站在門側，沒有被打到，接下來隔了好久，再無響動，白色的霧氣慢慢地散掉，只有亮光從那打開的石門處透過，灑在這密洞裡，形成了一道長長的光柱。

李滄行與柳生雄霸半天不敢喘一口大氣，若不是剛才李滄行的這招暴龍之悔還留了兩分勁，此刻二人早變成兩具屍體了，可見設這機關的人機心之深。

兩人戒備著移向那大門前，向裡面張望了一眼，只覺裡面一片霧氣瀰漫，看不清究竟，只能隱約地感覺前面的一點亮光，兩人等了好一會兒，想等這霧氣散盡，可是這白霧卻沒有一點轉淡的意思。

李滄行和柳生雄霸對視一眼，二人肩並肩，全神戒備著走進了這扇門裡，剛才的那一下，大門沒有給劈壞，而是緩緩地打開。

兩人在進門時，才發現這兩扇石門都是厚達尺餘，加起來看似有四五千斤

重，靠二人的合力也不可能將其打壞，只是二人聯手時打出的力量足夠，石門上不知又有什麼機關，一旦受到足夠大的外力後便能直接開門。

門後是一條通道，四五尺寬，正好容得下兩人並肩行走，霧氣瀰漫中也不知道有多深，只感覺遠處似乎有一點燈火，在這濃濃的白霧中若隱若現。

腳下則不是剛才的鬆軟土地，而是鋪著外面山洞中牆壁的那些花崗岩磚石，十分堅硬，兩人身邊的牆壁也是同樣的材質。

李滄行和柳生雄霸一邊走，一邊用兵器敲擊著前方的牆壁，長長的通道中，敲擊聲伴隨著兩人呼吸的聲音和腳步聲迴蕩著，透著一絲詭異。

如此這般，兩人向前二十幾步後，聽到一陣「喀喀喀」的機關響動聲，身後那兩扇巨大的石門一下子合上，狹長的通道裡光線瞬間暗了下來，只有前方的那一點燈光還若即若離地在前方一閃一閃。

李滄行心裡閃過一絲疑惑，走了這麼久，卻始終感覺那燈火就在自己面前十幾丈處，不遠也不近，而這長長的甬道，卻不知道何時是個頭。

想到這裡，李滄行突然停下腳步，一拉身邊的柳生雄霸，指了指前方那盞若隱若現的燈光，搖了搖頭。

柳生雄霸也是一臉凝重，他剛才的腳步已經跟著放慢了，顯然也意識到了燈光的詭異，被李滄行這一拉，點點頭，停下腳步，抽刀在手，渾身開始運氣戒備。

李滄行略一沉吟，從腰間的百寶囊中掏出兩枚燕子鏢，今天與柳生雄霸一戰他沒有用暗器，一直留到現在，反而派上了用場，他右手紫電劍在手，做好了準備，剛才開門時那陣暗器急襲讓他記憶猶新，現在出手打那團鬼火，也許還會再被暗器突襲一次。

李滄行左手一抖，兩枚鋼鏢以**八步趕蟾**的手法出手，直取那團燈火，只聽「叭」地一聲，火光四射，那團燈火直接炸了開來，整個通道中變得一片漆黑。

李滄行的眼前一黑，他能感覺到柳生雄霸的氣息在自己的身邊騰起，而這長長的甬道裡卻是悄無聲息，既沒有想像中的暗器突襲，也沒有什麼機關發動，一切都是那麼地平靜。

李滄行意識到這是**設計者下的一個套**，在這種黑暗封閉的環境裡，如果是兩個人手持兵器，又不能做到對對方的完全信任，只要一點風吹草動，黑暗中的兩個人一定會互相殘殺。

想到了這一點，李滄行的心在迅速地下沉，以兩人的武功，在這種全神戒備的情況下，即使有暗器的突襲，應付起來也不是難事，可是如果兩人打著打著交上手，由於語言不通，在這種非友非敵的狀態，可能真的會以命相搏。

李滄行咬咬牙，打定了主意。

正在這時，只聽一陣響動，強烈的勁風吹過，從前方鬼火處似乎有一大波暗器在向著自己打來，而黑暗中柳生雄霸的氣勁一漲，刀氣一下子撲面而來，顯然是他揮舞起自己的那把短刀在黑暗中擋起暗器。

李滄行向後退了兩步，死死地抓著劍，卻沒有出手，他相信柳生雄霸的實力，以這種程度的暗器突襲，是過不了他那短刀亂舞的，只要自己不出手，就不會讓他造成誤判，兩人一定是安全的。

漆黑一團中，只聽「叮叮噹噹」之聲不絕於耳，柳生雄霸那把帶著些許紅光的短刀不停地閃爍著，冷冷的刀光能映出柳生雄霸冷峻的面容，他臉上那道刀痕就像一條巨大的蜈蚣，看得讓人毛骨悚然。

從暗器的破空之聲，他知道身後的這個東洋人應付起來毫無問題，只是背後平靜得有些過分，這讓李滄行感覺有些不太對勁，就在此時，他突然發現手中的紫電劍微微地發起光來，只有強敵在側，殺氣滿滿時，這柄神兵才會有如此表現，李滄行不由得微微一愣。

就在李滄行愣神的這一瞬間，後面果然有幾聲細針破空之聲，聲音非常小，遠遠沒有前面的動靜大，可是速度卻比前面的那些暗器要快上許多，李滄行心中一凜，知道這才是這段通道裡真正的殺著。

李滄行再無他念，靈臺一片清明，多年來苦練的聽風辨形之術這時起了作用，一共三枚飛針，分射向自己的印堂、氣海與血海三個穴道，他手中的劍泛起一陣紫光，照亮了整個通道，一記紫氣東來，瞬間閃電般地刺出三劍，劍尖準確地擊中了那三枚鋼針，帶起三朵小小的火花。

隨著這三針暗影突襲沒有奏效，通道內突然又亮起了燈光，這回是真正的燈火通明。

李滄行發現石壁上也和外面的山洞一樣掛著燭臺，只是剛才這裡霧氣瀰漫，伸手不可視物，根本無法看清兩側通道上的這些燭臺，而他正對著的後面通道，則是一個圓形的環道，那兩扇進入時的石門早已消失不見。

李滄行終於明白為什麼走了半天，仍然跟那前面的燈光是不遠不近，而這通道也似乎沒有盡頭了，原來這是一條環形通道，自己和柳生雄霸一直在這個通道裡打著轉，只有破除了這黑暗中的暗器突襲，才算是破解這裡的機關，方能走出這個迷宮。

李滄行扭頭看了柳生雄霸一眼，只見他仍然雙手握刀，渾身上下都是真氣在運行，可是和自己一樣，放心地把整個後背交給自己掩護，毫不擔心自己會在背後下黑手。

李滄行心中感嘆，**剛才這黑暗中的一連串考驗，不僅是在測試自己和柳生雄霸的武功，更是考驗兩人對彼此的信任程度**。

幸虧李滄行對柳生雄霸有足夠的信任，轉向其後方抵擋了那三枚真正要命的暗影飛針，而柳生雄霸也沒有因為李滄行在身後出劍而造成誤判，回刀相向，不然兩人這會兒已經死在那通道裡了。

一想到這裡，李滄行便是一陣背脊發涼，**自己與這非敵非友的倭寇竟然有如此的默契**，更難得的是，他對自己居然也如此信任，要知道兩人在一個時辰前還在以命相搏，加上語言不通，居然也能這樣通過這次的檢驗，讓李滄行自己都有些不敢相信。

李滄行正在深思中，柳生雄霸拍了拍他的肩膀，他猛的一回頭，卻發現正面環形牆壁上出現了一個半人多高的小門，亮光從門裡透出，兩人對視一眼，一起走進了那座小門。

第八章

帝王古墓

李滄行發現入口處下面是十幾級的臺階，
兩邊立著幾個巨大的石像，
有的頂盔貫甲，像是武將，另幾個則是文臣的打扮。
李滄行意識到這一定是進入了某個古墓，
看這墓的氣派，非王即侯，可能是一代帝王。

走進那座小門，眼前豁然開朗，這是一座幾十丈見方的大殿，看起來像是個墓室，四周都放著巨大的燭臺，擺放著兵器鎧甲，看起來這個墓室有很久都沒有被打開了，裡面的兵器鎧甲都是乾乾淨淨，沒落上什麼灰塵。

而整個大殿最醒目的，還是正中的一座巨大石棺，石棺的一側立著一個石碑，石棺一旁的岩石裡，插著一把三尺來長，半尺寬的巨大寶刀，整個大殿裡十幾個燭臺的亮光，都沒有這把寶刀來得明亮。

李滄行發現入口處下面是十幾級的臺階，從臺階底部到這座大石棺，兩邊立著幾個巨大的石像，有幾個看起來頂盔貫甲，像是武將，另幾個則是文臣的打扮。

李滄行意識到這一定是進入了某個古墓，看這墓主人的氣派，非王即侯，甚至可能是一代帝王，他掩飾住自己心裡的激動，走上前去，看起那塊石碑來，而柳生雄霸則明顯對那把插在岩石裡的刀更感興趣，連石碑也顧不得看，直接就到那刀前面打量起來。

李滄行看著碑文，第一句話就是：「**吾乃大宋開國皇帝劉裕，這是吾之一生。**」李滄行心裡犯起了嘀咕：北宋的開國皇帝是姓趙啊，可沒聽說過姓劉?!帶著這個疑問，他接著看了下去。

下面的記載則是這個叫劉裕的宋國開國皇帝的生平自述，他說自己是**漢高祖劉邦的弟弟、楚王劉交的後人**，元嘉之亂，神州陸沉，五胡亂華，整個北方的中國都被胡人佔據，而當時的晉朝皇帝也被胡人俘虜了，宗室司馬睿南渡建康，建立了東晉，一百多年來一直無法北伐成功，恢復中原。

這位劉裕則是出生於東晉末年，出生在京口，也就是現在南直隸鎮江的一個中下等士族，一出生時，母親就難產而死，還被當成不祥之人送到姨娘家寄養了幾年，因此還落下了個寄奴的別號。

劉裕少時家貧，父親在他四五歲時又早死，是由好心的繼母蕭氏將他從姨娘家接回，跟著後面的兩個異母弟弟一起養大，劉裕從小無錢讀書，種田打漁砍柴什麼都做過，天生有一把子力氣，後來逢江湖異人指點，習得上乘武功。

劉裕後來投軍報國，加入了東晉最精銳的部隊——在淝水戰中大破前秦大帝苻堅百萬胡虜的北府軍，在北府軍中，性格豪爽開朗，武藝高強的劉裕很快出頭，一路積軍功做到北府軍參軍，也結識了大批精兵猛將、智謀之士為兄弟。

劉裕在三十六歲時，江南一帶的天師道信徒在教主孫恩的帶領下起事，一個月內眾達數十萬，甚至攻陷會稽，殺死北府軍名將謝琰，劉裕跟隨北府軍剿匪，曾在一戰中身陷重圍，最後**靠著蓋世神功獨驅數千人，創下神話一般的傳奇，從**

此成為天下人心中的英雄。

這個劉裕不僅武功蓋世，而且天賦異稟，堪稱兵法大師，雖然只是粗通文字，但是兵法權謀卻如同與生俱來的一樣，遠遠高於他人，天下強兵悍將無不願供其驅使。

幾年的剿匪平叛下來，劉裕幾次力挽狂瀾，甚至化解了孫恩最有可能推翻東晉朝廷，從海路入長江攻克建康的那一次登陸，從此成為東晉的高級將領。

在鎮壓了天師道的孫恩起義後，東晉的朝廷被來自荊州，即現今湖廣省的桓玄所控制，到了後來，桓玄更是解散北府軍，自己逼東晉皇帝退位，自立為君，劉裕在北府軍被解散後曾短暫地退役回家，暗中卻是結交串聯北府軍系統裡的精兵猛士，在桓玄稱帝後起兵討伐。

當時劉裕手裡沒有一兵一卒，只串聯了劉毅、何無忌、自己的弟弟劉道規、諸葛長民、孟昶為首的十一條好漢，共推劉裕為首領，並以劉穆之為智囊，從京口起兵，北府軍和江湖遊俠劍士都爭相回應，不到五天，就大破桓玄，將之趕出建康，並在此後半年左右的時間內徹底在荊州消滅了桓氏勢力，恢復東晉。

此後的劉裕以**恢復東晉之功**，**成了朝廷的頭號實權人物**，他的眼光開始投向了北方的胡虜，五胡亂華離此已有百年，北方諸胡經過百年的戰亂後，已經形成了以黃河以北建國的北魏，和以山東之地建國的南燕，還有佔據關中隴西地區的後秦三個胡人國家。

劉裕之前的東晉歷代北伐，都是被胡人打得慘敗而歸，在他那個時代，只要一提北伐，一想到胡人剽悍的鐵騎，東晉上下人人色變，幾乎都不敢再提驅逐胡虜，恢復河山的事。

而劉裕的心卻比天高，偏偏要嘗試別人之所不能，於是在剛剛平定了桓玄餘黨後，開始征戰四方，在廣州嶺南一帶還有天師道餘黨未平，西蜀又在桓玄篡晉的時候趁機自立的情況下，首先選擇了山東一帶的慕容氏南燕作為打擊目標。

劉裕親率六萬北府精銳討伐南燕，臨朐一戰，創造了步兵在平原上打垮胡人重裝鐵甲騎兵的奇蹟，並一鼓作氣，滅掉南燕，將慕容氏一族運回建康斬首示眾，百餘年來漢人的屈辱一朝得雪，第一個被攻滅的北方胡人王朝也極大地增強了漢人的信心，讓他們看到了北伐成功的可能。

可是福無雙至，禍不單行，天師道的餘黨趁著劉裕北伐，一路從嶺南起兵，利用北府軍其他兩大巨頭，留守南方的劉毅和何無忌的不和，以閃電戰的形式迅速擊破這兩位劉裕的親密戰友，幾十萬大軍兵鋒直指建康。

於是劉裕只得火速回師，偏偏北伐軍的主力碰到了瘟疫，軍情緊急，劉裕只得孤身回到建康城組織防守，以區區一兩萬臨時徵召的部隊面對天師道沿江東下的數十萬大軍。

這場建康城的攻防戰是劉裕一生中最大的危機，當時天師道挾兩次大勝的餘威而來，戰士二十多萬，戰船數千艘，滿江都是，而建康城內的守軍不足兩萬，遠征南燕的大軍一時又無法趕回，在這種情況下，城內人心惶惶，滿朝文武都力勸劉裕帶上皇帝撤到江北，以避鋒芒。

結果劉裕堅決地留了下來，一步不退，一方面出重金徵集民間的尚武之士緊急從軍，一方面撤去沿江各處要塞的防守，全力防守建康城，每戰必身先士卒。兩個多月的時間，打退了天師道軍隊幾十次的圍攻，終於撐到了各地援軍紛紛到了，逼得天師道部隊撤軍。

此後的一年時間，劉裕親自率軍一路追擊天師道部隊，還派偏師漂洋入海，從長江口出海，直襲廣州，最終經過艱苦奮戰，終於將天師道全部平定。

此後的劉裕，又在先後消滅了老戰友、大軍閥劉毅和東晉司馬氏的宗室，**真正的在江南大權獨攬後，親自掛帥出征，全面北伐定都關中的胡人後秦帝國，幾十萬大軍，七路出兵，終於攻克長安，掃滅後秦，完成了五胡亂華以來一百多年，江南的漢人朝思暮想的壯舉。**

可惜正當劉裕壯懷激烈，準備繼續進兵平定隴西的胡夏或者是河北的北魏時，他留守建康的重臣，對他來說堪稱劉邦之蕭何，劉備之孔明的軍師劉穆之，在建康病逝，由於劉裕出身草根，並不被高門世家所接納，劉穆之這個坐鎮後方的重臣一死，整個後方開始不穩。

劉裕只得匆匆率大軍回建康穩定，由於在關中留下的部將們互相爭功，內部不和，導致沒幾個月就被胡夏偷襲，關中得而復失，等到劉裕回南方重新穩定局勢後，已經失去了戰機，再也沒有恢復關中的可能，只能登高流涕，聊發壯士之悲了。

劉裕這回北伐功敗垂成，回頭遷怒於司馬氏的皇室，乾脆廢掉了司馬氏的傀儡皇帝，自立為帝，建立了**劉宋王朝**，隨著拓跋氏的北魏最後一統北方，南北對峙再次形成，**揭開了兩百年南北朝並立的序幕**。

李滄行看到這裡，對這劉裕佩服得是五體投地，他從小習武，沒有讀過四書五經，對歷史的瞭解多數來自於評書，小時候聽紅雲師叔說書時講岳飛北伐的時候，那可是心馳神往，恨不得飛回那時候把秦檜一巴掌給拍死，今天總算是知道，在岳飛之前八百多年，漢人歷史上就有這麼偉大的北伐英雄。

正當李滄行看碑文的時候，柳生雄霸卻一直盯著那刀沉默不語，等到李滄行看完碑文轉向他時，才發現這個東洋人正面沉如水，看著刀身上一行若隱若現的文字。

李滄行看到碑文的最後刻著一段話：

「汝等既已來此，武藝當屬一流，此刀名曰斬龍，乃上古神器，吾因緣巧合，得此刀縱橫天下，不忍埋沒，願贈有緣者得之。」

李滄行微微一笑，走上前去，把柳生雄霸叫了過來，指著碑文最後的那一段話給他看，柳生雄霸的倭語與漢語雖然發音不同，但是字倒是能認得清，抽出刀，指著最後一句話「願贈有緣者得之」，又指了指李滄行，然後指指自己，搖搖頭。

李滄行一時間沒有明白他的意思，一臉茫然，柳生雄霸在地上歪歪扭扭地寫起字來：刀，你們的中原武人的，我，扶桑武人，不要。

李滄行一下子樂了，就是親兄弟親父子，看到財寶或者是武功秘笈，反目成仇相互殘殺的都不在少數，這個剛才還和自己拼死拼活的東洋人面對寶刀卻是毫不動心，實在讓他有些意外。

他搖搖頭，在地上也用紫電劍寫起字來：見者有份，刀主人以前是皇帝，他說了，有緣者得之，你既然進來了，就是有緣，也可以試試得到。

柳生雄霸擺擺手，繼續寫道：中原武術，扶桑武術，不一樣，這刀，我的，要了，無用。我來中原比武的，交流的，他人的物，不要。

李滄行知道這個扶桑人脾氣也挺倔的，便走向那大刀，這刀足有五尺長，刀背有十釐米寬，是需要雙手握住的大刀，冷森森地冒著寒氣，刀柄由寒玉製成，雕成一個龍頭的形狀，刀身上有一道血槽，裡面有一絲暗紅的血跡，也不知道是殺了多少人才留下的一道血漬，在這室內的燈光照耀下，閃著一絲詭異的碧綠色光芒。

刀身上，隨著光芒的閃爍，若隱若現一些奇形怪狀的文字，李滄行看了很久，只有刀光極亮的時候會閃那麼一下子，一瞬而沒，但絕對不是漢字。

李滄行上前一步，單手握住了刀柄，一股前所未有的極度冰寒從刀柄上直衝他的經脈，瞬間感到自己的心臟都像是要結冰了，他慌忙鬆開手，退後兩步，這才感覺那種透心的寒意稍微緩解了一點。

柳生雄霸看向李滄行的眼神現出一絲詫異，似乎沒有料到這刀還有如此功效，李滄行低頭看了一下自己的右手，發現**掌上居然結了一層淡淡的寒霜**，只這一握，整個人幾乎都要凝固住了。

李滄行忙運起冰心訣，神智馬上進入一片空靈的狀態，臉上倏陰倏陽，幾番變色後，終於恢復了正常，體內那強烈的不適也好了一些，他扭頭看了一眼柳生雄霸，在地上寫道：**此刀古怪，極寒！**

柳生雄霸點點頭，整個人周身騰起一陣白氣，臉色也變得血紅，李滄行隔了四五步，依然能感覺到那撲面而來的熱力，不由得退後了一步，只見柳生雄霸雙眼突然睜開，眼神一下子變得空洞而充滿死意，伸出雙手，握住了那刀柄。

刀身突然變得流光大盛，那古怪文字也彰顯出來，整個刀在微微地抖動，發出巨大的龍吟之聲，震得李滄行的耳膜一陣發麻，胸中的氣血也開始翻騰，寒氣開始滾滾地從刀身外溢，連空氣都彷彿結了冰，他連忙收住心神，抱元守一，對抗徹骨嚴寒。

一邊的柳生雄霸情況更糟糕，剛才還是滿臉熱得發紅的他，這會兒連眉毛和鬍子都開始結冰了，手上已經結了一層厚厚的寒霜，森森的冰氣正從他的手掌進入，向著全身的奇經八脈擴散。

就這一眨眼的功夫，柳生雄霸幾乎成了一個雪人，不僅是眉毛鬍子，連衣服上也開始結冰，剛才還是熱浪滾滾的他，這會兒已經沒有任何的溫度，就連心跳彷彿都停止了。

李滄行的臉色大變，不知從什麼時候開始，他突然覺得這個東洋人是個值得信賴的朋友，剛才自己主動叫他試著拿刀他都不肯，等自己試過後才一時興起試了試，顯然不是抱著占為己有的想法，而是起了爭勝之心，再說，在這個墓穴裡，想要出去，一定要兩人合力，絕不能眼睜睜地就這麼看著柳生雄霸成了冰人。

李滄行氣運丹田，冰心訣第九層瞬間提起，四肢百骸裡一股冷氣開始流轉，從剛才柳生雄霸的情況看，純陽內力一時駕馭不了這把怪刀，李滄行自忖現在自己的焚心訣不會強過剛才的柳生雄霸，想要救人，只有試試這至陰至柔的冰心訣了。

李滄行的身邊漸漸地騰起一陣淡藍色的真氣，寒冷的氣息從他身上的每個毛孔向外散發，瞬間，藍氣暴漲，他的雙眼一睜，神光暴射，大喝一聲，紫電劍但著淒厲的風聲，直接點向了那斬龍刀的刀身。

一陣轟天的響聲，就在那劍尖觸及刀身的一瞬間爆發出來，整個墓室裡真氣激蕩，李滄行身上的衣服像是被千百把小刀劃過，若不是早已運足了護體氣勁，這會兒早就被割得千瘡百孔了，一股極大的拉力吸著紫電劍，把李滄行整個人帶得一直向刀身移動，李滄行大駭之下，連使幾次千斤墜，都無法阻止自己的身子漸漸地飄了起來，浮在半空之中。

李滄行感覺自己的內力被飛快地吸到這把詭異的神兵之中，而外界的寒氣卻是愈來愈重，他頭上流出的汗水也變成了冰珠，極度的深寒從紫電劍上不斷地向體內襲來，這樣子持續下去，只怕用不了多久，自己也要和柳生雄霸一樣變成一具冰人，永遠成為這把刀的陪葬品。

李滄行的心中有個聲音在大叫：**不行，我不能這麼死在這裡**，小師妹還在等我，我要出去，我不能就這麼完了！

求生的欲望讓李滄行僵硬遲鈍的腦子變得清醒，當務之急是先和這該死的刀脫離接觸，他咬破舌尖，「噗」地一下，鮮血直噴到紫電劍身上，打算用人不由命的招數強行爆發一次，是死是活，就看這一下了！

鮮血隨著紫電劍的劍身流了下去，流到那斬龍刀的刀身上，幾滴血珠子一下子就被吸進了那道血槽之中，本來銀光閃閃的斬龍刀突然發出了一聲強烈的龍吟，那道血槽中碧光一閃，緊接著就是一陣刺眼的刀光閃亮，那些看不清的文字一下子全部顯示了出來，李滄行連忙閉上雙眼，但仍覺得眼睛被刺得火辣辣地疼，彷彿要失明了一樣。

一個低沉的聲音在李滄行的耳邊響起：「汝乃何人，何故以龍血將吾喚醒！」

李滄行一下子驚得說不出話來，這房間裡只有他和柳生雄霸兩人，而這個聲音卻絕對不是柳生雄霸所發出的！

忍著心中巨大的驚慌與恐懼，李滄行沉聲喝道：「你又是誰？」

那聲音低沉有力，震得李滄行的耳朵嗡嗡作響，但他同時也發現，那股劍身上傳來的巨大吸力減弱了許多，寒氣也沒有那麼刺骨了，只聽這聲音說道：

「吾乃斬龍刀靈，宋武之後，吾便沉睡至今，汝乃何人？為何會有龍血？」

李滄行心中一驚：「龍血？什麼龍血？剛才我只是咬破了舌頭噴了一口血罷了，你是刀靈？是妖怪嗎？」

斬龍刀靈哈哈一笑：「我也不知道自己是不是妖怪，這把刀斬殺過太多的人，**斬過太多的真龍天子，故名斬龍**，時間久了，就形成了我這個刀靈，年輕人，**你和當年的宋武帝一樣，有真龍之血，吾會遵守上古的約定，剛才就是你我的血契，終你此生，斬龍只為你一人使用！**」

刀靈說完，李滄行突然感覺到剛才那刺眼的光芒消失了，他睜開眼睛，發現刀身上的藍光在慢慢地退散，只有血槽中的那一絲碧光還在隱隱約約地閃亮著。

柳生雄霸的手已經離開了刀柄，李滄行突然覺得自己好像是在做夢，從這場跟柳生雄霸的比武開始，一切都變得不可思議，為什麼會掉在這個奇怪的地方，為什麼會經歷一個檢測人性的環道，為什麼在這個前世帝王的墓裡還碰到了一把活著的刀，這一切都不禁讓他恍如夢中。

柳生雄霸依然是一個冰人的狀態，但李滄行的全部注意力全被這把會說話的刀所吸引，他沉聲地問了這把刀好幾遍，可是卻再沒有什麼刀靈和他繼續說話，空蕩蕩的墓室裡，**只有李滄行自己的聲音在迴蕩著**。

李滄行咬了咬牙，紫電劍回鞘，冰心訣再次鼓起，他的手慢慢地伸向了那刀柄，這回他打定了主意，只要一覺得有什麼不對勁之處，就馬上放手撤回。

但奇怪的是，這回李滄行抓到刀柄的時候，卻沒有任何異常，就好像抓著自己的紫電劍一樣，相反還有一種非常熟悉的感覺，似乎這把刀是自己用了多年的兵刃，是那麼地稱手。

他把斬龍刀拿在手裡，更讓他吃驚的是，這把看起來至少有一兩百斤，雙手拿都會非常吃力的大刀，在自己手裡卻是舉重若輕，一隻手就能穩穩當當地拿起。

神兵在手，卻是如此的輕盈，李滄行有些不敢相信，隨手揮了兩下，沒有把內力注入刀身，卻覺得這刀劈過空氣的聲音，就像是有人在低低的吟唱著，而那破空的風聲和力量，讓身為高手的李滄行一眼就看出這是把自己以前從沒有接觸到的神兵利刃，只是輕輕地揮了兩下，對面那塊相隔足有兩三丈的石碑上就有了幾道刀痕，大理石的碑面上一陣子細末石屑灑下。

李滄行又驚又喜，猛得想起柳生雄霸還是一個雪人，連忙把刀向地上一插，這塊花崗岩石的地面，斬龍刀插進去就像是插進肥沃的大地一樣，絲毫沒有阻力。

可李滄行現在顧不上驚嘆斬龍刀的威力，他緩緩地運起焚心訣，這回周身起了一陣淡黃色的光芒，空氣也變得灼熱起來，大喝一聲，雙手平平向前伸出，直貼柳生雄霸的背後的筋縮與魂門穴。

手一捏上柳生雄霸的後背，李滄行就感覺到這個東洋人體內的熱力在復蘇，不像剛才那樣氣息全無，連經脈都被凍住，心下大喜，熱力源源不斷地進入柳生雄霸的體力，而柳生體內的熱力也在加速流轉，很快，覆蓋在他體表的冰雪開始融化，匯成一道道的小溪順著衣服向下流。

柳生雄霸那張被寒冰覆蓋的臉漸漸地露了出來，而覆蓋了厚厚冰層的右臂上，碎冰塊一片片地落到地上，與花崗岩地面親密接觸，碎得滿地都是，李滄行知道他已經慢慢恢復，笑著收回了手，走開三步。

柳生雄霸大喝一聲，周身的熱氣一下子暴漲，而紅色的真氣在身邊一閃而沒，身上最後的一些關節部位的冰塊也四散碎裂，要麼變成水珠淌下，要麼直接以冰塊狀震飛，連李滄行身上都濺了不少。

柳生雄霸像是剛剛從水裡走出來似的，渾身上下濕透，他看了一眼插在地下的斬龍刀，臉上閃過一絲詫異，轉而恢復了一向的一本正經，向李滄行正式鞠了個躬，嘴裡說道：「阿里阿多，裏做以馬死。」

李滄行知道他是在謝謝自己，笑著擺了擺手：「舉手之勞而已，不必掛懷。」

柳生雄霸點點頭，拔出自己腰間的長刀，在地上劃起字來：這刀，你拿到了？

李滄行微微一笑，單手拿起地上的斬龍刀，揮舞了幾下，看得柳生雄霸的臉上驚愕不已。

柳生雄霸繼續在地上寫道：恭喜，閣下厲害，我，佩服。

李滄行從他眼中感受到一種發自真心的羨慕，而不是妒嫉，和這個東洋人打了這麼久，又合作一路走到這裡，卻一直沒有機會坐下來好好聊聊，他心中一動，在地上寫道：「**柳生，你為何來中原？**」

柳生雄霸看到這行字後，嘆了口氣，解下自己腰間的那把短刀，遞給李滄行，只見刀鞘上刻著「柳生」二字，那刀鞘看起來年代已經非常久遠了，色澤發暗，應該是把祖傳之物。

趁著這會兒功夫，柳生雄霸在地上寫道：「來中原，家父，遺命！」

李滄行乾脆盤腿坐下，柳生雄霸也在他對面坐了下來，二人就著墓室中閃爍的燈火，在地下手談起來。

原來這柳生雄霸乃是扶桑武學名門柳生家的嫡系傳人，東洋武術源自唐手，由於島國戰亂頻仍，有一夥專門的軍功貴族，名曰武士，成天研究著行軍作戰之道，在這些武士之中，又有些人不喜歡兵法權謀，而是專門進行武藝修行，類似中原的武林人士，東洋稱這些人為「劍客」。

日本的武術流派多數是以家族祖傳為主，類似中原的門派，這些家族式的劍客也會開設劍術道場，廣收門徒，但往往繼承門派武功嫡傳的，都是上任掌門人的親生嫡子，這些孩子三四歲就開始習武，從小的玩具就是竹刀木劍，五六歲的時候就會把小孩子帶到墳地裡過夜，以培養其膽量。

加上東洋人特有的武士道訓練，這些成年後的劍客往往兼具武士的身分和強大的武功，而柳生家，則是東洋武林裡泰山北斗式的一個門派，所在的地方也是靠近日本京都的大和國，其劍術派別叫作「**新陰流**」，這位柳生雄霸，雖然年紀不大，只有三十多歲，但是在東洋國內，已經是名震天下的一方劍豪了，十三歲起單人獨劍遊學天下，未逢對手。

柳生雄霸的祖輩在一百多年前曾經遊歷過中原，和中原的各派高手有過交手，獲益匪淺，也正是因為**把中原的不少招式揉進了家傳刀法中**，才把原來在東洋算不得頂尖的柳生家新陰流給發展成了泰山北斗式的門派，柳生家遺訓，身為掌門一定要有機會來中原切磋武藝，進行交流。

只是現在的東洋已經和當年大不一樣了，這百多年來日本各地的諸侯，也就是他們所稱的大名爭相割據，相互攻殺，作為中央朝廷的將軍幕府權威早已經蕩然無存，關西和九州一帶大量戰敗的武士失去土地，無以為生，只能鋌而走險，下海當了海盜，與中國沿海的不法商人勾結，襲擊中國的沿海州縣，這就是倭寇的由來。

明朝自開國以來，曾有過片板不得下海的禁令，雖然鄭和下西洋讓這個禁令名存實亡，但是倭寇興起後，這個禁令被重新嚴格執行，大批沿海以捕魚和貿易為生的漁民們無以為生，也就和這些日本浪人勾結，成了海盜，中日間正常的海路貿易和交往，就此隔斷。

柳生家一百多年沒有人再來中原了，到了柳生雄霸這一輩，在行走國內的時候認識了一個上野國（國相當於中國的省，日本的國主就是諸侯，大名）上泉家的人，就是這次的那個紅甲倭首上泉信之，他見識了柳生雄霸的本事後，曲意逢迎，在喝酒的時候，柳生雄霸無意提起自己有意來中原走走的打算，這上泉信之就馬上拍胸脯打包票，說他認識幾個船主，有辦法帶他來中原。

由於上泉信之在東洋也算是名門劍客，不是一般的無名浪人，柳生雄霸便信了他的話，跟著他一起坐船來到中原，可沒想到這傢伙一上岸後，就帶著一幫人到處殺人搶掠。

柳生雄霸幾次阻止，他卻說這是為了賺取來回的路費，柳生雄霸也曾離開過這幫殺人越貨的強盜，卻苦於語言不通，寸步難行，甚至每每被人圍攻，最後只得再回到這幫強盜中間，上泉信之滿口答應會帶來他中原的大門派比武，就這樣一路從浙江來到了南京城下。

李滄行和柳生雄霸手談了半天，總算把這事大概弄清楚了，也明白了為什麼這柳生雄霸一直不出手，卻在碰到高手後主動比武。

可有件事他十分疑惑，皺了皺眉頭，在地上寫道：**這上泉信之也不像是個笨蛋，怎麼會想到就帶這幾十個人來進攻有幾萬守軍的南京城呢？**

柳生雄霸沉吟了一下，雙眼炯炯有神，寫道：東洋國內現在戰亂不休，這上泉信之應該是投效了某個有力大名，也許這個大名想要將來入侵中原，所以讓這上泉信之先打前站，進行武力偵察。

李滄行點點頭，突然聽到柳生雄霸的肚子叫了一聲，自己也覺得餓得轆轆了，從追擊倭寇到現在至少一天了，中間打了這麼久，跑了幾十里，又在這墓穴中摸索了半天，這會兒人一鬆弛下來，才覺得已經餓得前胸貼後背了。

李滄行在地上寫道：看來一時半會兒出不去，先找食物。兩人長身而起，柳生雄霸隨身帶了兩個餅，拿出來，分給李滄行一個，李滄行也不客氣，直接啃了起來，兩人邊吃邊找。

這個墓穴很大，但四周的牆壁角落裡堆的卻多是刀劍鎧甲，要麼就是竹簡之類的典籍，就是沒有任何食物。

李滄行越找越沮喪，是啊，這裡是個墓室，死人哪需要吃喝，看這劉裕的自述，一生都是打仗，出身貧寒，隨葬品裡沒有任何的金銀財寶，顯然這位北伐的英雄也是個樸素的主兒，只是自己莫名其妙地進來，又莫名其妙地給困在這個墓室裡，現在想出只怕也出不去了。

李滄行和柳生雄霸最後又碰到了一起，兩人在墓室裡找了半天，都沒有摸到什麼機關消息之類的，最後眼光不約而同地落到了原來放著斬龍刀後面的那座巨大的石製棺槨。

柳生雄霸眼中光芒一閃，走到石棺前，周身的真氣漸漸地聚集起來，李滄行連忙站到他面前，搖搖頭，在地上寫道：此人乃是我漢人皇帝，民族英雄，應該尊重。柳生雄霸點點頭，收起內力，兩人轉而開始在石棺的四周找尋起機關和文字。

李滄行抹了抹棺材的側面，凹凸不平，似乎是有些文字，連忙蹲了下來，他的視力非常好，即使借著牆壁上的火光，也能看清楚上面寫的字：入吾墓室，即為有緣人，若能敬吾屍身，對吾磕頭一千，即可贈汝絕世武學。

李滄行無奈地笑了笑，現在被困在這墓室裡，連出都出不去了，要這絕世武學又有什麼用？但他看了這劉裕的生平，實在是敬重這位驅逐韃虜的民族英雄，加上從他的墓室就可以看出，這應該是個勤政儉樸的皇帝，殉葬品裡都沒有值錢的東西，只衝這個，就值得對他磕頭。

李滄行轉頭四顧，發現在石棺邊的臺階下，有個石頭做的蒲團，看起來就是讓人跪在上面叩拜的，他整了整衣服，走到石頭蒲團邊，推金山倒玉柱地跪下，向著這棺槨就恭敬地叩起頭來。

柳生雄霸靜靜地站在了一邊，看著李滄行對著這棺槨拜個不停，額頭因為一次次地和地面接觸而磨出了血，他的表情也變得凝重，雙手拍了拍，然後像僧人一樣地合十，對著棺槨拜了幾下。

李滄行磕了六百多個頭後，饒是他的皮膚比一般人厚實不少，仍然是給磨得鮮血淋漓，頭暈眼花，從小到大加起來也沒磕過這麼多頭，連眼前的地上都給砸出了個小洞來，第六百七十四個頭磕完後，他終於有些支撐不住了，跪在那裡，不停地喘著氣。

不知為何，在一片汗水和血水糊著的眼簾中，李滄行卻突然發現那棺槨側面的一千兩個字，顯得格外的扎眼，他心裡暗道：既然答應了人家，磕一千個頭，就不能言而無信，反正也不差這三百多個。

李滄行咬了咬牙，繼續磕起頭來，又是半個時辰過去，在磕到第九百七十三個頭時，李滄行突然覺得自己額頭接觸的地面一陷，露出一個只有一拳見方的小室，裡面有一個玉製的小扳手，像是某個機關的開關。

李滄行這一下子又驚又喜，連一向面無表情的柳生雄霸也臉色一變，走了過來，兩人同時盯著那玉製扳手，仔細地研究了起來。

李滄行發現這扳手是個拉環，下面連著一根細逾髮絲的線，纏在這玉扳手的底部，看樣子是要拉著這玉扳手，才能啟動機關。

李滄行握住這扳手，一股絲絲的寒意透了過來，他咬了咬牙，輕輕地拉過這扳手，一聲機關響動的聲音從地底傳來，那面巨大的石製棺槨突然向後移動，露出了一個黑洞，一座石製的臺階一直通向黑黑的地下，一時也看不清有多深。

李滄行明白過來，這完全就是劉裕布的一個機關，只有真正對其心誠，像自己這樣畢恭畢敬地磕上一千下，才會把地上的那個開關給撞出來，如果用鐵頭功或者內功強行來震這個地面，想必就會把這塊軟玉製成的拉環直接撞碎，那可就真的會困死在這裡了。

李滄行與柳生雄霸對視一眼，柳生雄霸向李滄行豎起了大姆指，兩人走到牆邊，拿起兩支木製長槍，直接從中間折斷，從身上的衣服裡撕下兩塊布，裹在木杆上，然後浸了牆上燈檯裡的油，點著了火，做成兩支火把，就這樣一路拿著，走向了未知的地下。

兩人一直到地下後，不知踩到了什麼機關，上面的石棺又重新移了回去，這下只能一條道走到底了。

臺階很長，深不見底，兩人一路向下，走下去六百多級後才到了底，然後是條長長甬道，所幸這甬道裡一直有風，火把上火苗的方向指向了正前方，顯然這裡面是有空氣在流動的，而前方應該有一塊開闊之地，一想到這裡，二人不由得加快了腳步。

走了大約十餘里的路，眼前的一點白光越來越刺眼，隱隱傳來的，還有流水的聲音，終於，兩人走到了甬道的盡頭，來到一片世外桃源般的仙境之中。

此處是在兩山間的巨大夾谷中，看這山勢足有千仞之高，兩邊光禿禿的沒有任何樹木，也沒有任何藤蔓之類的東西，顯然不可能靠著自己的力量攀爬上去，而頭頂的那一線天，陽光通過這條裂縫照到這裡，正是二人看到的白光的所在。

李滄行發現出口處有一個石碑，走過去觀看，只見這石碑上寫著：

「來此地者，不僅有緣，而且居心良善，墓穴之中的棺槨乃是疑棺，內藏數千斤炸藥，若是心存歹念之人想要盜墓，必被炸得粉身碎骨，為吾殉葬。」

李滄行看了倒吸一口冷氣，暗道僥倖，若是當時自己與柳生雄霸一時控制不住，真的打開了那石棺，那這會兒早就成了墓中的孤魂野鬼了，扭頭一看身邊的柳生雄霸，臉色亦是微微一變。

那石碑上繼續寫道：「此處乃京口蒜山一處地縫，吾少年時於此打獵，偶然發現此谷及斬龍寶刀，故在死後希望屍體回葬此谷中，吾之屍身早已掩埋，與草木同朽，谷中有山林野果可以充饑，吾少年時走遍天下，後從軍征戰沙場一生，自創屠龍二十八刀，於吾一生未逢敵手。

「吾之神功秘笈，盡在谷內小木屋中，若能盡學吾之絕學，當可以斬龍刀配合屠龍勁，直凌絕壁而出。此外，木屋之中有吾畢生之兵法，號為劉寄奴十三篇，若對兵法戰陣感興趣者，亦可學之。」

李滄行把這碑文看完，嘆了口氣，道：「這劉裕真的是算無遺策，這些都一步步安排好了，他大概也知道來找他墳墓的人不是衝著錢財，而是想找他的絕世武功，所以費了這麼大的勁，才安排我們找到這裡，若是練不成他的功夫，只怕我們也出不去呢。」

柳生雄霸搖搖頭，這裡的地都是黑泥，不太方便寫字，他便走到山崖邊，用腰間的短刀寫字給李滄行看：「刀，你的，武功，你學，你上去後，回來帶我。」

李滄行微微一笑，跟著寫道：「沒問題。」

這個山谷不大，李滄行很快就找到了那座小木屋，裡面整齊地放著兩疊書卷，都是用布裹著軸的帛書，一套是屠龍二十八式的招式和屠龍勁的心法，圖文並茂，另一套則是兵書戰策，李滄行掃了兩眼，通篇說的都是如何排兵布陣，行軍打仗，紮營放哨之類的兵法之道。

那屠龍二十八式雖為刀法，但李滄行一翻到第一式就倒吸一口冷氣，那一招明明就是暴龍之悔，向後又翻了幾招，**全是自己練的屠龍十巴掌，只不過掌法變**

成了刀法而已，而其運功和發力的法門，吸納吐勁的訣竅，都和掌法並無二致。

李滄行終於明白過來，**原來這屠龍十八掌當年就是劉裕所創的屠龍二十八刀**，想當年劉裕出身草根，在京口賣過草鞋，種過地，還乞討過，這樣看來，當時就有了丐幫，由於這把斬龍寶刀隨著劉裕一起陪葬，普通刀發揮不了屠龍二十八刀的威力，於是後世的丐幫高手便把遺留下來的刀法加以改進，變成了掌法，就是名震天下的丐幫「屠龍十八掌」。

李滄行想通了這一點，心中大喜，終於可以把公孫豪一直想要找回的屠龍十八掌給復原了，甚至還多出十招來，他掩藏住心中的激動，開始一頁頁地翻看起來，一邊翻著書，一邊不自覺地照著上面的招式比劃起來，完全忘掉了自己周邊所處的環境。

不知不覺間，李滄行突然覺得書上的字和圖畫漸漸地暗了下來，抬頭一看，才發現天色已黑，柳生雄霸正坐在房間的一角，拿著那幾本兵書在看，顯然他對這個也很有興趣。

柳生雄霸也感覺到了天色在變暗，同樣抬起了頭，和李滄行四目相對，哈哈一笑，兩人走出小木屋，到門外的那片樹林裡，摘了不少野果回來，柳生雄霸還到那面直瀉而下的瀑布處，撈了兩條魚回來，二人就在樹林裡撿枯枝生起火堆，邊吃邊手談。

柳生雄霸熟練地把那魚身上的鱗片刮了個乾淨，又掏出內臟扔掉，然後把根樹枝插進魚嘴中，放在火堆上烤了起來，李滄行一邊嘴裡咬著兩個野山梨，一邊在地上寫字：你經常吃魚？

柳生雄霸看到之後，點了點頭，寫道：修行時習慣這樣。

他抬頭看了一眼李滄行，寫道：你的名字？

李滄行這才想到和柳生雄霸還沒有正式寫過名字，只是嘴上報過名號，於是便在地上工工整整地寫下李滄行三個字，又指了指自己，大聲而緩慢地讀了兩遍。

柳生雄霸跟著念了好幾遍，終於能把「李滄行」這三個字給讀對了，他在地上寫下了自己的名字，抬頭看著李滄行，又指了指自己的嘴巴。

李滄行意識到他是在問自己名字的中文叫法，於是先指著柳生二字，說了好幾遍，柳生雄霸念叨了幾句，能把自己名字讀出來後，滿意地點了點頭。

兩人就這樣，一邊吃，一邊互相在地上寫字，李滄行也跟著柳生雄霸學習東洋語言，同時教他漢語，不知不覺已到星光滿天，兩人吃飽喝足，回到木屋裡分房睡覺，李滄行好久沒有睡得這樣安穩踏實，再睜開眼時，發現柳生雄霸已經在小木屋裡看那些兵書了。

接下來的日子裡，兩人就一直在這無名的秘谷中各取所需，李滄行白天學那屠龍二十八刀，晚上則練那屠龍勁，柳生雄霸則是每日裡除了自己躲到一邊練功外，就是在木屋內看那些兵書戰策。

兩人很有默契地互相錯開時間練功，比起不通的語言，尊重對方的練功隱私，不去偷看，這一點是武人共通的基本道德。

不知不覺，冬去春來，二人在這谷中過了四個多月，木屋裡有毛皮衣服，兩人穿著這些獸皮度過了冬天，江南本就不是非常寒冷，這個冬天沒有下雪，加上二人天天習武，倒也不會讓人覺得無法忍受。

李滄行開始的一個月是用刀練這屠龍二十八式的，但總覺得每次拿起斬龍寶刀時，練上一會兒就會覺得頭暈目眩，難以為繼，那個神秘可怕的刀靈自從墓室那次後再沒有現過身，但他感覺到自己的內力和精神力在用起這刀時會迅速地消耗，以現在自己的內力，只怕用不了多久就只能被迫放棄了。

李滄行不禁開始佩服起劉裕來，居然能一直拿著這把斬龍寶刀當成兵刃使用一生，而不覺得頭暈目眩，至少自己現在是做不到這點的，於是他也開始嘗試著把那些刀式變換成掌法拳招，就像屠龍十巴掌那樣使用，由於練了十掌，有了一定的底子，這次學起來倒是快了不少。

這四個多月下來，柳生雄霸的漢語和李滄行的東洋話倒是學了個七八成，兩人已經不需要在地上寫字來交流了，靠著一點手勢和肢體語言，口頭交流起來大致沒什麼問題，兩人那天雖然都受了極重的傷，但年輕人身體恢復起來都很快，加上李滄行隨身帶的療傷聖藥，十幾天的時間就基本痊癒了，只是柳生雄霸的臉上和李滄行的肚子上都多了兩道長長的傷疤，觸目驚心。

這一天，李滄行正在練屠龍二十八刀的第十七式：**臥虎藏龍**，這一招是類似地趟式的刀法，講究的是在不利倒地的情況下如何能進行反擊，專攻對手的下盤，需要在手部發力的同時，用雙腿連環攻擊對手下三路的要穴，李滄行這十多天來都在反覆地練習這一招，但是還不能做到收放自如。

屠龍二十八式，博大精深，越向後來越難練，當初李滄行初練暴龍之悔時只用了十天，但現在這些招數卻至少需要一個月，接下來的那十招只怕更需要時間，但招數的威力和精妙程度也是倍增。

尤其是最後三招，李滄行只看到招式就能猜到打出去後的威力，但需要極強大的內力進行支撐，以現在自己屠龍勁剛剛練到第六層的情況看，非再練個三五年練到第九層，才可能打通任督二脈，進入大周天階段，學到這些頂級的招式。

李滄行在地上如同一條游動的靈蛇，左右盤旋著，靠著真氣控制自己的四肢，借著地勢蜿蜒扭曲，時而出腿如電，攻擊著假想的對手，卻總是覺得有些不對勁，一套招數打下來，還是覺得多少有些彆扭，一直到他站起身時，聽到後面柳生雄霸的聲音響起：

「李滄行，看來你缺少個陪練。」

李滄行回頭一看，只見柳生雄霸左手捧著一包果子，右手拿著一條烤魚，正站在自己的身後，他微微一愣，因為以前自己練功時柳生從沒有過來，但一看周圍斜著灑在地上的樹影，才意識到早已經過了午時的飯點，走上前去拿過柳生雄霸手上的魚和果子，抱歉地笑了笑。

兩人找了棵大樹腳下盤膝而坐，這秘谷底部的大樹因為人跡罕至，長得普遍枝繁葉茂，都是些要幾個人合抱這麼粗的參天巨樹，而這些樹也成了他每天練功的最好靶子，以他現在的功力，運起屠龍掌法來，居然都不能把這些粗壯的大樹打斷。

柳生雄霸眨了眨眼睛說道：「李滄行，我不是有意來偷看你練功的，但你這招地趟掌法，只怕沒人陪練不行，實戰中不可能有人站在那裡給你打。」

李滄行嘆了口氣：「柳生，你說得不錯，確實需要見招拆招，只是這樣當我的陪練，是不是太委屈你了？」

柳生雄霸一動不動地盯著李滄行的眼睛，堅決地說：「我不這樣認為，武學一道，雖有門派，但更應該有交流，當年我的先祖來到中原，和各派高手比武切磋，獲益匪淺，上次跟你交手後，這些日子我也很有領悟，自覺功力比起來中原前有所提高，想必你也有同樣感覺吧。」

李滄行笑了笑，上次與柳生雄霸以命相搏，那些驚心動魄的招式在自己的腦海裡揮之不去，這些天練功時，也不時地想著如何對付這東洋刀法裡狠辣致命的招式，確實對自己的武功提高了不少。

他抬頭道：「柳生，既然你也有緣來到這谷裡，要不一起學習這屠龍刀法吧，你也看到了，我現在不用刀，改練掌法，你也應該行的。」

柳生雄霸的臉上閃過一絲疑惑：「剛才我就挺奇怪的，你那刀這麼厲害，為什麼一直不用，而改練成拳腳功夫呢？」

「這刀透著一絲古怪，拿到以後，會感覺自己的力量迅速地被吸走，用不了半個時辰就會頭暈眼花，我開始練時差點傷到自己，可是刀一離手卻又好了，柳生，你以前碰到過這種事嗎？」

「李滄行，我聽說一些神兵利刃，在煉製的時候會以人殉，這樣人的魂魄和兵器融為一體，就會有靈氣，在我們東洋，就有些什麼村正妖刀、童子切之類的名刀，都是邪氣得很，聽說可以用來斬殺妖怪的，但也會吸取持刀者的精元，那天我拿不了這刀，而你卻可以，這說明這刀選擇了你，更能證明這是把神物了。」柳生雄霸一本正經地說道。

「神兵也好，妖刀也罷，不管怎麼說，現在我還駕馭不了這把刀，其實這刀法就是丐幫的屠龍十八掌，以刀法化為掌法而已，柳生，你的武功也是走剛猛一路，真的確定不要學嗎？」

柳生雄霸搖搖頭：「李滄行，我能看出這武功威力巨大，但所需的內力和心法都和我現在練的不同，如果我真的想學，得從你們的內功從頭學起，你有心法基礎，所以學起來快，和我的情況不一樣；再說了，我們東洋柳生家的新陰流可是最棒的武功，不會輸你們中原的頂尖武學，我只要練好自己家傳的武功，在招式上跟你們中原的武功取長補短就可以了。」

說到這裡時，柳生雄霸頓了頓，看著李滄行道：「你的武功太雜，那個劍法雖然精妙，但好像是女人練的，掌法倒是威力強大，可是基礎心法又感覺有些不搭，到底是怎麼回事？」

李滄行嘆了口氣：「一兩句話解釋不清楚，我這人命運多變，雖然年紀不大，但已經遊歷過三四個門派了，也學了好幾家的功夫，所以才會這麼雜。柳生，你的眼光很好，上次和你交手時用的劍法，是我在峨嵋派學的，那個門派確實基本上是女子為多。」

柳生雄霸的眉毛動了動：「峨嵋？這個門派我聽說過，聽說全是尼姑，劍法也是輕靈飄逸，當年我先祖和這個派的掌門交過手，回來後，就一改以前看不起女子武功的言論，說是這個峨嵋的掌門武功和他都在伯仲之間呢。」

李滄行哈哈一笑：「一百多年前的話，可能還是峨嵋的前幾任掌門師太呢，現在的掌門是個二十多歲的年輕女子，但派裡有個七十多的老師太，武功可是要高過你我現在的水準。」

「她現在強，但我們有的是時間，再過十年，柳生相信能勝過他。」柳生雄霸自信滿滿地說道，眼中的神光也是一閃而沒。

李滄行笑道：「柳生，你這種自信真不錯，也罷，明天開始就和你拆招，只是你比武收不住手，一和你打就是你死我活的，這個可不好。」

柳生雄霸突然露出了一絲笑容，變戲法似地掏出一把長長的木刀：「用這個不就行了！」

接下來的幾個月裡，李滄行和柳生雄霸每天上午在各自練完功之餘，下午就開始用木刀木劍切磋比試，山谷裡的巨樹都是材質上好的松樹柏樹，用來做木刀木劍也是硬度極佳，兩人比武時把內力注入木刀木劍，打起來也是虎虎生風，不比真刀真劍差多少。

春去夏天，轉眼又入深秋，谷中的一些楓樹葉子都紅了，不知不覺，兩人在這谷中快要待上一年，而李滄行終於把屠龍二十八式的前二十五式學全，屠龍勁也到了第八層，只剩下最後威力巨大的三招：**龍翔天宇**、**炎龍殺陣**和**蟠龍破蒼穹**，因為內力不足，而無法發揮出全部的威力，只能做做樣子。

這一天，李滄行和柳生雄霸相對而坐，四掌掌心相貼，兩個人的身邊都騰起了紅色和金色的真氣，頭上冒出絲絲白氣，新陰流的至陽真氣和冰心訣的純陰真氣同時在二人體內遊走，衝擊著兩人任脈的最後一個穴道：**陰陵泉**。

這處穴道主管脾經，在右膝眼下二指左右，這一個多月來，李滄行一直在衝這個穴道，柳生雄霸則已經衝了有一年之久了，仍然覺得壁障重重，但自從兩人切磋武功以來，武功招式雖然有了很大的突破，可是仍沒有打通整條經脈，內力並沒有暴漲多少，這也是李滄行一直有三招絕學無法修練的原因。

可是自從一個月前，李滄行突然想到可以像在峨嵋的山洞冰泉裡，和凌瑤仙雙修冰心訣那樣，以那種合二人內力打通玄關的辦法幫助迅速打通陰陵泉，於是二人互相功行對方周身。

開始的幾次，李滄行用的是屠龍勁，總是和柳生雄霸體內那至陽的新陰流內功相衝突，有兩次差點走火入魔，直到換上了冰心訣，至陽純陰相揉和，才真正形成一股可以共存的合力，運行於二人的周身。

現在的運功已經到了關鍵時刻，合力先衝柳生雄霸的陰陵泉穴，他右膝下的小腿肚這時候脹大了一倍有餘，陰陽混合，冷熱交融的真氣在他的經脈裡激蕩，一次次地向著穴位中的那團壁障發起著衝擊，而那團一年多來都一直無法移動的壁障，這會兒終於有輕輕移動的跡象。

李滄行心中大喜，連忙守定心神，用腹語術說道：「柳生，有希望了，別急著衝，我二人合力，慢慢地一點點地推動那穴障！」

柳生雄霸這個月以來也學會了腹語術，他的眼睛依然緊閉著，臉上已經滿是汗水，衝穴時，陰陵泉處如冰火兩重天似的強烈痛感讓他說不出話來，但是他內力的運行卻是和李滄行一道，李滄行既然這樣發話了，那就以他為主導，收放都由他來發令，自己則是緊隨進退。

李滄行就像當年衝開自己的足三里穴那樣，小心地控制著內息的速度，倏然暴漲地衝一下，然後迅速地退回，如此這般，一連衝了一百多次，那團穴障終於一點點地移位了，每次移動的距離都比上次要更大一些。

李滄行趁著換氣的時候，振動自己的胸腔隔膜，說道：「柳生，接下來這次是關鍵了，衝開陰陵泉在此一舉，聽我數三聲，你自下而上，我自上而下，發死力同時衝擊，把這團穴障徹底打掉！」

柳生雄霸「嗯」了一聲，至陽的內力已經遍布了整個陰陵泉穴上方的經脈，而李滄行的純陰內力也轉到了陰陵泉穴下方，估算著差不多與上方的熱力相近的距離，他開始數數：

「三，二，一！」

數到一的時候，兩人不約而同地大吼一聲，周身的氣勁猛的暴漲，氣息激蕩，在空中相撞，發出一連串放鞭炮般的巨響，而柳生雄霸體內的陰陵泉穴那團依然龐大的穴障，被這兩股真氣一夾擊，頓時消散不見，柳生雄霸張開嘴，喉頭一甜，「哇」地一聲，噴出一口黑色的淤血，整個人也完全虛脫地倒在了地上。

李滄行的情況也好不了多少，巨大的力量暴衝後，就是一種無法抗拒的無力感，連說話都變得非常困難，但兩個人的臉上都掛著笑容，那團淤血就是被衝碎的穴障，剛才兩人的寒熱真氣在陰陵泉穴道上會師了，柳生雄霸體內的整條任脈已經暢通無阻，終於進入了八脈全通的頂級高手境界。

在地上躺了有小半個時辰後，二人總算有了點力氣，掙扎著坐起身，開始調息起來，柳生雄霸這回身邊的氣流明顯要強了不少，內息運轉的速度也比起之前要快了許多。

功行三個周天後，李滄行長身而起，卻看到柳生雄霸倚在一邊的樹上，他看了眼李滄行，點點頭：「滄行，多謝你幫我打通任脈，現在我運功的速度要比你快上一些，剛才看你還在運功，就沒有打擾你。」

李滄行抹了抹臉上的汗水，笑道：「柳生，恭喜你打通任脈，八脈全通，現在已經是頂級高手，可以跟天下英雄一較短長了。」

柳生雄霸鄭重其事地向著李滄行鞠了個躬，說道：「滄行，這次真的要恭喜你，在東洋我是很難再提高了，到了中原才有如此大的進步，老實說，這一年跟你在一起，對我武學上的提升抵得上至少三年，本來我這樣自已練，至少要再過五年才可能打通這任脈的。」

李滄行豪爽地擺了擺手：「這是應該的，我們這次氣息消耗大了點，調養個幾天再說。」

接下來的三天，兩人只是進行了些放鬆性的修練，以內息的調理為主，把消耗掉的真氣補了回來，第四天的時候，兩人再次合衝李滄行的陰陵泉穴，這回柳生雄霸因為打通了任脈，內力和內息流轉的速度都增加了許多，衝起來比起上次要輕鬆不少，只用了兩個時辰左右，就把李滄行的陰陵泉穴衝破，打通了整條任脈。

李滄行這下也感覺到整個人都輕飄飄地，八脈全通的那一刻，是一種前所未有的感覺，內息再也不用繞道別的經脈，轉一大圈才能達到自己想要的位置了，無論是丹田之氣想要運行到哪裡，基本上只需要氣隨意行，最快的速度就能達到，原來自己運兩個周天的時間，現在足可以運行三個周天都不止，黑夜中的視力和聽力似乎也提升了許多。

李滄行從地上緩緩地站了起來，柳生雄霸因為已經衝開八脈三天，從地上一躍而起，對李滄行道：「滄行，這下子你應該能練那三招了吧。」

李滄行笑著搖搖頭：「不急，三招的運氣法門和招式我已經牢記，我們來這裡已經快有一年了，現在先想辦法出去，只怕這會兒外面的人都以為你我早就死了呢。」

柳生雄霸的嘴角微微地抽動了一下，似乎是有些意外：「滄行，你不想在這個地方把神功練成嗎？只怕出去後不會有那麼好的機會讓你練功了吧。」

李滄行心中浮出了沐蘭湘的倩影，搖搖頭：「不，我一天也不想在這裡繼續待下去了，功夫什麼時候都可以練，可是有些人錯過了，可能一輩子都沒有機會讓你吃後悔藥的。」

這些天他總是夢到徐林宗也和自己一樣，在哪個地方練成了神功後，突然出現在武當，而沐蘭湘則馬上又投入到他的懷抱，因而迫不及待地想快點回到紅塵俗世。

第九章

上梁不正下梁歪

李滄行算是明白了，為什麼倭寇攻南京這麼重要的事，
皇帝都可以不聞不問，甚至把上泉信之放回，
上梁不正下梁歪，有這麼不問國事，只求長生不老的皇帝，
才會有像嚴嵩這樣的奸黨把持朝政，
在各地任用自己的黨羽。

柳生雄霸臉上那道刀疤微微地跳了跳：「滄行，**你是不是心裡有個女人？**」

李滄行從沒有和柳生雄霸說過有關沐蘭湘的事，乍一聽聞，愣了好一會兒才道：「柳生，你想哪兒去了？我可不是花花公子。」

柳生雄霸嘆了口氣：「每天晚上你做夢的時候，都會喊一個女人的名字，是叫蘭湘吧，你還會叫小師妹，跟你待了一年，我就是不想知道這事都難啊。」

李滄行的臉色瞬間變得通紅，不信地搖搖頭：「不會吧，這一年來我好像不記得夢到她過，每天想的都是習武的事。」

柳生雄霸冷冷說道：「你清醒的時候想的是習武，可是夢裡的你是無法控制自己的，滄行，你知道為什麼這一年來，我天天都是天沒亮就去練功嗎？不是因為我真的這麼武癡，而是實在受不了你夜裡叫你女人叫得那麼聲嘶力竭，你敢說你這麼急著離開這個山谷，不是因為這個女人嗎？」

李滄行深吸了一口氣，他這一年來透過拼命練功來儘量不去想沐蘭湘，可是**沒有想到在夢中還是對她魂牽夢縈，這份愛已經深入了自己的骨髓，甚至成為自己活下去的唯一目標**，於是承認道：「柳生，你說得不錯，我確實深愛我的師妹，就是你聽到的蘭湘，這次出去，也確實是想早點見到她。」

柳生雄霸理解地道：「人活在世上，總是要有點目的的，我的目的就是追求武道的至高境界，滄行，你的天分一點不在我之下，甚至可能還要更高一點，但恕我直言，如果你不是有機會學到了這個屠龍二十八刀，只靠你以前在武當、三清觀、峨嵋和丐幫學的武功，你是難以勝過我的，那天你能贏我，靠的是你手上的紫電劍比我這把刀厲害，如果相同的兵器，你不是我對手。」

李滄行笑了笑，這一年下來，他對眼前這個武癡的爭強好勝已經算是知根知底了，這個事情再辯下去，他就會纏著跟自己再好好打一場，於是點點頭道：「不錯，柳生，一年前如果同等條件下，我是打不過你，這屠龍二十八式也說了，有緣者得知，你能來此就是有緣，現在學也不遲。」

柳生雄霸臉上閃過一絲得意之色：「不，我們東洋的武功足夠高了，新陰流不會比你這屠龍二十八式差的，只不過我這次出來時還沒有完全練成我們新陰流刀法，等我上去後，會回東洋勤學苦練，到時候我刀法大成時，一定會帶上家傳的寶刀，回中原來找你比武的。」

李滄行倒是從沒有聽柳生雄霸說過什麼家傳寶刀，詫異道：「柳生，你還有能跟這把斬龍寶刀相抗衡的兵刃？」

柳生雄霸認真地說：「我們柳生家有家傳的寶刀，以前我跟你提到過，叫**妖刀村正**，傳說以前有過傳奇的武士用它來斬殺過妖怪，也是有靈性的，我想不會比你這把刀差。只是這刀也會懾人心神，功力不到時，我們家是嚴禁子孫持此刀的，前代有過長輩在沒有練成新陰流最後三招的情況下就拿這刀跟人比武，結果成了瘋魔，不僅殺了對手，還連斬幾百人後，自己全身經脈盡斷，噴血而亡，從那以後，我們家就立了規矩，**非刀法大成者不得用此刀。**」

李滄行這一年很少聽柳生雄霸提到自己家裡的事，奇道：「柳生，既然如此，為何你不在東洋練好刀法，能熟練駕馭了這把妖刀再來中原呢？」

柳生雄霸眼中光芒閃爍，沉聲道：「若是像我先祖那樣，兩國間可以來去自如，那我自然可以練到四十歲以後，刀法大成後再來，可是現在海上鬧得這麼凶，我在東洋的時候就聽說來中原一趟非常不容易，那個上泉信之說他有辦法能讓我來一趟中原，我不想放棄這個機會。」

「那你就沒想到如果跟他來了，到時候又怎麼回去？上泉信之如果沒有好處，為什麼要帶你來中原？他跟你又非親非故，再說了，這個時候能來中原的，除了倭寇匪類，還有別人嗎？」李滄行對這事一直很奇怪，索性問個清楚。

柳生雄霸忿忿地道：「怪我在東洋的時候自視過高，上泉家在東洋也是武術名門，上泉信之既然是名門弟子，我也沒想到他居然會投身匪類，以為最多只是跟那些倭寇有些來往，付些船錢而已，在東洋時，我付過他一千貫錢做船費，沒想到這傢伙連我也敢騙！」

柳生本是個喜怒不形於色的人，可說到這裡，卻是悔恨交加，濃眉一揚，刀光一閃，身邊一棵兩人合抱粗的樹直接給砍成兩段。

李滄行微微一笑：「你這爆脾氣如果改掉點，武功肯定能更上層樓。照那塊碑文裡說，只要是頂級高手，就能飛越這峽谷，上到地面，你我現在都已經打通了八脈，應該算是頂級高手了，攜手出去如何？」

柳生雄霸沒有說話，走到山谷側面的峭壁那裡，拔出腰間的佩刀，大喝一聲，周身的氣勁一下暴漲，佩刀「叮」地一聲，一半插進那花崗岩石壁中，刀身還在微微地晃動。

柳生雄霸收刀回鞘，正色道：「滄行，看到沒，我這把武士刀雖然也是鋒利的上品，但畢竟不是神兵，即使在平地上，要插進這峭壁都需要運氣才行，我試過，直接用刀插的話，只能進去一小截，而且有可能會折斷刀鋒，只有你的那把斬龍刀才能整個插過去，沒有壓力。」

李滄行看了看：「確實如此，這點我疏忽了，抱歉，看這山高，恐怕要有幾百丈，我即使上到地面，要找這麼長的繩索只怕也不容易。」

柳生雄霸搖搖頭：「無妨，我相信你，到時候只要有繩索，我可以提氣順著繩索而上，換氣的時候，可以吊在繩索上，或者是用刀插一下峭壁，這還是可以做到的，只要有個受力支點就行。」

李滄行看了一眼頭上的一線天，問道：「柳生，出去以後，你準備做什麼？」

柳生雄霸沉吟了一下，神色轉而堅毅：「想必上泉信之早已經被你們處死了，也省得我再去找他尋仇，李滄行，如果我們能回到地面，還請你安排我坐船回東洋，我回去以後，一定會苦練刀法，大成之後再回來找你比武。」

李滄行允諾道：「這個沒有問題，只是我現在不能打包票一定能讓你走成，畢竟我不認識那些倭寇，不過我可以答應你，一定會盡力，上次你看到我身邊的那個胖子同伴，他是個有錢人，一定會有辦法。」

柳生雄霸難得露出了一絲笑容：「那胖子武功很高，當時你手上若是沒有紫電劍，只怕不是他對手，有機會的話，我也想找他切磋切磋。」

李滄行突然想到這一年來自己杳無音信，也不知道上面的人有多著急，離自己當年與陸炳的三年之約快要到了，若是自己還不出現，陸炳沒準會以為自己躲了起來，再次啟動他在各派的潛伏者，武當的小師妹也可能不再安全了。

想到這裡，李滄行一下子心急如焚，恨不得馬上飛到地面去，卻聽到柳生雄霸的聲音在耳邊響起：「還有件事，這一年你沒怎麼用那斬龍刀，你確定現在自己能控制這刀了嗎？萬一上崖的時候再出現頭暈，可沒人能救得了你。」

這幾天，其實李滄行一直在擔心這個問題，聽柳生雄霸這樣說，咬咬牙，把心一橫，道：「柳生，如果想回到地面，總得用那把斬龍刀的，這一年來，我經常在夜裡練功時試過拿刀，隨著我功力的增加，比起剛拿到手時的適應性要強上了許多。現在如果不把內力注入刀內的話，拿上一個時辰是沒問題的。只是這回要上崖，想必得在刀上運功，究竟是不是能控制得住，我還得再試試，現在我八脈已通，應該在控制力上有所增加。」

柳生雄霸警告道：「這事大意不得，我知道你急著回去找你的那個女人，但你要記住，要是連命也沒了，那什麼也是白搭，而且，要是你心神不寧，不能集中精力的話，我只怕你會中途出事，這幾天你還是先把刀練好再上崖吧。」

李滄行點點頭：「我不會拿自己的命開玩笑的，活著才能見我師妹，這個道理我懂！」

五天後，李滄行和柳生雄霸站在山崖下，秘谷中的風輕輕地吹著兩人身上獸皮衣服上的絨毛，當年入谷時的兩件衣服早已經破爛無法再穿，現在兩人活像茹毛飲血的原始人，時值深秋，蕭瑟的秋風帶起片片紅葉，拂動著兩人長滿整張臉的鬍鬚。

這幾天，李滄行天天拿著斬龍刀練習那屠龍二十八式，說來也怪，自從通了八脈後，自己對這刀的控制力強上了許多，即使手上貫注了內力，讓刀身發出瑩白色的寒光，也足足能練上一個多時辰才會覺得有點乏力，但咬咬牙還是能再挺上半個時辰才會難以為繼。

不過這山崖高幾百丈，如果提氣直上，中間以刀插入崖體，讓自己有個換氣的機會，那只要半個時辰左右，應該就能上到崖頂，李滄行覺得即使有危險，還是值得一試，柳生雄霸勸了兩次後，也知道他離去的願望強烈，勸阻也是無用，只能嘆了口氣，祝李滄行一切順利了。

這會兒，兩人站在崖底，看著上面那一線天空，柳生雄霸突然開口道：「滄行，一會兒一定要心無雜念，一口氣上去才行。」

李滄行微微一笑：「怎麼這會兒你不勸我再考慮考慮了？」

柳生雄霸搖搖頭：「你心意已決，再勸亦是無用，還是祝你好運吧，你要記住，**只有活著上去了**，**才能做你想做的事**，而要想活著上去，你必須拋開所有的念頭，明白嗎？」

李滄行認真地道：「地面再見！」

柳生雄霸退後了幾步，李滄行深深地吸了口氣，閉上眼，身邊漸漸騰起金色的氣勁，修習屠龍勁到了第八層後，他周身的氣勁變為金色，背上的斬龍刀似乎有靈性一樣，微微地跳動了兩下後，束刀的黑帶突然碎落，寶刀飛起，落到李滄行的右手，冰冷的刀體一下子冒出金色的光芒。

李滄行大喝一聲，體內真氣全速流轉起來，雙足一動，使起梯雲縱，整個人就像一支火箭似的沖天而起，很快就帶著虎虎的風聲上去了十餘丈。

兩側都是毫無借力處的陡峭山崖，李滄行這一番沖天，也只到了不到二十丈的距離，便開始轉而下落，他運氣於右手，斬龍刀呼嘯而出，一下子插進右側的峭壁裡，就像用利刃刺入一塊豆腐似的，毫不費力。

李滄行心中竊喜，看來比想像中的還要容易，卻突然覺得右手一沉，身子開始迅速地下落，他意識到這是因為斬龍刀過於鋒銳，一刀插過去後，另一側的刀鋒會繼續向下劃開峭壁，連忙右手一轉，在空中盪了個鞦韆，把向下的刃口轉到上面，改由刀背向下，這才止住了下落的趨勢。

李滄行鬆了口氣，再次全身提氣，這回右足一蹬右邊的崖壁，整個人如利箭出弦，向左上方彈過去，刀也直接拔了出來，向上四五丈後，正好接近左邊的峭壁，李滄行再次出刀，這回他直接刀背向下，再次穩穩地插進了石壁之中。

如此這般，李滄行就以斬龍刀插入崖壁作為支撐點，在左右兩面的峭壁上不停地向上飛升，每次爬個五六丈，然後在支撐點上換口氣後，繼續進行下一段的跳躍，不知不覺中，已經上去了兩百多丈，崖底變得一片雲霧茫茫，什麼也看不見了。

崖頂的那一線青天變得越來越近，光線也越來越亮，離著山頂已經不足五十丈了，李滄行雖然已經渾身上下都被汗水所浸透，手臂也越來越酸脹，但是內息的流轉依然非常流暢，完全沒有任何脫力的現象。

又經過了三四次跳躍後，他離崖頂已經不到二十丈了，若是換在平時，這個距離憋足了氣就可以一下子跳過去，但是他已經這樣跳了一個多時辰了，每次向上的距離，也從最早的五六丈變成了只有兩三丈，崖頂看起來觸手可及，卻又總是搆不到。

李滄行再次一躍，蹬崖的時候不小心腳滑了一下，力量不足，這回上升的距離連一丈都沒有，眼看搆不到對面的崖壁就要下落，他心中大駭，連忙斬龍刀出手，「嗆」地一聲，刀勉強地插進了對面的崖壁，只是進去的距離不足一半，李滄行孤零零地吊在半空中，腳卻怎麼也搆不著另一面的崖壁。

李滄行的心裡隱隱地有了一絲焦慮，不經意地向腳下看了一眼，突然覺得下面雲霧瀰漫，也不知道有多深，突然心中一陣發虛，一種強烈的嘔吐感襲上心頭，連頭也變得有些暈起來。

李滄行以前從沒有在這麼高的地方看過下面，這種懼高症反應也是人生第一次出現，不知為何，整個人的內力突然飛速地流失，早就酸脹難受的右臂這會兒更是氣力全無，他本能反應地伸出左手抓住了刀柄，才沒有馬上掉下去，整個人就以一種非常奇怪的姿勢抓著刀柄，吊在半空中。

李滄行感到冷颼颼的寒風吹著自己的臉，滿臉的汗水順著自己的鬢角處滾下的感覺，他也清清楚楚，他閉上眼，暗暗地念起清心訣來，靈臺漸漸地變得空明，而眼前揮之不去的，卻是沐蘭湘眼淚汪汪，可憐巴巴地看著自己的那張清秀脫俗的臉。

一個聲音在李滄行的心裡大叫：「不行，我不能死，我還要出去找我的小師妹，我絕對不能就這樣放棄，李滄行，再加把勁，振作起來！」

李滄行咬了咬牙，在空中開始慢慢地盪起自己的身體，雙手抓著刀柄，用力地旋轉著，一邊的崖壁裡，碎石屑隨著刀身的轉動而不停地落下，這塊崖壁並不筆直，而是倒斜著向下延伸，上面窄而下面寬，一旦這個洞無法撐住，那就直接要失去借力點，栽下萬丈深淵了。

但李滄行現在顧不上這些，借著這個盪來盪去的勢頭，他大喝一聲，手上發力，整個人騰空而起，右腳一踢，正中刀柄，把整把刀硬生生地插進崖壁之中，人則在空中騰起三丈後，左腳向右腳一點，空中借力，斜斜地向著一側飄去。

李滄行鼓起全身的氣勁，整個人的衣服都膨脹成一個大皮球，借著空氣的阻力，他緩緩地下落，在落過斬龍刀的一瞬間，伸出手去，險險地抓住了刀柄。

剛才這一下真是險到了極點，李滄行踢刀入崖，借勢盪起，運氣脹衣，抓住刀柄，這一連串動作都在電光火石間，差之毫釐，即陷入萬劫不復之境，直到手抓到刀柄的那一刻，李滄行才感覺到自己終於抓到了生的希望。

趁著手上還有勁，李滄行全身泛著金色的氣勁，這回因為整個刀進了峭壁，距離上足夠了，他大喝一聲，右腳狠狠地一蹬石壁，整個人如同蓄足勢的彈簧一樣，直接向另一邊飛了過去，這一下足足飛起了七八丈後才撞上對面的石壁，斬龍刀狠狠地插到了石壁裡面，直至末柄。

李滄行這會兒完全感覺不到手臂的酸脹了，**經歷了剛才的生死一線，他全身上下彷彿充滿了無窮無盡的力量**，而斬龍刀的四周也是金光四射，他不做過多調息，就著剛才的來勢，左腳一踩崖壁，再次如離弦之箭似的射向了右邊。

只片刻三四個跳躍之後，李滄行終於跳上了崖頂的地面，雙腳踏上地面的那一剎那，李滄行突然失去了全身所有的力量，軟綿綿地癱倒在地，四腳朝天地躺了下來，看著頭頂的藍天白雲，一動也不想再動。

李滄行閉上雙眼，眼皮前所未有地沉重，這幾百丈的攀岩，不止是體力和內力的巨大消耗，心理上的壓力更非常人所能想像，這一下癱倒在地，四肢已經沒有任何的感覺，大腦卻是脹得像要炸裂一樣，可是沐蘭湘的影子還在他身邊不停地晃著，李滄行的嘴邊不覺地露出了一絲笑容。

也不知道躺了多久，李滄行再次睜開眼時，已是星光滿天，他長身而起，感覺四肢好像又有了些許力量，從懷中掏出一捲早就被汗水浸得透濕的黑布，把斬龍刀包好，舉目四顧，這裡是個荒郊野外，沒有人煙，遠處似乎可以聽到波濤拍岸的聲音。

他想起在谷底看到碑文上說這裡乃是京口附近的蒜山，也就是現在的鎮江府一帶，幾千年來都是從江北渡江到江南的最佳渡口，自古以來就有「京口瓜洲一水間」的名句，想必進了鎮江府後，再找機會尋找救出柳生雄霸的辦法也不遲。

李滄行打定了主意，把斬龍刀緊緊地縛在背後，舉頭四顧，東南方向一片燈火通明，夜色下隱隱可以看到一座城市的輪廓，想必就是那江南重鎮鎮江府，先想辦法進城再說。

李滄行試著運了一下功，雖然一天沒有吃飯，但是全身上下的氣息流轉卻是沒有問題，足以讓他飛簷走壁，這會兒雖然已經入夜，城門早已關閉，但以他的武功，即使是城高池深的南京城也是來去自如，如履平地。

李滄行再無疑慮，他突然很好奇，自己失蹤這一年，也不知道有多少人想要找到自己，當務之急，還是先跟丐幫取得聯繫，然後再救起柳生雄霸，之後馬上回武當，現在自己神功初成，應該有了保護小師妹的能力，不至於再怕陸炳使壞了。

李滄行施展出草上飛的輕功，雙足發力，踏草而行，帶著江上濕氣的輕風拂過，讓他心情格外地好，和柳生雄霸在谷底大眼瞪小眼地過了這一年，讓他突然無比地懷念起十丈紅塵來，當然，如果是和小師妹在那谷底一生廝守，那倒是件妙不可言的事，求之不得。

只用了小半個時辰，走了十幾里的路，李滄行便來到了鎮江城下。

人明到了現在，武備鬆弛，城頭沒有什麼守兵在巡哨，幾支火把有氣無力地燃燒著。

李滄行輕鬆地一躍而起，跳上只有三丈的城頭，直上城門樓的屋頂，兩個正抱著槍，在瑟瑟秋風中圍著火盆取暖的守兵，只覺得眼前一花，再定睛一看，卻是什麼也看不到了。

「老王，剛才過去的那是什麼東西？」

「老李，你是不是眼花了？剛才我什麼也沒看到，火盆裡的灰炸了一下，正好糊到了我的眼睛，你看到什麼了？」

「好像有個黑影從我們眼前飛了過去，毛絨絨的，落到城樓上去了。」

「嗨，想必是大雁那種扁毛畜牲吧，天冷了，這些大雁年年都是向南飛的，有什麼好奇怪的！」

「我還是覺得有些不像，那東西是從城下跳上來的，毛乎乎的一團，直接就飛到城門樓子的屋頂上啦。」

那個叫老王的老兵點起火把，對著城門樓子的方向照了照，沒好氣地把火把一扔：「老李，你八成是站久了眼花啦，城門樓子可是啥都沒有，聽老哥的，好好站崗，到了下半夜就能回家鑽熱被窩啦。」

老李揉了揉眼睛，自言自語地說道：「娘的，這眼睛真是越來越不好使了。」

與此同時，李滄行早已悄無聲息地下了城頭，落到城牆根處，他現在滿臉大鬍子，就像是個野人，身上也是穿著獸皮，活像個獵戶，倒也不會被人看出本來面目，便在城市裡四處穿行，想要找到那些無處不在的丐幫弟子，讓他們帶自己找到組織。

奔過兩條僻靜無人的小巷後，李滄行便看到幾個衣衫破爛，蓬頭垢面的乞丐，正在街邊的一處飯鋪門外席地而坐，竹棍點地，唱著蓮花落，面前擺著幾個破碗，出入飯鋪的客人們多是厭惡地皺著眉頭，丟下幾個大錢便掩鼻而去。

李滄行感覺到這幾個乞丐都是身手不弱的練家子，那掩蓋在亂髮中的雙眼，冷電般的寒芒一閃而沒，在這已近冬天的深秋裡，衣不蔽體卻也沒有一點受涼的跡象，再仔細一看，這幾個人身上都縫了六到七個不等的口袋，竟然是丐幫的高階弟子。

李滄行有些吃驚，如果是在鄰近的南京城，幾個六七袋弟子齊聚這裡倒是不太奇怪，可是**這鎮江並非大城，卻有如此多高手聚集，看來這裡有什麼重大的事情要發生**，他打定了主意，隱身於街對角的一個陰暗的小巷，冷靜地觀察起來。

這幾個乞丐似乎用意並不在乞討，雖然會對每個經過面前丟錢的人連聲感謝，但李滄行看得出來，他們更像是在找人。

如此這般，過了大半個時辰後，那個店鋪打烊了，幾個夥計收拾了店內，開始一邊在店門處樹起門板，一邊驅散這幾個叫化子。

那幾個乞丐對視一眼，站起身，收起碗，匆匆而去，身形矯健，李滄行輕輕地躍上屋頂，從樓頂上跟著他們，一路走到了城中的一處城隍廟裡。

這裡已經聚集了二十餘名乞丐，高矮胖瘦的內外家高手都有，但無一不是六袋以上的精英弟子，而且所有人都是穿得破破爛爛的，顯然是汙衣派的人，坐立不安，似乎在等什麼人。

李滄行伏在屋頂，揭開半片屋頂的瓦片，一動不動，屏住自己的氣息，等待著重量級人物的到來。

門口一陣輕風拂過，一個鐵塔般的身影飛入廟中，李滄行突然感覺到一陣熟悉的氣息，再一看，又驚又喜，來者正是久違了的丐幫幫主公孫豪。

在場的所有乞丐們全都跪了下來，把乞棍放在身子一側，伏首於地：「恭迎幫主！」

公孫豪落地之後，耳朵動了動，臉上閃過一絲不易察覺的顏色，一閃而沒，轉而哈哈大笑：「眾位兄弟請起。」

一名領頭的獨眼老丐站了起來，高大魁梧，比起公孫豪不遑多讓，李滄行認得此人，正是當年在岳陽見過的掌缽龍頭孟龍符孟長老，身上背了足有九個麻袋，對著公孫豪拱手行禮，正色道：「幫主，您老這次召集我等來鎮江府，說是有要事相商，不知有何吩咐？」

公孫豪「唔」了一聲，道：「這個事先不急，李滄行少俠的搜索，這幾個月可有什麼消息了？」

孟龍符面有慚色，「幫主，還是老樣子，李少俠似乎是直接從人間蒸發了似的，一夜之間就沒了任何消息，屬下想問幫主一句，當年李少俠和我等最後一次見面，是在洞庭一帶的岳陽府，為何您老卻要我等在這江南一帶全力搜索呢？」

公孫豪平靜的話中透出一股威嚴：「孟長老，我自然是得到了一些情報，暗指李少俠有可能在江南一帶出現，所以一直麻煩你在這裡搜索，接下來還請您要多多費力，繼續查探了。」

孟龍符點點頭：「幫主，恕屬下多嘴，這位李少俠當年想要加入我幫，可是在岳陽樓上，皇甫副幫主就說得清楚，李少俠不太方便加入我幫，難道幫主還是起了愛才之心，又想要收他入幫了嗎？」

公孫豪道：「李少俠在江湖上失蹤兩年，據我所知，現在各大門派雖然不再像之前那樣公開地尋找他，但仍是暗中出動高手，到處探訪他的下落，可惜人海茫茫，長城內外，大江南北，此人都是無影無蹤，我之所以要找到他，是因為武當派紫陽真人的委託。

「由於打狗棒失竊，吳長老死在少林，此事少林一直沒有給我們丐幫一個說法，因此這些年來，我們和伏魔盟一直沒有建立真正的合作，雖然一直和魔教作戰，但基本上是各自為戰，那李滄行出自武當，淵源極深，紫光真人希望我能帶他回武當，我想這是一個跟武當改善關係的機會，所以才會下令尋找。

「另一方面，李滄行身具神秘武功的事，也漸漸地在江湖上流傳，一個二十多歲的少年，可以徒手格斃老魔頭向天行，那天我們也親眼見過他打敗魔教四大尊者之首的鬼聖，我隱隱地覺得這個人和我們丐幫打狗棒丟失之事有一定的關係，從他身上也許可以找到些線索。」

孟龍符笑道：「幫主深謀遠慮，屬下所不及也，只是人海茫茫，聽說這李滄行又在三清觀的時候學到了易容之術，只怕想找他難於上青天，除非他肯主動現身。」

公孫豪嘆了口氣：「他怎麼可能不主動現身呢，徐林宗上個月突然出現，回到武當，這件事已經轟動了整個武林，甚至超過了洞庭幫剛剛建立的這個重磅消息，李滄行跟武當這麼深的淵源，又怎麼可能無動於衷呢？」

李滄行聽到這裡，驚得差點沒叫出聲來，**徐林宗一別三年多，居然突然出現**，這實在是大大地出乎了他的意料之外，放在整個江湖上，恐怕也比自己的重新出現更讓人震驚。

他轉念想到巫山派的屈彩鳳，徐林宗回到武當，誓必與之成為死敵，面對與自己已經有夫妻之實的愛侶，他能痛下殺手嗎？巫山派與伏魔盟在一年前就已經結下了滅派毀宗的血仇，這不是兩人間的愛情就能化解的。

李滄行的心開始迅速地下沉，他又想到了兩年前在渝州城外，自己衝著小師妹那樣大吼，質疑她對自己的感情，究竟是自己真正的心聲，還是故意為了氣她走，自己到現在也沒想明白。他只知道徐林宗一出現，小師妹就有可能倒向這個鍾情已久的徐師兄，即使她嘴上跟自己已經山盟海誓，仍然無法打消李滄行內心深處的恐懼與不自信，想到這裡，他幾乎要發起抖來。

李滄行心亂如麻，連這破廟也不想多待了，恨不得馬上就走，現在就去武當，一個聲音在他心裡吶喊著：誰也不能奪走我的小師妹！誰也不行！

破廟裡的公孫豪和孟龍符對視一眼，公孫豪沉聲道：「眾位兄弟，我和孟長老有要事相商，請你們先退到廟外。」

二十來個乞丐紛紛行禮而出，公孫豪和孟龍符兩人突然同時大吼一聲，雙雙向上擊出掌力，兩道霸道雄渾的內力一下子衝到了破廟的房頂，直奔李滄行躲藏之處。

李滄行多年來武者的本能讓他立即做出了反應，雙掌一拍屋頂，整個人瞬間彈起，如大鳥般地劃過夜空，渾身上下頓時被濃濃的金氣所籠罩。

李滄行身下的瓦片變得粉碎，煙塵飛揚處，公孫豪那偉岸的身影一下子從碎口中鑽了出來，屠龍十巴掌伴隨著龍吟虎嘯之聲，把李滄行周身都籠罩在厚厚的掌影之中。

李滄行這會兒反應了過來，他一開始習慣性地想去拔刀，突然想到對面的是跟自己亦師亦友的公孫幫主，萬萬不可刀兵相見，他咬咬牙，手離開了斬龍刀柄，雙腿一分，左腿內彎，右臂微曲，左手作爪狀，右手連畫了三個半圓，猛的向外推出，正是屠龍二十八式裡的一招新招數：**雲龍乍現**。

公孫豪那如山的掌影中，兩隻微微泛著金光的手掌直奔李滄行的中路，兩隻右掌硬碰硬地對了一掌，震得整個小廟的屋頂都塌陷了下去，孟長老正要從破口中衝上來，卻被兩人這絕大的拼掌產生的氣流給硬生生震回了地面，眼看屋頂塌下，駭然一個神行百變的步法，趕在屋頂砸到自己之前閃出了小廟。

漫天的煙塵中，李滄行和公孫豪二人都擺開了屠龍掌法的架子，相對而立，公孫豪面沉如水，雙目中神光暴射，大聲喝道：「你是何人！怎麼也會我丐幫的屠龍掌法，快快從實招來！」

剛才撤出廟的眾丐幫弟子這會兒全圍了上來，不經意地布起了蓮花落陣，封住了李滄行背後的退路，聽到公孫豪的話後，個個臉色大變。

孟龍符沉聲道：「幫主，此人一定跟打狗幫失竊，吳長老遇害之事有關，還請幫主下令，弟兄們就是拼了命，也要將此人拿下，細細拷問！」

李滄行想到自己現在這副尊容，人不人鬼不鬼的，公孫豪一時認不出自己也是正常，現在絕對不能在這裡和公孫豪相認，不然就會暴露公孫豪秘密收自己入丐幫的事了。

想到這裡，他強忍著要與公孫豪相認的衝動，變換了自己的嗓音，仰天怪笑兩聲，一邊笑一邊想著說辭，笑畢，他緊緊地盯著公孫豪，大喇喇地說道：

「想不到丐幫公孫幫主也不過是浪得虛名，以多為勝之輩，你若想知道這屠龍十八掌的事情，現在跟我走！」

說著話，李滄行身形一動，直接向後彈去，後面站著的三個八袋弟子正組成了一個蓮花小陣，一看李滄行殺到，齊齊地伸出棍棒，帶著虎虎的風聲，一棍從中門搠來，兩棍分擊左右，一掃頭，一掃膝蓋，端的是非常厲害的殺招。

李滄行剛下武當時，功力跟這三位在伯仲之間，五年下來，已經脫胎換骨，八脈全通，躋身頂級高手之列，即使強如公孫豪、陸炳這樣的絕頂高手，自己也有信心正面對抗，剛才和公孫豪硬碰硬地對了一掌，幾乎是勢均力敵。

公孫豪在剛才屋頂塌陷，身子落下的過程中，提氣飛身直上，而李滄行則是寸步不退，體內真氣循環不斷，以硬碰硬，硬生生地在空中對了十餘掌，竟然絲毫不落下風，讓縱橫江湖半生，遇見高手無數的公孫豪也吃驚不已。

現在眼前的這三位八袋高手，他們的速度在李滄行的眼裡，幾乎就是在做慢動作，李滄行渾身金氣一閃，左右兩手倏地一分，一招蒼龍探海，運起九分力，也不避讓，向三人中居中的那位直接打了過去。

天下武功，無堅不摧，唯快不破，李滄行這下出手，後發先至，三人的棍棒離自己還有一尺的距離，怒濤般的掌力便奔向了三人，當中的那名弟子感覺到一股從未有過的巨大力量，伸出去的棍棒直接在空中爆裂開來，碎片被掌風所激，直飛向自己。

左右兩人一見勢頭不妙，雙雙撤回棍棒，擋在中間那人的身前，而中間的八袋弟子腳下畫了半個圓圈，運起卸力訣，大吼一聲，右手鼓起十分勁，架在兩支回援的棍棒上，一招六合破嶽直直地打出，勢大力沉。

李滄行的背後突然感覺有一道巨大的力量襲來，想必是公孫豪見自己向他屬下出手，知道這三人不是自己對手，連忙發掌相救，李滄行早就算準這個路子，向前的掌勁一洩，腳下一動，踏出玉環步，向左側跌跌撞撞地閃出幾步，正好避過前後兩道剛猛的掌風和拳勁。

那三名八袋弟子一下子失去了眼前的目標，收招不及，拳風撞向公孫豪金色的手掌，「砰」地一聲巨響，三人只感覺掌勁如波濤洶湧，腳下即使使出了千斤墜，仍然收不住步子，「登登登」地退後三個大步，臉色瞬間由紅變白，而體內的氣勁也為之一阻。

李滄行趁著兩邊拳掌相交的這一下，身形翩若驚鴻，直接從三人的頭上飛了過去，那三名八袋弟子只覺得眼前一花，就讓李滄行過了頂，正要叫出聲來，眼前又是一花，這回卻是公孫豪緊跟著追了上去。

孟龍符大叫一聲：「幫主！」便要追過去，卻聽到公孫豪的聲音遠遠地飄了過來：「沒事，我會會此人就回，你們原地待命！」

李滄行感覺到公孫豪的氣息就在身後三丈左右的位置，他知道這會兒不能停下來，全力狂奔，所學過的所有輕功身法，如九宮八卦步、梯雲縱、神行百變、幻影迷蹤步全部用上了，內息在體內運轉不絕，腳下跟生了風似的，耳邊只聽到呼呼的風聲，但公孫豪的氣息卻始終無法擺脫，一直在三丈左右不變。

奔了小半個時辰，兩人在鎮江府的小巷和屋頂上來回追逐，李滄行始終無法把公孫豪多拉出半尺，卻也沒有讓他接近一寸，三丈左右的距離一直保持不變，李滄行也從一開始的以引開公孫豪為目的，變得起了爭勝之心，想要和公孫幫主在這城中一較輕功高下。

跑了小半個時辰後，李滄行腳步一變，突然轉向城頭，兩三個起落就跳出了城牆，公孫豪仍然在後面緊追不放，李滄行發足向著蒜山的方向跑去。

這回他全力施為，只消半刻鐘功夫，便跑到了山頂，這才停了下來，轉身面對在自己身後三丈左右，面帶微笑的公孫豪，長出一口氣，拱手行禮道：

「弟子李滄行，見過幫主！」

公孫豪似乎並不是非常意外，哈哈大笑道：「滄行，一年不見，你可真是突飛猛進啊，簡直是脫胎換骨，怎麼會變得這麼厲害？」

「公孫幫主剛才就看出弟子了？」李滄行反倒是有些奇怪。

公孫豪笑著點了點頭：「從你在屋頂上使出屠龍掌法的時候，我就有這種感覺了，剛才你使出玉環步，我基本上可以確信是你，只是我有兩點奇怪的，**一是你的功力為何進步如此之快？二是你剛才用的有些招式明明就是屠龍掌法，但為**

何是我也沒見過的？」

李滄行道：「幫主，時間緊迫，滄行只能先長話短說，弟子那天和那個東洋武士名叫柳生雄霸的比武，不知為何，我二人落到了一個地下山洞裡，經過探查，才知那裡是以前南朝時的劉宋王朝開國皇帝——宋武帝劉裕的墳墓。」

公孫豪的聲音透出一分驚喜：「什麼？你找到了劉幫主的墳墓？」

這下換李滄行愣住了：「幫主？他曾經是我們丐幫中人嗎？」

公孫豪哈哈一笑：「劉裕自幼家貧，種過田，打過漁，走投無路的時候還入過我丐幫，因其仗義豪爽，天資超人，被推為幫主，那時候的丐幫還不是武林門派，只是些從江北南渡，一時衣食無著，只能乞討為生的流民們自發的一個組織，這些流民一路被胡人追殺，能活著來江南的，都是百不存一的超級強者。

「劉幫主本人天賦異稟，幼年時曾逢奇人授以兵法和神功，又機緣巧合，獲得了上古神兵斬龍寶刀，多年征戰練就一身武藝，曾經以一敵千，追殺數千孫恩的妖賊，是當之無愧的天下第一高手。

「後來劉幫主集合了一幫丐幫的兄弟，從軍報國，此後建功立業，最終登上皇位，而本幫流傳已久的屠龍十八掌，就是他那屠龍二十八式的蓋世刀法所演化，由於斬龍寶刀隨著劉幫主殉葬，所以後世的高人改刀法為掌法，又加以改進，到了北宋時期的蕭幫主和南宋時的郭幫主時，這套掌法已經是天下第一的外功了。李兄弟，你真的是好運氣，誤打誤撞找到了劉幫主的墳墓所在，想必你已經盡得他留下的神功了吧。」

李滄行這才把自己這一年來的猜想給完全證實，認真地點點頭：「弟子僥倖，學了幾招劉幫主的皮毛，讓公孫幫主見笑了，那把名刀斬龍，這回弟子也一併帶了出來，弟子正是憑此刀才能重新出現在人世間的。」

接下來李滄行把在谷底這一年的情況簡要地跟公孫豪說明了一下，重點講了自己是如何爬上地面的，對於那個神秘的刀靈之事則是沒有提及。

公孫豪聽得連連點頭，饒是他見多識廣，仍不免動容，最後嘆了口氣：「想不到這其中竟有如此多的曲折，滄行，依你的意思，現在的當務之急是不是要把那個東洋人柳生雄霸先給救上來？」

李滄行重重地點了點頭：「是的，那谷底的山崖高達三百多丈，弟子是靠了斬龍刀的鋒銳才能上得地面，可他卻只能在下面一個人苦等，弟子答應過他，一上來就要救他回來，人無信不立，所以此事還要請幫主幫忙。」

公孫豪沉吟了一下，說道：「可他畢竟是個東洋人，你把他救上來以後，又準備怎麼辦呢？」

李滄行知道公孫豪嫉惡如仇，對倭寇天生就有反感，即使自己和柳生雄霸在谷底一起生活了一年，仍不足以打消公孫豪對此人的戒備與成見，想了想說道：

「弟子可以用性命打包票，此人並不是壞人，事實上，倭寇中除了為非作歹的東洋惡賊外，也有不少是我大明的奸惡之徒，這也是弟子這次見到了柳生雄霸後才知道的。那些武功秘笈，弟子在谷底時曾經邀請他一起共同參研，可他並沒有興趣，而是堅持練自己的武功，他說武功學得雜七雜八，不如一門心思，集中精力練自己的家傳功夫，這樣最後的成就不會比學別派的厲害武功要差。」

公孫豪不以為然地道：「人心隔肚皮，滄行，你畢竟心地善良，容易相信別人，倭寇為人狡詐，你們那天的情形，我事後也聽廣來說了，這個什麼柳生雄霸可是一直跟著那些倭寇的，關鍵時候還出刀救了那個倭首上泉信之，如果他真的是個好人，看到這些倭人為非作歹，是絕對不會跟他們同流合汙的。

「這柳生雄霸在和你比武時以命相搏，但跟你落到那個神秘的陵墓後，他知道自己一個人是無法出去的，所以就跟你和平相處，因為他還要指望你救他出去呢！滄行，我問你，**為什麼他在地面時跟你比武就是拼命，到了地下後卻又能用木刀？難道在地面時他就不知道用鋼刀比武會有性命之虞嗎？**」

李滄行一時給公孫豪說得啞口無言，內心深處也起了一絲疑慮。

公孫豪緊接著說道：「滄行，你是個極聰明的人，其實有些事情你只是不願意去想罷了，這柳生雄霸既然願意在底下看那些兵書，難道就會對武功秘笈沒有想法？他如果只是練自己的本門武功，又何苦來中原跟人切磋比試呢？他自己也說了是想取眾家之長，以補本門武功的不足吧，只不過你在的時候，他不想對此表現得過分熱心，現在你到了崖頂，只怕那些屠龍二十八式的秘笈，他這會兒已經在看了，你我都是武人，哪會有習武之人看到頂尖秘笈能不起心思的呢？一般人的正常反應至少也要看幾眼才是吧。」

李滄行心中還是不太相信，因為柳生雄霸曾和自己提過不學屠龍二十八式，主要是因為內功心法相衝突，但他也知道公孫豪對倭人的成見很深，自己再解釋也是無用，當務之急還是先把柳生雄霸給弄上來再說。

於是李滄行折衷道：「既然如此，那弟子現在就早點下到崖底，把那柳生雄霸給弄上來，只一天時間，他應該也來不及看那些刀法招式的，等他上來之後，我們就儘早地安排他回東洋好了。幫主覺得這樣處理如何？」

公孫豪點點頭：「就這樣處理好了，那屠龍二十八式的秘笈還是留在秘谷之中，你有時間抄一份副本給我就行。」

李滄行鬆了口氣，換了個話題：「幫主，這一年來江湖上有什麼重大的事情發生？徐師弟怎麼又突然出現了？他這一年去了哪裡，您可知道？」

公孫豪的表情變得很是凝重：「先說你們上次遇到倭寇的事，你和那個柳生雄霸在搏命的時候，樹林裡的譚綸和沈鍊也指揮部下開始攻擊剩下的倭賊了，那些倭人拼命頑抗，一直到半個多時辰後才被全部擒殺，為首的上泉信之和七個倭賊被生擒，其他的全部被殺了。本來依著譚大人和沈指揮的意思，直接就把他們在林中斬殺，可這時正好南京來了人，說是奉了浙直總督胡宗憲胡部堂的命令，要把這幾個人移交南京刑部，詳細審問倭賊的內情。譚綸他們沒辦法，只好放人。」

李滄行遺憾地說：「可惜了，讓這幾個狗賊多活了幾天。」

「不，你錯了，這幾個人被移交南京之後，根本沒有被殺，三個月前，**有人看到上泉信之又出現在沿海一帶最大的倭寇頭子，號稱五峰先生的巨賊汪直的巢穴裡，這點絕對不會有錯！**」公孫豪的聲音低沉，但掩飾不住他心中的憤怒。

李滄行不敢相信自己的耳朵：「什麼？這些人千里而來，一路上燒殺搶掠，無惡不作，最後還敢攻打南京城，如此滔天之罪，居然還能把他們給放了？這個什麼浙直總督胡宗憲是倭寇的內奸嗎？」

公孫豪嘆了口氣：「一開始我也不相信，但後來經過多方打探，確認了這個消息，**聽說胡宗憲本就是奸臣嚴嵩所舉薦的**，在東南一帶剿倭作戰不力，就想著和倭賊講和，開海禁，允許倭人來做生意，他在浙直有便宜行事，先斬後奏之權，所以即使放掉上泉信之，除了皇帝，也沒有人敢追究他的責任。」

李滄行恨恨地說道：「就算要和那個什麼汪直講和，派個使者就行了，用得著把上泉信之這個倭首給放回去作見面禮嗎？何況這傢伙對我大明的沿海關隘地形、守備虛實都是一清二楚，今天放他回去，明天他便帶著倭軍大舉入侵，這個責任胡宗憲負得了嗎？我聽說那個嚴嵩也只不過是個內閣次輔而已，還不是帝國的頭號實權人物，做不到一手遮天，難道首輔夏言夏大人也對這事不聞不問？」

公孫豪無奈地道：「夏言？他現在自身難保，大禍將至，哪有心思管這東南的小事呢？**為了支持三邊總督曾銑提議收復河套的事情，聽說夏言已經得罪了皇帝，被免官回家致仕了。**」

李滄行一下子丈二和尚摸不著頭腦：「收復河套，這又是怎麼回事？」

公孫豪道：「具體的內幕，我一個江湖武人也不是太清楚，只是聽到一些風聲，我大明建立後，驅逐了韃虜，但是疆域只限於長城以內，長城外的蒙古人這百餘年下來又漸漸地恢復了實力，不斷地襲擾我大明的北部邊防。

「三邊總督曾銑曾經上書皇帝，說是蒙古韃靼部一直襲擾邊關，希望能出兵收復關外的河套草原，就是漢武帝時收復的朔方郡，以此作為緩衝，訓練騎兵，作為長城的前沿地帶。皇帝先是答應他，但是後來看著前線的軍費不斷上漲，而且三天兩頭地各種軍費奏摺要他批閱，擾了他的清修，就不高興了。

「嚴嵩這時候趁機挑撥，說是曾大人妄開邊釁，企圖貪功顯名。加上邊將仇鸞和嚴嵩勾結，上書說曾銑有不臣之心，還和朝中大臣勾結，欺瞞皇上，正好這時候蒙古大汗俺答引兵攻打宣府、大同，嚴嵩就說這是曾銑在邊關惹事，引來蒙古人的報復。

「李兄弟，我雖然是江湖武人，但也知道**皇帝老兒最怕的就是邊關重臣和朝中大臣相勾結，圖謀不軌**，夏言一直不贊成皇帝每天扔下國事，跑去修仙問道，他早就看夏大人不順眼了，反過來，那個嚴嵩卻能變得花樣討皇帝的歡心，所以他就下令將曾銑斬首，還將夏言罷官回家。」

李滄行算是明白了，為什麼倭寇攻南京這麼重要的事情，皇帝都可以不聞不問，甚至可以把上泉信之放回，上梁不正下梁歪，有這麼個不問國事，只求自己長生不老的皇帝，才會有像嚴嵩這樣的奸黨把持朝政，在各地都任用自己的黨羽。

但李滄行還是有些不甘心地問：「那個錦衣衛總指揮使陸炳不是天下第一的特務頭子嗎？雖然此人狼子野心，要挑起我們江湖的爭鬥，好坐收漁翁之利，但弟子和他打過幾次交道，好像此人也是頗為操心國事的，張口閉口都是什麼軍國之事，難道他就眼看著嚴嵩那個奸臣作亂？」

公孫豪不屑地「哼」了聲：「陸炳此人仗著和皇帝的關係，鐵心當他的走狗，根本不會伸張正義！**你真當他會一心為國嗎？如果為國的話，又怎麼會這樣打壓江湖中的武林勢力呢？**像上次的倭寇流竄，最後還不是靠了江湖中人才把他們誅滅，如果不是有我們這些習武之人，只怕他的錦衣衛也招不到人呢。

「我聽說夏言曾經查到過陸炳貪汙受賄，陰養死士的計畫，就是你以前跟我說的那個什麼青山綠水計畫，這件事見不得光，都是陸炳私自建立小金庫，陰養死士才弄起來的，只怕皇帝也不知道他敢在自己親筆御封的武當派也放內鬼。

「夏言好像是因為少林派破獲了陸炳潛伏的內賊，從而知道了陸炳的整個計畫，由於夏言是少林派長期以來的靠山，所以陸炳害怕了，向夏言服軟，夏言不知道怎麼想的，讓陸炳當眾向他磕了三個頭就算完事，沒有追究此事。

「從此陸炳就恨上了夏言，仇鸞密告曾銑結黨營私，勾結夏言的時候，皇帝也不是輕易就相信，而是找了他自認為公正可靠的陸炳，密派錦衣衛去查證此事。由於陸炳被夏言當面折辱，懷恨在心，就回來證實了仇鸞的所言，這才讓皇帝下定了殺曾銑、罷夏言的決心，可以說，夏言是**一半壞在陸炳，一半壞在嚴嵩手上**的。

「滄行，你說**如此假公濟私的傢伙，又怎麼可能真正的忠心於國事呢？**上次最後來押解上泉信之去汪直那裡的，不是別人，正是這位錦衣衛總指揮使，在我看來，他現在已經是嚴黨的一員了。」

李滄行倒吸一口冷氣：「嚴黨是魔教的後臺主使，這麼說來，陸炳也要放棄他的那個制衡江湖的計畫，轉而全面支持魔教和巫山派來打壓各武林正派嗎？」

公孫豪緩緩說道：「現在還不得而知，有這可能，但我覺得以陸炳的為人，一旦讓嚴嵩一家獨大，對他也不是什麼好事，他只會順著皇帝的意思行事，皇帝也應該會在清流大臣裡找一個能牽制嚴嵩的人，正派不能說是全無希望。

「這一年來，**有一個新的門派崛起於洞庭，來歷非常神秘，首領名叫楚天舒，終日以面具出現，但武功高得離奇，手下也有春夏秋冬四大護衛**，更是不知道從哪裡搜羅到了數百名一二流的高手，訓練有素，行事風格詭異凶殘。

「三個月前，洞庭幫突擊了此前一直被魔教和巫山派聯手佔據的原大江幫總舵，擊斃了巫山派原來留守此處的一百多名好手，連舵主，屈彩鳳的左右手白清奇也死在楚天舒的手下，楚天舒據了原大江幫的總堂後，堂而皇之地在這裡開宗立派，建立起這個洞庭幫來。

「屈彩鳳聽說這個消息後，傾巫山派之力攻擊這個洞庭幫，魔教也派出大弟子宇文邪、林振翼等精英，從嶺南分舵率了上百名高手來援，卻不想這楚天舒主動出擊，先於岳陽設伏，大敗魔教援軍，宇文邪和林振翼重傷而退，幾乎僅以身免，手下精英盡沒。而後楚天舒又率得勝之師回總堂，與屈彩鳳的巫山高手大戰，再次打退了巫山派的攻擊。

「李兄弟，你有所不知，這兩年那個屈彩鳳練成了天狼刀法，武功暴增，已經躋身於頂級高手之列了，功力不在華山的司馬掌門之下，你現在的武功雖高，可要勝過她，卻怕是不容易。而且巫山派連勝伏魔盟，在川中更是打得唐門奄奄一息，峨嵋也是全面處於下風，勢頭一時無兩，已經重新把勢力擴充到了江南七省，接近恢復林鳳仙鼎盛時期的實力。」

李滄行聽得目瞪口呆，沒想到現在屈彩鳳厲害到了這種程度，更沒想到合巫山派和魔教兩派的聯軍居然也沒有打下洞庭幫，這個楚天舒當真是神鬼莫測，足以躋身第一流的江湖霸主了。

李滄行定了定神，問道：「那現在這個楚天舒和伏魔盟的傳統正派關係如何？要是雙方能就此結盟，共同對付魔教，那江湖的大局可定！」

公孫豪冷峻的臉上依然沒有任何喜悅的感情，眉毛微微地動了動，「我沒這麼樂觀，洞庭幫立派之後，武當派曾派了你的小師妹去道賀，也提及了建立同盟的事，可是楚天舒卻不置可否，反而警告武當不要輕易進入他的勢力範圍，弄得雙方不歡而散。這幾個月來，楚天舒也是大肆招攬各色人等，只要是武藝高強的，來者不拒，甚至連一些江湖上著名的惡徒丑類都紛紛加入了他的門下。比如你原來在三清觀的那個好師弟火松子，現在就成了他的總護法。」

李滄行剛才一聽到沐蘭湘，就什麼也聽不進去了，忍著聽公孫豪說完，隨口應了一聲，便說道：「幫主，我師妹，她這兩年可好？」

公孫豪臉上閃過一絲笑容：「李兄弟，你是不是聽說徐林宗回武當了，又怕你的小師妹會移情別戀？」

李滄行一下子被說中了心事，滿臉滾燙，張著嘴說不出話。

公孫豪笑著拍了拍他的肩膀：「好了好了，開個玩笑而已，如果你師妹知道你這麼愛她，這麼為她拼命的話，又怎麼會捨得你呢。這兩年沐女俠經常在江湖上走動，但是她一直打聽的是你的下落，而不是徐林宗，我想她不至於背棄你們兩人的感情。」

李滄行心中稍寬，但仍然難以完全放下心，想了想說道：「幫主，把柳生雄霸救上來以後，麻煩你老人家先安排送他出海回東洋，屠龍二十八式我會找個地方抄寫，至於入幫裡找內鬼的事情，弟子想暫緩一陣子，先回武當看一看再說，畢竟這次弟子離開快兩年了，加上徐師弟回山，總得要去探望一下。」

公孫豪的臉上已經笑開了花，連連點頭：「沒問題，書你也不用抄了，可以直接先回去，現在陸炳只怕也要集中精力對付夏言，不會給他反擊自己的機會，暫時也不至於有心思發動他在各派的內鬼，你回武當應該是安全的。這次回去後，跟沐姑娘把婚事辦了，到時候我一定會去喝你們的喜酒。」

李滄行卻道：「不，幫主，我答應過你的，要在丐幫查出陸炳的內鬼，答應了你的事就要做到，秘笈的事情我這幾天抓緊完成，回武當看看師弟師妹後，就回您這裡幫忙。」

第十章

二虎相爭

公孫豪的左掌泛起隱隱金光，
體力澎湃的內息發起驚雷似的聲音，
漸漸地向柳生雄霸那裡壓了過去，
柳生雄霸臉上的刀疤開始因為體內勁氣鼓蕩，
那張本就有些凶悍的臉變得更些嚇人。

公孫豪臉上的笑容漸漸地消散，表情重新變得凝重，嘆了口氣道：

「滄行，這次我有不好的預感，近期江湖上可能有大事發生，武當那裡有可能並不安全，徐林宗回武當了，只怕屈彩鳳去找他的願望一點也不比你來得弱，但現在巫山派和武當早已水火不容，我真的很擔心會出什麼不好的事情。加上那個武當的內鬼和緊鄰著武當派的洞庭幫，這其中有太多的變數，那裡比我們這兒更需要你，所以你當務之急還是儘早趕回去，等安定下來以後，再決定回不回來。」

李滄行想想也是，便點點頭道：「好吧，幫主，那我就先把秘笈抄出來，反正用不了兩天的時間，抄完後我就先回武當。」

公孫豪雙目炯炯，看著李滄行的眼睛，意味深長地說道：「那就一言為定。」

兩人商議既定，李滄行提出現在自己不方便露面，還是在此處等候，麻煩公孫豪帶來繩索與易容所需的顏料，馬鬃與豬皮、小刀等物，公孫豪點頭離去。

過了三四個時辰後，一個人推了輛大車飄然而至，上面擺著成捆的粗麻繩，還有一個小包裹和兩套嶄新的衣服放在麻繩的頂端。

這會兒天色已經大亮，李滄行迎上前去，笑道：「幫主可真是神速啊！這麼多東西一下子就備齊了。」

公孫豪笑了笑：「好歹我也是一幫之主，這城裡又有這麼多兄弟，剛才那城西的廟倒了，孟長老他們換到了第二接頭地點碰頭，我一說需要的東西，他們馬上就去分頭準備，不用一個時辰就湊齊了。」

李滄行上前摸了摸那足有自己手臂粗的麻繩，又用力拉了拉，感覺強度和韌度都非常不錯，笑道：「哪兒找到的繩子，這麼結實啊！」

公孫豪拎起一截繩子，捏了捏道：「這繩子是在瓜州渡口的纜繩，可以用來拉幾千斤的大船，強度絕對沒問題，我們武林人士只需要借這個繩子作個發力點，加上崖頂有我看著，絕對沒有問題。」

李滄行突然覺得肚子有些餓，這才想起從昨天早晨到現在，還什麼也沒吃呢，他的鼻子裡突然聞到一陣香味，轉著一看，那車上居然還放著一個食盒，掩蓋不住的香氣從盒子裡一陣陣地溢出。

李滄行也不客氣，直接拿過了食盒，打開蓋子，裡面是一盤肉包子，個個皮鬆肉足，盒子邊還有一個大酒罈，罈口用黃泥封著，李滄行拎過酒罈，打破封泥，一股黃酒的醇香直沁心脾，咕嚕一口，只覺這酒甜津津的，後勁綿長，別有一番韻味。

公孫豪笑道：「這酒乃是鎮江特產的丹陽封缸酒，是從城中最有名的『吳記酒樓』的窖子搬過來的二十年陳酒，你別喝太多了，一會兒爬繩子時頭暈掉下去！我記得你最喜歡吃肉包子，出城時就買了一籠，你一天沒吃飯了吧，吃飽喝足有了勁再下去。」

李滄行三下五除二地把六七個包子塞進肚子，喝了小半罈子酒，頓覺渾身又充滿了力量，他打了個飽嗝，也不多說話，就和公孫豪四下尋找起合適的大石或者是樹木，用來作繫繩子的支撐點，很快，兩人就找到了崖頂處的一棵古松樹，樹邊還有一塊狀如臥虎的巨石，公孫豪試了試，用力地圍住樹身，向上提了提，紋絲不動，這才滿意地點了點頭。

兩人合力把繩子在松樹和巨石上各纏了四五道，然後把剩餘的繩子拋了下去，這山崖大約三百多丈高，所以公孫豪這次找了一根四百丈長的粗麻繩，直直地全部放了下去，直到底端。

當天李滄行和柳生雄霸曾經約定過，找回繩索後，如果看到以後，想要直接上來，就拉兩下，如果一刻鐘的時間沒有拉動，那李滄行就自己先下去；若是繩索一直在動，柳生雄霸就會知道李滄行正在緣索而下，自己就暫緩向上爬。

李滄行深吸了一口氣，搭上繩索，向下墜去，他這回有了上次的經驗，使出浮萍訣，衣服鼓滿了風，減緩向下的速度，隔個二十餘丈就拉住繩索，換一口氣，再繼續下落，如此這般，只用了小半刻就從崖頂落到了底部，卻看到柳生雄霸正抱著刀，腰間插著李滄行的紫電劍，站在這裡等著他。

李滄行有些意外，轉而笑道：「柳生，你怎麼在這裡呀？知道我今天會來嗎？」

柳生雄霸還是那副冷冰冰的表情，搖搖頭：「你走之後，我就天天守在這裡，一邊練功，一邊看你什麼時候回來，滄行，你是個守信的君子，一定不會騙我的。」

李滄行有些感動，昨天晚上公孫豪對他說的那些話，他還是多半不信，畢竟自己跟柳生雄霸這一年谷底相處，尤其是共同經歷過生死，自問還是可以肝膽相照的。

他看著柳生雄霸說道：「柳生，我出去後、就在鎮江府碰到了丐幫幫主公孫豪公孫大俠，上次你看到的那個胖子，就是他的得意弟子，公孫幫主對我也是亦師亦友，他聽到我們的事情，就過來救你了。」

柳生雄霸的表情依然很平靜：「丐幫我聽說過，是你們中原最大的門派，聽說武功也是以剛猛的外家功夫為主，對了，你的那個屠龍二十八式，不就是丐幫的麼？」

李滄行笑著點了點頭：「不錯，正是如此，柳生，你稍等我一下，我要把這秘笈先藏好，現在這秘谷被我們發現了，以後也許會有人下來取書呢。」

柳生雄霸對著木屋一指：「武功秘笈和兵書都放在那裡，和你剛來時一樣，我沒有動過。」

李滄行看著柳生雄霸的雙眼明淨清澈，沒有一絲虛偽，笑了笑：「算了，也沒必要藏，我又不是劉裕，會做機關，在谷裡挖個坑別人也會找到的，就放那裡好了，以後讓公孫幫主下來取就是。」

他突然想到了上泉信之的事，心中一動，開口道：「柳生，我聽說那個上泉信之沒有死，給大明的官軍擒獲後，又放回到倭寇頭子汪直那裡了。」

柳生雄霸的表情微微一變：「怎麼回事？」

「聽說是浙直總督胡宗憲想招安倭寇，開放海禁，所以赦免了上泉信之的死罪，把他放回去當使者。柳生，這回你有機會親手報仇了吧。」

柳生雄霸聽聞道：「那個汪直我知道，連在東洋內地的我都聽說這人現在是倭寇的頭號首領，大小的倭寇頭目現在都歸他的旗下，甚至在九州那裡還占了一個島，正式建立了自己的基地，九州一帶的大名和領主們都要從他手上買軍資來打仗。哦，對了，九州是我們東洋的一個大島，大約有你們中原的一個省大吧。」

李滄行又叮囑道：「柳生，公孫幫主可能對你們東洋人有些成見，一時間我也難以扭轉，不過他答應會幫你出海回東洋。我上去後，還有些重要的事去辦，這一年來，中原武林發生了許多事，我在這裡耽擱的時間太久，上去後恐怕沒空去送你出海了，只能先跟你說一聲珍重。」

柳生雄霸拔出了腰間的那把短刀，連同紫電劍一起遞給李滄行，鄭重地說道：「滄行，你知道這把肋差是我祖傳之物，本來是人在刀在，人亡刀也要回柳生家的，但我手中實在是別無長物。這次你救了我兩次，我欠你兩條命，以後無論何時，你如果需要我幫忙，你自己來東洋京都南邊大和國的柳生家，或者是派人持此物前來，柳生雄霸一定赴湯蹈火，在所不辭。」

李滄行笑了笑，他身上除了一塊永遠都貼肉帶著的變質月餅外，只有斬龍刀和紫電劍這兩把兵器值錢了，可這兩樣東西卻是沒法送給柳生雄霸，至少現在不行，他接過肋差，又在腰間綁好了紫電劍，看了一眼頭頂的青天，笑道：「那我們就上去吧。」

李滄行這回讓柳生雄霸先上，等他躍上了二十多丈後，自己才提氣跟上，這回有了一根現成的繩索，比上次那樣硬攀峭壁要輕鬆許多，兩人就這樣十幾丈地向上一躍，再抓住繩索，繼續借力向上再次騰躍，如此這般，只用了半個時辰不到，兩人就先後爬上了崖頂。

李滄行一個梯雲縱，直接翻到松樹邊上，只見柳生雄霸已經和公孫豪相對而立了，公孫豪抱著臂，雙目炯炯地看著柳生雄霸，柳生雄霸則是一手拿著刀，大喇喇地站在原地，臉上也是冷冰冰地沒有任何表情。

李滄行不曾料到兩人一見面就是這樣不對盤，連忙打了個哈哈道：「幫主，這位就是我跟您提到過的柳生雄霸，號稱東洋頭號武士，這回是來我們中原切磋武功，進行交流的。」他說著，向柳生雄霸使了個眼色，示意他趕快去行禮拜見公孫豪。

公孫豪的聲音平緩，但明顯能聽出帶了三分不滿和火氣：「李兄弟，這位柳生先生架子大得很呢，上來以後就這樣在我面前杵著，難道你跟他在崖底一年，教會了他漢語，卻沒有教會他我們漢人的禮儀，見了前輩不應該行禮嗎？」

柳生雄霸聽到這話，大聲說道：「公孫幫主，依我們東洋的規矩，除非是本門的前輩，或者是作為武士的上級，才需要主動行禮，您雖然比柳生年長，但並不是本門前輩，何況剛才柳生上來時向您點頭示意，並不覺得有何不可。」

李滄行一看兩人越說越僵，馬上站到兩人中間，先是向公孫豪笑道：「幫主，柳生這人脾氣比較倔，您多擔待些。」說完又轉向柳生雄霸，小聲道：「柳生，入鄉隨俗，按我們中原的規矩，後輩見到前輩是要先主動行禮的，只要見到友好門派的前輩就是如此，不一定非要本門。」

柳生雄霸沉聲道：「滄行，我們東洋的劍客碰到其他流派的前輩，只有一種主動鞠躬行禮的時候，就是在對戰前向對手致敬，也請你尊重一下我們東洋劍客的習俗。」

公孫豪突然哈哈一笑，抽出了腰間的那支鐵棍：「柳生先生，聽說你來中原就是想和中原的高手切磋一下，你和滄行在崖底也切磋了一年了，來來來，我公孫豪也一直想領教一下東洋的武功，今天天氣這麼好，不妨就在這裡比劃比劃。」

柳生雄霸的臉上閃過一絲喜色，開口道：「公孫幫主肯賜教？」

公孫豪認真地點了點頭：「不敢說賜教，我知道你比武是以命相搏，不留餘地，這樣你才能拿出全部實力，作為武者，能和強者一戰，即使是死了，也是心滿意足，當年我丐幫的前任幫主也曾經和一個來自東洋的高手交過手，想必那人就是你們家的前輩，今天，我公孫豪願意接受你的挑戰。」

柳生雄霸看了一眼李滄行：「滄行，要不還是換成木刀吧，這樣不傷和氣。」

公孫豪厲聲道：「柳生先生，你是怕傷到我這個老人家嗎？我公孫豪現在可還不到五十呢，雖然看起來邋遢了點，但還不是七老八十，需要後輩禮讓的。」

李滄行深知這二人都是心高氣傲、爭強好勝之人，不打上一場，只怕也不能消了心中之氣，公孫豪對柳生雄霸的敵意寫在臉上，而柳生雄霸雖然面冷心熱，但對於敵視自己的人卻絕對不會視若無睹，加上公孫豪率先挑戰，兩人又都是好武重譽之人，看來這一戰已經無可避免了。

公孫豪沉聲道：「李兄弟，請你退開十步之外，為我和柳生先生的切磋作個見證。」

柳生雄霸沒有說話，但是向後退了兩步，非常認真地向公孫豪鞠了個九十度的躬，平靜地說道：「柳生家新陰流第二十七代傳人柳生雄霸，向丐幫幫主公孫豪先生討教。」

公孫豪也收起了笑容，表情變得異常嚴肅，抽出了右手的鐵棒，沉聲喝道：「柳生先生，請多指教。」

李滄行向後退出了十五步，他現在也已經是頂尖高手了，完全能感覺到兩人的氣息都在慢慢地變強，公孫豪的周身漸漸地騰起一絲金色的氣息，而柳生雄霸則和上次與自己一戰時那樣，慢慢地閉上了雙眼，而藍色的氣勁在周身騰起，手也慢慢地按到了自己的刀柄上。

金氣和藍氣開始越來越重，公孫豪的左掌開始泛起隱隱的金光，而他體力奔騰澎湃的內息已經漸漸地發起驚雷也似的聲音，漸漸地向柳生雄霸那裡壓了過去，柳生雄霸那張臉上的刀疤開始因為體內勁氣鼓蕩，和外界公孫豪方向氣流的巨大壓力的雙重作用跳動起來，那張本就有些凶悍的臉，這回更是變得有些嚇人。

柳生雄霸突然大喝一聲，長刀出鞘，開始虛空劈起來，隨著他湧動的內力不斷從刀尖流出，與怒濤拍岸般的金色氣勁激蕩，在劇烈的衝突點上不斷地爆起一陣陣的火花，而地面上更是炸出了一個個的小坑，這樣一來，原來已經漸漸壓到柳生雄霸面前三尺處的金色氣勁暫時凝固住了，又開始漸漸地後退。

李滄行看得真切，雖然柳生雄霸在崖底也打通了任脈，進入了八脈全通的頂級高手階級，但是比起公孫豪來說，內力上還是有所不如，至少差了六七年的修為，現在這樣拔刀出鞘，靠著刀風的凌厲左砍右劈，才維持住一個勉強的均勢，終歸還是稍稍落了點下風。

公孫豪手上的鐵棍慢慢地轉動起來，他這支鐵棍只有半人高，長度還不及柳生雄霸的那把武士刀，想必以前丐幫鎮幫之寶的打狗棒也不過是這個尺寸，李滄行久聞丐幫的打狗棒法精妙絕倫，在棍法中數一數二，卻從沒有見公孫豪使出過，眼下有這機會，更是把眼睛睜得大大的，生怕錯過了一招半式。

柳生雄霸似乎也察覺到公孫豪馬上準備要出手了，退後了一步，收住刀，原來直指前方的刀尖改為雙手持柄，刀身向後，斜斜的刀尖指向自己身後的地面。李滄行看得真切，剛才那種刀尖朝前的一招叫「**順風斬烈**」，而現在這一招守中帶攻，反擊力極強的招數卻是叫「**楓葉旋風劈**」。

他曾親眼見過柳生雄霸用鋼刀，一刀可以把八片下落的楓葉切成八片平整的方形，敵人攻來時，他會連著急退八步，然後自右下至左上一刀揮出，是極厲害的蓄勢掃擊招數。

公孫豪似是對柳生雄霸的應對略微有些意外，剛才已經前出的鐵棍又收回來一些，開始在周身不停地旋轉遊走，尋找著柳生雄霸的下一個空檔。

兩人雖然沒有直接出手，但是攻守之前這樣來回易位換招，卻是已經擺出了兩百餘招，公孫豪一直是主動的一方，掌握著攻擊的優先權，而柳生雄霸卻是一改霸道之極的那種攻擊型刀法，一招一式全是蓄力反擊，守中帶攻的招數則是防得滴水不透。

兩人面前的氣勁在靠近柳生雄霸一尺左右的距離僵持不動，這場意念之戰看起來雖然輕鬆，但其中凶險之處只有高手才能體會，差之毫釐，露出絲毫破綻，那對方上來必是殺招，自己連招架也會非常困難。

李滄行突然哈哈一笑，說道：「幫主，柳生，今天要不到此為止吧，切磋而已，不用傷了和氣。」

話音未落，他一抬手，一招凶猛的掌力洶湧而出，直接撲向那道金藍兩色真氣激蕩的中線。

兩人的內力相較已經到了緊要關頭，這一下李滄行突然出手，三股氣勁一下子撞到了一起，**柳生雄霸和公孫豪的兩道內力瞬間被引向了李滄行這裡**。

李滄行在出手前就已經作了盤算，要用武功強行分開兩個已經蓄勢一擊的內家高手，除非有超過他們武功之和的本事，不然只會反噬自身，就像現在這樣。

李滄行退後一步，面對如洶湧洪水般向自己撲來的氣勁，大喝一聲，運起全身的力量，整個人的**氣勢瞬間暴漲**，**連身上的衣服都碎得片片飛舞**，後背上黑布裹著的斬龍刀發出一絲清脆的龍吟之聲，一下子飛上半空，又穩穩地落在李滄行的手上。

李滄行的內力迅速地注入到斬龍刀中，兩道真氣離他已經不到一尺，他感覺到自己的血液都要凝固，整個人被這巨大的壓力壓得隨時要爆炸，雙手持著刀柄，自上而下，狠狠地一招盤古開天向下斬去，金色的刀浪從刀尖噴湧而出，在那道金藍混合的氣浪中硬生生劈開了一條通道。

灼熱的兩道真氣如怒濤一般，從李滄行的腦袋側面洶湧而過，李滄行的臉感覺像接近了燒紅了的炭火似的，連皮膚都快要融化了，但他咬著牙，腳下如同在地上生了根，雙手穩穩地持著斬龍刀，全身的內力以最快的速度在運轉著，然後通過手灌入斬龍刀，再化作冷冽的刀氣，向著被生生劈開的前方空間斬去。

這一刻只是一眨眼而過，李滄行卻感覺時間像是凝結了似的，兩大頂級高手的內力壓得自己透不過氣，連骨頭都要炸裂，但他仍然只能咬著牙硬頂著，一步也不能動，稍稍歪過一點，整個人就會像在萬丈怒濤中的小舟，被捲上浪巔，再狠狠地摔到萬丈深淵，粉身碎骨。

李滄行感覺到臉兩側的火勢氣息漸漸地消失，甚至感覺到剛才一沁出來就被熱力蒸發掉的汗珠子終於可以透過毛孔淌出來了，這才收起斬龍刀，長出了一口氣，卻發現公孫豪和柳生雄霸都用難以置信的眼神看著自己。

公孫豪看了一眼對面的柳生雄霸，收起鐵棍：「今天就到此為止吧。」然後轉向李滄行，「滄行，你沒事吧？你拿著的這把刀，就是傳說中的斬龍寶刀嗎？」

李滄行剛才一時起意，不想看到二人全力相搏出什麼意外，卻沒想到如此凶險，現在想想還驚魂未定，聽到公孫豪的話，定了定神，以刀拄地，運行了一下內力，感覺流轉還行，才說道：「應該沒什麼事，多虧了斬龍之利，劈開了氣牆，否則以我的功力是絕對擋不住你們二位聯手的。」

柳生雄霸也收起了刀，冷冷地說道：「怪不得在崖下你從來不肯用這刀跟我比試，此刀乃是柳生平生所僅見的神兵，李滄行，看來下次跟你的比武，我一定得練得家傳刀法，拿到村正妖刀才行了。」

公孫豪責備李滄行道：「李兄弟，我知道你是一片好意，但這事太過危險，當世恐怕沒有人有能力同時接我們兩個正面的聯手一擊，你這回是靠了兵器的優勢，但要是我們手上也有神兵，哪怕是像你手上紫電劍這樣的兵器，你是擋不住的，以後還是不能這樣托大。」

李滄行抱拳行了個禮：「幫主教訓得是，弟子謹記。」

柳生雄霸轉向公孫豪，這回他恭敬地鞠了個躬：「公孫幫主果然神功蓋世，柳生佩服，這一戰，是柳生輸了，心服口服。」

公孫豪的臉上閃過一絲得意之色，哈哈一笑，擺了擺手：「柳生先生，剛才勝負未分，而且我也沒有攻破你的防守，只能算個平手。」

柳生雄霸搖搖頭：「公孫幫主，你我都心知肚明，一開始柳生就在內力較量上處了下風，攻擊的勢頭已失，能做的不過是全力防守而已，柳生的新陰流刀法講究的就是以攻代守，用凶猛的進攻來摧毀對手，陷入這種防守，始終無法找到反擊的機會，已經是我落了下風，這點不用爭辯。

「柳生這回來中原，真正與人交手兩次，一次碰到李滄行，一次碰到您，輸得心服口服，無話可說。上次柳生輸給李滄行，還可以說是他的兵刃占了優勢，今天跟您同樣用凡品對抗，甚至我這把刀還要占點優勢，還是全無還手之力，只能讓柳生認識到自己現在還不可與天下英雄一較短長，回東洋後，必將勤學苦練，十年之後，再向公孫幫主討教。」

公孫豪讚許地點了點頭：「柳生先生，以你現在的年紀，放在中原的年輕一輩裡，只怕也只有滄行可以和你一較高下了，東洋刀法確實精妙，我今天也獲益良多，以後再有機會，我們還可以切磋。今天時候不早了，李兄弟還有要事在身，你就跟我先回鎮江府吧，我已經飛鴿傳書給錢廣來了，他會安排你回東洋的事。」

李滄行一聽大喜：「胖子？他現在在哪裡呀？」

公孫豪笑道：「廣來現在在杭州一帶自己的店裡查帳，你們去年也差不多是這時候來江南的，他每年都要來這裡一趟，現在應該已經接到我的傳信，這幾天就趕到，李兄弟，你想見他一面嗎？」

李滄行點點頭：「反正我還要抄兩天的書，就等見了他再走吧。幫主，現在我們去哪裡？」

公孫豪沉吟了一下，看了一眼柳生雄霸，說道：「你們兩個現在最好易容一下再進城，柳生先生這身倭人的打扮，會引起不必要的麻煩，而李兄弟，你雖然現在鬍鬚滿面，但也難保不會有人認出你，現在找你的人還是很多，易容後進城，我安排一處地方讓你們先住下。」

「那就聽從幫主的安排了。」李滄行說完，拿起車上的衣物和豬皮，先給柳生雄霸易容，很快就把他打扮成一個面黃肌瘦的中年人，又把自己打扮成一個三十多歲的黑臉漢子，順便還把兩人臉上留了一年的鬍鬚都用小刀剃了個乾淨，如此即使隔著面具和用來墊臉的黃泥模子，也覺得臉上清爽了許多。

三人收拾停當後，公孫豪把垂下崖底的粗麻繩收了起來，李滄行推著那輛車，三人一起回到鎮江府。

公孫豪也被李滄行易容成一個五十多歲的老者，在前面帶路，把兩人引入一處大戶人家的側門，走進去後，才發現這是一處幽靜雅致的後院。

一個身穿綢緞衣服、下擺上打了七個補丁，年紀五十上下，滿面紅光的老者迎了過來：「屬下大智分舵副舵主劉仁恩，見過幫主！」

公孫豪在進門的時候就恢復了本來面目，他哈哈一笑，扶起劉仁恩，指著身後的李滄行和柳生雄霸說道：「這二位是幫中的貴客，這兩天要借劉兄弟的院子叨擾一下。」

劉仁恩顯然是經常做這種接待的工作，點頭笑道：「幫主儘管放心，屬下一定會把接待的事情辦好，您老人家這回也要在這裡暫住嗎？」

公孫豪點了點頭：「嗯，我也要等兩天再走，不過，我這裡還有些幫中事務要處理，請你另外幫我安排一個住處。」

劉仁恩正色道：「包在我身上。」他轉頭對著身後的兩個僕役說道：「把東院收拾出來，讓幫主暫住，這後院收拾出來，供貴客住。」

公孫豪回頭對著李滄行道：「李兄弟，這位柳先生這兩天就和你一起在這裡委屈一下了，我還有些幫務要處理，有什麼急事的話，隨時可以托人叫我。」

說完，公孫豪便跟著劉仁恩大踏步地走出了小院，那兩個僕役對著裡面客氣地一指：「二位請進！」

李滄行和柳生雄霸跟著那兩個僕役走進了院子裡，這是一處典型的江南式的後院，竹林，假山，小橋，流水，四周是長長的迴廊，穿過一道圓形的拱門，則走進一進有著四五間廂房的小院子，就是二人住的地方了。

李滄行和柳生雄霸各自被領進了一間房間，這房間早被打掃得乾乾淨淨，一塵不染，床上的錦被也是鋪得好好的，兩個僕役打來了熱水便退了出去，臨走前說是過會兒把午飯送過來。

時值正午，李滄行這兩天折騰得夠嗆，這回到了房間後倒是有些倦了，今天他全力使過了一回斬龍刀，感覺有些頭暈，李滄行把刀解下，放在床頭，脫掉外套，坐上床去，開始打坐運功起來。

一個周天功行之後，李滄行感覺好了許多，門外傳來幾聲敲門聲，原來是那個僕役把飯菜送了進來。

江南的飲食和北方不同，食品要比在北方精緻許多，這回上了三四樣色香味俱全的小炒，就著一碗雞湯和一碗顆粒飽滿的大米飯，李滄行很快把這些菜吃了個底朝天，看著空空如也的盤子，還意猶未盡。

又有人在外面敲門，李滄行從腳步聲能聽出是柳生雄霸，微微一笑，說道：「柳先生，請進。」

柳生雄霸走了進來，臉已經洗掉了，露出那帶著一道長長刀疤的本來面目，但髮髻已經像中原人士那樣用綢布方巾包好，他的臉上依然沒有表情，關上門，坐在李滄行的飯桌旁。

李滄行笑道：「柳先生，你這張臉不用易容，人家都會覺得像是戴了面具呢，這一年也難得見你笑上一次。」

柳生雄霸冷冷地說道：「身為武者，就要心如止水，不苟言笑，內在修行和外在修行同樣重要，這一點上我始終無法理解你們中原武人，一個個喜怒形於色，這樣如何能控制自己的內息？」

李滄行以前沒有想過這個問題，聽他一說倒是覺得有些意思：「可能是修行內功方法的不同吧。對了，柳先生，你不在房中好好休息，來這裡有什麼事？難道又想找我比武？」

柳生雄霸依然是面無表情地搖了搖頭：「在谷底我就跟你說過，下次跟你比武，是我回東洋以後修練大成的事了。老實說，下次來中原，我不一定會再找公孫幫主比武，但一定會找你的。」

李滄行一下子來了興趣：「哦，這又是為何？」

柳生雄霸嘆了口氣：「因為十年後，我一定可以勝過公孫幫主，我年輕力強，而他十年後卻是上了春秋，一個是如日中天，一個是已經落日的夕陽，所以我並不擔心下次再來打不過公孫幫主，他現在內力強過我，但招式上我自問不輸給他；但是你，十年後肯定也不是今天的功力，所以我對你更感興趣。」

李滄行不以為然地道：「柳先生，其實我一直不明白，武功天下第一又能如何？除了滿足作為武者的虛榮心外，又有多少實際意義？像公孫幫主，純論武功未必在中原是第一，但他卻是當之無愧的大俠，除暴安良，俠名遠播，我認為這才是我們習武之人真正應該追求的境界。」

柳生雄霸面無表情地道：「我就是個單純的武者，天下之事與我無關，在武者道路上追求至強至尊，就是我柳生雄霸活在世上的唯一目的，你可要知道，在東洋的時候，如果我想出來做官，謀求一個大名手下的劍術指導，非常輕鬆，可那不是我所追求的。李滄行，你有著超人的武學天賦，可是你的心思不放在武道一途，而是放在女人、門派這些事情上，你這樣下去，十年後只怕不是我的對手。」

李滄行知道這個問題上無法與柳生雄霸達成共識，便換了個話題：「十年後的事情，十年再說吧，這十年我也不可能止步不前的。你應該先想想怎麼回東洋的事，上泉信之現在回到那個倭寇頭子汪直那裡，你要公孫幫主安排人送

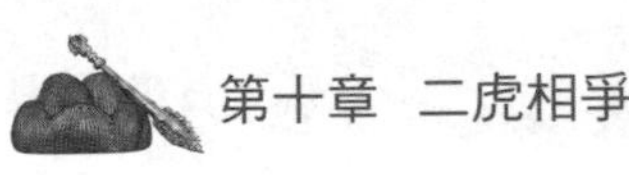

你過去嗎？」

柳生雄霸的眉毛挑了挑，眼中流露出一股殺氣：「這個狗賊，一路上都在耍我，我非斬了他不可！」

李滄行嘆了口氣：「現在不是來往中原和東洋之間的船隻都被倭寇控制了麼，你若是現在殺了上泉信之，那汪直又如何能帶你回東洋？柳先生，小不忍則亂大謀，先回了家，還怕不能跟上泉信之算帳嗎？你應該思考的是，到時候怎麼和這個上泉信之說落崖之後的事。」

柳生雄霸點點頭：「我正是因為這個來找你的，剛才想了半天沒有一個好主意，你能不能幫我想一個？」

李滄行沉吟了一下，說道：「就說是跟我比武，然後雙雙落崖了，在山崖下跟我一起生活了一年，互相切磋武藝，順便學習中原話，然後你覺得連一個中原的後起之秀都不能勝過，想挑戰各大門派確實有些托大了，就要回東洋苦練，下次再來。你若是這樣說，只怕他們也不會懷疑。」

柳生雄霸擔心地說道：「可是這個上泉信之明顯就是想利用我，上次就是要我跟著當他們的保護傘，這次若是不肯帶我回東洋，而是讓我再跟他們為非作歹，這又如何是好？」

李滄行笑道：「柳先生，你在東洋可是第一高手了，如果你要回東洋，即使上泉信之不甘心，只怕那個汪直也不會為這事和你翻臉，到時候留幾句場面話，比如說什麼神功大成之後再來幫五峰先生，呃，他是叫這名字吧，之類的話，他也不太可能強留你的，這回我讓上次送上泉信之到汪直處的人送你過去，應該就更沒有問題了，汪直還要指望和朝廷談判，開海禁，怎麼也不會為難你的。」

柳生雄霸點了點頭：「那好，我就聽你的，只是這十年可能會發生很多事，我在東洋，柳生家始終是大門派，你隨時都可以找到我，但你在中原，我如果想要找你，又如何找？看你今天這樣，經常易容，現在也沒個安身的門派，到時候我要是想找你比武卻找不到人，怎麼辦？」

李滄行想了想，道：「我是武當弟子，將來沒有意外也是會回武當的，你如果實在急著找我，可以在來中原以後找人傳話，就說要找李滄行。哦，對了，今天的丐幫幫主公孫豪，他的幫派是中原人數最多的，你也可以直接找到他，讓他派弟子打探我的下落。」

柳生雄霸的表情變得放鬆下來，說道：「好的，你我的約定不變，如果這中間你需要我幫忙，只要讓人持著那把肋差來東洋找我就可以了。」

兩人又閒聊了幾句，柳生雄霸告辭回房，李滄行則開始抄寫起屠龍二十八式

的招式口訣和運氣法門來。

李滄行奮筆疾書，一直從下午寫到了晚上亥時左右，連飯都沒顧得上吃，一邊抄寫，一邊回味著這些招數的精華，時不時地還站起來比劃幾下，不知不覺夜已深沉。

在這靜謐的夜裡，李滄行忽然聽到窗後有一顆小石子擊中窗櫺的聲音，緊接著一絲微風從窗後拂過，似是有人躍上了房頂。

李滄行心中一凜，沒想到在這丐幫的接客之所也會有夜行者來訪，此人明顯是衝著自己來的，李滄行現在功力今非昔比，不像幾年前在三清觀時還擔心自己會對敵不過，於是放下筆，抓起床頭的斬龍刀，用黑布一裹，再把紫電劍插進腰間，跟著翻出窗外，進而一下躍上了房梁。

十餘丈外，有個全身黑衣，身形中等，體形有些臃腫的人，雙目精光四射，看了李滄行一眼，轉頭就無聲無息地向遠處飄去，身形之快，讓人目不暇接。

李滄行心中豪氣頓生，緊緊地跟著來人，就在這鎮江府的屋頂上來回追逐，李滄行用了九成的功夫，卻是始終不能把距離靠近半尺。

很快，前面那人向著城外奔去，李滄行也追了過去，出城後，他加快腳步，功力提到十成，和那人的距離縮短了兩三丈，跑了四五里後，進入城西的一片密林，那人這才停了下來，轉頭一把拉下了臉上的黑巾，赫然正是錢廣來，笑道：「滄行，好久不見！」

李滄行一看是胖子，也跟著笑道：「胖子，有什麼事為何不能進屋好好說，非要把我引到這裡啊？」

錢廣來沒有說話，一旁的樹影中，公孫豪緩緩地走了出來，平靜地說道：「因為我不想讓柳生雄霸聽到我們的話。」

李滄行也料想到是這個原因，說道：「幫主，其實您應該看出來，柳生他並不是奸惡之人，沒必要這樣防著他的。」

公孫豪擺了擺手，表情嚴肅地道：「我知道他不是壞人，但這是我們幫派內部的事，我不想有外人知道，而且接下來送他的事情也需要商議，這些事當著他的面討論並不是太好。」

李滄行收起笑容：「幫主，您前兩天說是去處理幫裡的事，是不是回到那個秘谷去收拾秘笈了？」

公孫豪的眉毛微微地抬了抬：「不錯，這個秘笈是本幫現在的頭等大事，你和柳生雄霸在一起的時候，我不太方便去察看，所以安頓好你們之後，我去了那山谷，秘笈和兵書都在，我已經把它們安置好了。滄行，那個秘笈你一會兒回去後不用抄了，明天就可以啟程上路。」

李滄行應了一聲，說道：「幫主，那我這就回去通知一下柳生，然後就啟程回武當。」

公孫豪沉聲道：「今天找你來，第一件事，就是先要跟你商量一下柳生雄霸回東洋的事。你可有什麼辦法能讓柳生雄霸回到東洋？」

李滄行這幾天都在考慮這個問題，聽公孫豪問起，便直言道：「最好的辦法，自然是像上次把上泉信之移交給那個倭寇頭子汪直那樣，再次通過汪直的關係把柳生送回東洋，不知道現在這條路是否可行。」

錢廣來說道：「前幾天接到幫主的傳信後，我人正好在杭州，上次跟我們一起作戰的譚綸這會兒在浙直總督胡宗憲的軍中當參軍，那個錦衣衛指揮沈鍊現在全權負責浙江和南直隸兩省的錦衣衛，滄行，你可能有所不知，那個上泉信之，就是陸炳親自押解到江直那裡去的。」

李滄行想起這事就噁心，恨恨地說道：「物以類聚，蛇鼠一窩，這陸炳和身為嚴黨的胡宗憲勾結在一起，那是再自然不過的事了。」

錢廣來卻搖搖頭道：「滄行，一年前我跟你的想法一樣，都是極為不屑胡宗憲此人，但這一年來，我沒有少跟譚綸和沈鍊打交道，也見過胡宗憲本人，現在我的想法有所改變，胡宗憲並不是像嚴嵩那樣的奸黨，他還是想在江浙一帶做出一番成績，以保黎民蒼生的。」

李滄行聽到這話氣就不打一處來：「保黎民蒼生？就像這樣把殘殺軍民的倭寇頭子送還給倭寇當人情？就是想跟倭寇重開貿易？胖子，你是不是生意做多了，也覺得這奸賊的做法是可以接受的？連我都能看出來，他要重開貿易只不過是想借機中飽私囊罷了！」

錢廣來為他辯護道：「滄行，你對胡宗憲的成見太深了，當然，你的心情我可以理解，他是通過嚴嵩的路子做到這個官，這是事實，但這不代表他就願意出賣國家利益去勾結匪類，哪個官員不希望在自己任內能做到風調雨順，政績突出呢？而且以我的看法，想要通過軍事手段剿滅倭寇，現在基本上沒有可能。」

李滄行冷笑道：「我大明就這江浙兩省就不下十萬衛所兵，胖子，你是不是以為我只是個江湖蠢夫，什麼都不知道啊。十萬大軍都對倭寇無能為力，只能說明這姓胡的根本就不想剿滅倭亂！」

錢廣來微微一笑：「滄行，你我那天在南京城頭看得很清楚，大明守衛陪都南京的衛所兵已經是江浙兩省最精銳的作戰部隊了，兩千官兵出城而戰，跟上泉

信之的幾十個倭寇對戰，結果如何？」

李滄行想到那天南京城外的慘狀，也是恨鐵不成鋼，但他仍然不接受這個說法，嘴角抽了抽，道：「不，那只是個意外，倭寇突然來襲，南京城內一片慌亂，來不及調精兵猛將，倉促開城出戰致有此敗，我大明的衛所兵不會都像那兩千人那樣不堪一擊的。」

錢廣來嘆道：「滄行，我也不願意接受這個事實，但實際情況就是如此，在衛所兵裡，你看到的那兩千人已經算是最能拿得出手的了，換了其他地方的衛所，根本就是連人都沒有，全是在吃空餉呢。

「我大明自洪武皇帝開國以來，當時為了解決打天下時上百萬將士的出路，並解決日後的兵源問題，就實行了這種軍戶衛所制度，讓當兵的轉成軍戶，不用交賦稅，但子孫後代都要當兵。

「後來靖難之役後，後世的皇帝覺得在江南和內地養著這麼多不需要打仗的軍人不合算，就讓這些內地的軍戶自己屯田，自己養自己，並且要供應軍需，這一百多年下來，內地的軍戶們多數也真的成了農民，只會種田，不會打仗了。現在只有北邊防禦蒙古人的邊軍還有戰鬥力，內地尤其是江南這一帶，衛所兵早已經不堪一戰了。」

李滄行聽得目瞪口呆，半晌才說道：「既然這些衛所兵不堪一戰，何不把他們就此解散，讓他們成為普通百姓，然後再重新招募精兵呢？比如上次倭寇攻城，我們這些武林人士臨時從軍，不也把倭寇給消滅了嗎？」

「你想得太天真了，別的不說，就說你我，一時激於義憤，加上有譚綸臨時招募，我們臨時拿錢作戰是可以的，但要是讓你長年累月地待在軍營裡，甚至子孫兵代都要繼續從軍，你受得了？」錢廣來問。

「再說了，那些衛所兵是軍戶，他們有著朝廷撥給他們的田，但這些人也世代被他們的長官，那些同樣是世襲的軍官所控制和壓迫，一百多年下來，那些軍官就變身成了地主，而這些軍戶則成了佃戶長工，由於軍戶屯田交的糧食比當普通百姓時上交的賦稅要少了許多，若是朝廷下令讓他們退耕還田做百姓，只怕會激起叛亂。」

李滄行恨恨地說道：「這也不行，那也不行，身居高位的朝廷重臣們也不想想辦法？就眼睜睜地看著沿海的百姓遭殃嗎？」

公孫豪冷笑一聲：「想辦法？他們只會想辦法給自己撈好處，現在夏言大人快要倒了，嚴嵩這樣的奸黨把持朝政，大肆地賣官售爵，即使有些象胡宗憲這樣想做事的，可改變不了絕大多數只是刮地三尺，為自己謀私利的貪官汙吏。

「李兄弟，**你當陸炳為什麼這麼起勁地要消滅江湖武人，平衡正邪勢力？**那是因為天下群情激憤，一觸即發，二十多年前寧王謀反，一個藩王振臂一呼，天下響應，兩個月功夫就差點打下南京城，**大明的江山早已經危機四伏了**，連加入我們丐幫的人也都是年年增加，這還不是給那些狗官們給逼的！」

李滄行咬咬牙道：「先不說這朝堂之上有多黑暗，至少依幫主和胖子所說，那個胡宗憲還算是個好官，譚綸和沈鍊我也見過，應該也是想有一番作為的人，難道重賞之下，也招不來勇夫先去平定倭寇嗎？那陸炳不是以榮華富貴相誘，也引了許多江湖人士去當了錦衣衛嗎？」

請續看《滄狼行》6 不傳之秘

滄狼行 卷5 亢龍有悔

作者：指雲笑天道
發行人：陳曉林
出版所：風雲時代出版股份有限公司
地址：10576台北市民生東路五段178號7樓之3
電話：(02) 2756-0949
傳真：(02) 2765-3799
執行主編：朱墨菲
美術設計：許惠芳
行銷企劃：林安莉
業務總監：張瑋鳳

初版日期：2021年02月
版權授權：閱文集團
ISBN ：978-986-352-911-8
風雲書網：http://www.eastbooks.com.tw
官方部落格：http://eastbooks.pixnet.net/blog
Facebook：http://www.facebook.com/h7560949
E-mail：h7560949@ms15.hinet.net
劃撥帳號：12043291
戶名：風雲時代出版股份有限公司

風雲發行所：33373桃園市龜山區公西村2鄰復興街304巷96號
電話：(03) 318-1378
傳真：(03) 318-1378
法律顧問：永然法律事務所 李永然律師
北辰著作權事務所 蕭雄淋律師

行政院新聞局局版台業字第3595號 營利事業統一編號22759935

定價：270元

國家圖書館出版品預行編目資料

滄狼行 ／指雲笑天道 著. -- 初版 -- 臺北市：風雲時代，2020.11- 冊；公分

ISBN 978-986-352-911-8（第5冊；平裝）

857.7 109013225